PELHAM LANE

Georgina Bloomberg
& Catherine Hapka

Pelham Lane

Traduit de l'anglais (États-Unis)
par Pia Boisbourdain

hachette

L'édition originale de cet ouvrage a paru en langue anglaise
chez Bloomsbury Books for Young Readers,
an imprint of Bloomsbury Publishing, Inc.,
sous le titre :

THE A CIRCUIT

Traduit de l'anglais (États-Unis) par Pia Boisbourdain.

Conception de couverture : Danielle Delaney.
Images de couverture : © Bloomsbury/Shutterstock.

Hachette Livre, 43 quai de Grenelle, 75015 Paris.

À ma mère, Susan,
pour m'avoir toujours encouragée
dans les bons et les mauvais moments
G. B.

Pour tous ceux qui ont permis de mener à bien ce projet :
Caroline Abbey, Michelle Nagler,
Frank Weimann et Elyse Tanzillo
C. H.

CHAPITRE 1

— Paparazzi en vue, murmura Zara avec dégoût.

Un gros type en sueur, son appareil photo braqué sur son père, venait d'entrer dans son champ de vision. Elle qui croyait être plus tranquille ici qu'à Los Angeles... Elle avait tout faux ! Côte ouest ou côte est, le purin avait la même odeur nauséabonde...

Son père jeta sa cigarette et l'écrasa sous la pointe de sa botte de cow-boy.

— Reste zen, fillette, répliqua-t-il sans la regarder.

Il s'appuya nonchalamment contre la barrière de la carrière et feignit de s'intéresser à un cavalier sur un cheval pie. Celui-ci, l'air paniqué, conduisait sa monture vers un minuscule terrain – la carrière réservée aux grands débutants.

Zara leva les yeux au ciel.

— Très jolie pose, commenta-t-elle. Digne du célèbre Zac Trask.

Sans répondre, il tourna brièvement son regard vert dans sa direction. Des effluves de transpiration trahissaient la présence toute proche du photographe. L'attaché de presse de Zac et ses deux gardes du corps avancèrent de quelques pas en direction de leur patron. Après tout, c'était peut-être un psychopathe… même s'il ne devait pas y en avoir beaucoup par ici, dans ce modeste concours hippique du fin fond du New Jersey.

Zara jeta un coup d'œil alentour. Comment avait-elle atterri dans un endroit pareil ? En ce début de mois de juin, un temps humide et chaud régnait sur l'immense terrain, et les cheveux bruns et mi-longs de l'adolescente commençaient à friser. Elle devait ressembler à une de ces filles quelconques qui traînent dans les centres commerciaux… Un mois de juin dans le New Jersey. Voilà qui ferait un bon titre de chanson pour son père.

Le reporter assaillait maintenant le dieu du rock de questions. Les mêmes que d'habitude. Quel ennui ! Décidément, ce n'était pas ici que Zara trouverait de quoi s'amuser.

Elle reprit soudain espoir en voyant un garçon passer devant elle. Certes, il avait un grand nez et quelques boutons dans le cou, mais sa tenue très classe lui donnait plutôt belle allure, malgré son air embarrassé. Il y avait de quoi : c'était le seul mec bien habillé dans un rayon d'un kilomètre.

Zara s'éloigna discrètement de son père et de sa garde rapprochée, faisant sauter le dernier bouton de son polo moulant pour mettre en valeur ses deux meilleurs atouts – ceux que sa mère lui enviait le plus. Celle-ci se lamentait sans cesse sur son sort : pourquoi devait-elle débourser une fortune pour obtenir par la chirurgie ce que la nature avait si généreusement donné à sa fille ? Mais il fallait bien ça pour avoir du succès à Hollywood !

— On s'ennuie ici, pas vrai ? lança Zara une fois près du garçon.

Il battit plusieurs fois des paupières, l'air surpris.

— Quoi ? Euh... Enfin... je veux dire... salut.

— Salut, répliqua l'adolescente en s'appuyant contre le mur.

Ses yeux verts, hérités de son père, le détaillaient de haut en bas.

— Tu ne viens pas ici pour monter à cheval, pas vrai ? demanda-t-elle. Tu n'as pas vraiment la tenue pour ça.

Il cligna de nouveau des cils d'un air nerveux.

— Moi ? Non. Je suis venu... euh... voir ma petite amie.

Alors comme ça, il avait une petite amie ? Elle aurait dû s'en douter. Mais ce n'était pas ce genre de détail qui l'arrêterait. De toute façon, elle n'avait pas mieux à faire en attendant l'heure de son rendez-vous.

— Ah oui ? Et elle est bonne ?

Elle se pencha vers lui en espérant qu'il saisirait le sous-entendu. Mais il ne la regardait plus : il écarquillait les yeux, tout excité.

— Waouh ! Regarde là-bas ! C'est pas Zac Trask ? Oh ! mon Dieu !

Zara connaissait la suite de l'histoire. Le type allait détaler en oubliant son existence, ou pire, deviner son identité et devenir hystérique. Et elle n'était pas d'humeur à supporter l'un ou l'autre de ces scénarios.

— Je dois partir, marmonna-t-elle en tournant précipitamment les talons.

De toute façon, il était presque temps d'essayer ce cheval. Elle pensa d'abord envoyer Mickey ou Saul chercher ses bottes et sa bombe dans la voiture de golf. Mais, après avoir remarqué l'agitation grandissante autour de son père, elle décida de s'en charger elle-même. C'était sans doute le meilleur moyen de se fondre dans la masse. Ainsi, personne ne devinerait qu'elle était la fille du célèbre Zac Trask.

— Du calme, mon vieux, murmura Tommi en sentant son cheval se contracter.

Toccata venait d'apercevoir, droit devant lui, le premier obstacle. Un mélange bizarre de jonquilles, de fougères et de citronniers en pots le décorait à chaque extrémité. Le grand cheval bai pointait ses oreilles vers lui, et Tommi sentait sa cage thoracique se gonfler contre ses jambes.

D'un petit coup d'éperon, elle l'incita à accélérer, tout en s'efforçant de rester aussi détendue qu'un enfant sur un poney. Si elle s'était pas mal entraînée au saut d'obstacles ces derniers temps, elle avait commencé son apprentissage par le Hunter[1] et en connaissait les règles sur le bout des doigts. Il fallait que le cheval ait l'air de ne pas souffrir et que le cavalier le monte sans effort apparent. Même un

1. Discipline équestre qui, contrairement au CSO, préfère le travail technique à la performance physique. Elle consiste à enchaîner un parcours d'au moins huit obstacles en harmonie. Cheval et cavalier sont jugés pour leur élégance et sur leur style.

type saoul ou un malvoyant devaient pouvoir admettre que les huit sauts du parcours avaient été parfaitement exécutés.

L'obstacle se rapprochait. Tommi fit claquer sa langue pour encourager Toccata. Quatre, trois, deux…

Elle reconnut cette profonde énergie qui montait en lui : la foulée du cheval s'allongea légèrement. Zut !

Penchée en avant, Tommi guida de son mieux Toccata pour lui éviter de toucher la barre. D'habitude, c'était sa spécialité. Rester calme. Amener son cheval en douceur de l'autre côté. Ne rien laisser paraître au juge, même si sa monture avait perdu ses moyens.

Mais, cette fois-ci, c'était raté. Toccata était d'un naturel craintif, ce qui l'amenait d'habitude à sauter largement au-dessus de la barre. Pourtant, en dépit de sa peur, il était loyal et se pliait à la volonté de sa cavalière.

L'adolescente fit la grimace en constatant que le cheval touchait légèrement l'obstacle, ayant pris son impulsion trop tôt. Elle dut se cambrer puis avancer les mains pour accompagner ce saut maladroit. Quel dommage ! Cette faute ferait oublier au juge leur bon début. Et même le style impeccable de Toccata ne pourrait pas les racheter.

À la réception, Tommi s'efforça de chasser ses pensées négatives. Certes, leur chance d'obtenir une récompense venait de tomber à l'eau, mais ils ne devaient pas s'avouer vaincus pour autant. Même si elle ne pouvait pas, à présent, espérer mieux que la vingtième place, la jeune fille n'était pas du genre à se décourager. Au contraire, elle jouerait le jeu jusqu'au bout et ferait tout pour ne pas dégringoler plus bas dans le classement.

D'un nouveau claquement de langue, elle se contenta d'encourager sa monture. C'était l'attitude qu'il fallait adopter avec Toccata. Demeurer calme et patiente, lui faire sentir qu'elle le guidait sans pour autant le stresser – ou il perdrait ses moyens au moment de sauter. Elle l'avait appris à ses dépens, à ses débuts : plus d'une fois, elle s'était retrouvée par terre, les fesses dans la boue, à cause de son manque de patience et d'expérience.

L'obstacle suivant – un oxer – était déjà en vue. Tommi essayait de rester aussi détendue que possible. Il suffisait d'attendre. Toccata allait toujours au petit galop. La jeune fille n'eut besoin que de tendre légèrement sa monture avec les jambes pour accompagner l'impulsion. Et lorsqu'il vola au-dessus de l'obstacle dans un arc parfait, Tommi ne put s'empêcher de sourire.

— Bien rattrapé, lui lança Jamie Vos.

L'adolescente mettait pied à terre. Appuyé contre la balustrade, son interlocuteur, un homme mince comme un fil, semblait contenir une énergie débordante, telle une voiture prête à démarrer en trombe.

Tommi défit la mentonnière de sa bombe.

— Ce genre de truc n'aurait pas dû arriver. Je savais bien qu'il n'aimait pas les fleurs jaunes.

— Ça doit être ça.

Jamie ne cherchait jamais à accabler la jeune fille. Ça ne servait à rien, d'autant qu'elle était déjà mécontente d'elle-même. Il la dévisagea un instant de ses yeux bleus avant de les poser sur un petit homme hâlé qui s'approchait rapidement.

— Laisse Miguel s'occuper de Toccata, lui ordonna-t-il, et retourne à l'écurie prendre Ellie, puis rends-toi au terrain d'entraînement sud. J'ai besoin que tu la détendes : quelqu'un vient la voir à trois heures.

— Ah bon ? Qui ça ?

Mais Jamie se frayait déjà un chemin parmi la foule, vers la carrière des poneys. Il ne restait jamais tranquille très longtemps, surtout pendant les concours, même quand ceux-ci n'étaient pas très importants.

— Je peux m'en charger, señorita ? demanda le palefrenier.

Tommi fouilla sa poche à la recherche d'un bonbon à la menthe qu'elle tendit à Toccata, bien à plat sur son gant. L'animal s'en empara, laissant sur le daim une traînée de bave. Elle lui donna une petite tape amicale et tendit les rênes à son interlocuteur.

— Merci, Miguel. N'oubliez pas de le faire brouter un peu en chemin.

Malgré l'air endormi que donnaient au palefrenier ses grosses joues et ses sourcils tombants, une lueur amusée passa dans ses yeux noirs.

— Aucun risque ! Chaque fois qu'on longe une pelouse, il me bouscule…

Tommi se mit à rire. Toccata avait son petit caractère. Ce n'était pas toujours facile de le monter, mais c'était un compagnon de longue date, et le seul cheval qu'elle ne vendrait jamais.

Elle souriait toujours quand elle et Miguel se séparèrent. Pendant qu'il s'éloignait vers une étendue d'herbe en parlant amicalement à Toccata, l'adolescente se dirigea vers les tentes à rayures bleues et blanches qui abritaient les box. En longeant la carrière principale, elle remarqua deux jeunes cavalières qu'elle avait déjà croisées dans un des grands centres équestres de Virginie. Adossées à la barrière, leur bombe sur leurs cheveux parfaitement lissés, elles la regardèrent passer. Même si la jeune fille ne se rappelait pas leurs noms, elles devaient savoir le sien. C'était l'inconvénient d'appartenir à une famille célèbre : qu'elle le veuille ou non, tout le monde la connaissait.

— Salut, leur lança-t-elle poliment, avec un petit sourire.

— Salut, lui répliqua la plus grande des deux – l'autre se contenta de lui adresser un signe de tête.

Comme elle tournait au coin de la cabine du commentateur, elle s'aperçut que le lacet d'une de ses bottes était défait. Elle se baissa pour le nouer. Question d'habitude. Jamie ne plaisantait pas avec la tenue, et elle-même était plutôt du genre perfectionniste. Quand elle faisait les boutiques chic de Manhattan avec ses amies du lycée, elle ne pouvait pas s'empêcher de remettre de l'ordre sur les étagères.

— Je ne vois pas pourquoi elle a l'air si contente, s'éleva la voix moqueuse d'une des filles. Si j'avais buté contre l'obstacle comme ça, j'aurais envie de partir loin d'ici avec l'argent de mon cher papa.

— Surtout quand on monte un bon vieux canasson comme Toccata ! Ce cheval pourrait gagner n'importe quel concours avec ma grand-mère sur le dos.

Tommi se raidit. Elle essaya de ne pas trahir ses sentiments, mais son cœur s'emballa dans sa poitrine. Elle avait beau être accoutumée à ce genre de méchancetés, c'était toujours difficile à encaisser. Grâce à son père qui possédait la moitié de New York, elle disposait des meilleurs chevaux, et de ce fait, disaient les mauvaises langues, elle n'avait pas besoin de savoir les monter. Si seulement ils voyaient comme Toccata était capricieux le matin quand il faisait froid, après quelques jours de repos ! Si seulement ils avaient tenté de maîtriser un de ses grands chevaux peureux qui s'emballaient dès qu'ils entendaient une voiture vrombir ! Et ils n'avaient pas assisté aux séances de rodéo imposées par les jeunes hongres de Jamie quand il fallait les débourrer. Dans ces moments-là, on aurait cru des chevaux sauvages ! La vérité, ils ne prétendraient pas qu'elle devait son succès à l'argent de son père.

Ravalant son amertume, Tommi essaya tant bien que mal de chasser ces pensées désagréables. Elle avait mieux à faire que de se soucier de l'opinion des gens. Et justement, on l'avait chargée d'une mission.

— Merci, mademoiselle Nilsen.

— Kate, corrigea l'interpellée en souriant. Je te l'ai déjà dit, Javier. Tu peux m'appeler Kate.

Le nouveau palefrenier lui rendit un sourire timide. Il connaissait parfaitement les chevaux, ce qui ne l'empêchait pas d'être mal à l'aise avec les clients… et même avec Kate, qui certes faisait partie de la clientèle, mais était aussi et surtout sa collègue.

— D'accord, répliqua-t-il. À tout à l'heure.

Il fila avec le grand cheval gris pommelé que l'adolescente venait de bichonner et de harnacher. Elle regarda sa montre : Javier et l'animal avaient largement le temps de rejoindre Jamie sur la carrière, où celui-ci étudiait sans doute le parcours avec le propriétaire du cheval. Une précaution inutile, selon Kate. La plupart des parcours étaient si simples que les cavaliers n'avaient pas besoin de les apprendre. Piste extérieure, diagonale, piste extérieure, diagonale. C'était incroyable le nombre de gens qui ne parvenaient pas à retenir cette trajectoire toute simple ! La jeune fille se demandait comment ces cavaliers – certains étaient avocats, chirurgiens ou chercheurs – s'en sortaient avec leur travail, qui devait être autrement plus compliqué.

Elle resserra le ruban de sa queue-de-cheval blonde tout en cherchant à déterminer quelle serait sa prochaine tâche. Jamie aimait répéter autour de lui que c'était une « élève employée ». Il comptait sur elle pour collaborer au bon fonctionnement des choses – et il avait un haut degré d'exigence – aussi bien à Pelham Lane, son centre équestre du comté de

Westchester, dans l'État de New York, que dans les concours hippiques les plus réputés de la côte est, auxquels ses clients se préparaient.

Kate considérait que, même en travaillant d'arrache-pied, elle ne pourrait jamais remercier assez Jamie pour tout ce qu'il lui avait enseigné. Elle n'aurait pas pu espérer avoir un entraîneur de cette trempe. D'ailleurs, il dépassait ce simple statut à ses yeux : cet homme avait changé sa vie.

Elle adorait les chevaux depuis toujours, mais le modeste salaire de son père – il était policier – n'avait pas permis à ses parents de lui payer des cours d'équitation. Elle avait économisé son peu d'argent de poche afin de s'offrir ses premières leçons et était devenue tout de suite accro. Puis, pour continuer à financer ses cours, elle avait fait du baby-sitting et nettoyé les écuries. Elle aurait pu monter n'importe quel cheval tant elle était motivée ! Mais même dans le petit club où elle avait débuté, où elle sentait continuellement le fumier et était tout esquintée à force de débourrer des poneys, elle rêvait toujours d'un avenir meilleur.

Quand elle avait quatorze ans, les parents d'une de ses amies l'avaient emmenée assister au Hampton Classic, le plus grand concours de saut d'obstacles des États-Unis. Et c'était effectivement le plus impressionnant qu'elle ait jamais vu : elle avait été éblouie par les chevaux magnifiques et les cavaliers aux tenues extraordinaires. Ils semblaient tout droit sortis des livres d'équitation qu'elle dévorait à la bibliothèque du lycée. Contrairement à elle, son amie et sa famille avaient passé davantage de temps à manger et à acheter des souvenirs qu'à observer les chevaux, si bien que Kate avait fini par faire bande à part.

Elle avait tout de suite reconnu Jamie : sa photo se trouvait dans tous les magazines traitant de concours hippiques. Il regardait ses élèves s'échauffer sur l'une des carrières de dressage. Prenant son courage à deux mains, elle s'était avancée vers lui pour se présenter et lui avait demandé de lui donner sa chance. Au bout d'une longue minute passée à la dévisager de ses yeux vifs, il l'avait fait monter sur un cheval. Depuis, elle travaillait dans son centre équestre, où elle se tuait à la tâche du matin jusqu'au soir pour pouvoir bénéficier du meilleur entraînement possible.

Car Jamie était le meilleur, tout le monde s'accordait là-dessus. Parfois, Kate avait envie de se pincer pour s'assurer qu'elle ne rêvait pas : est-ce qu'elle portait vraiment les couleurs de Pelham Lane ? Mais elle aurait perdu un temps précieux à se pincer. Elle avait tellement de travail ! Par exemple, faire tourner à la longe un cheval nerveux pour le calmer ou nettoyer le matériel… Même si elle adorait son job, elle avait l'impression de n'en avoir jamais fini. Surtout lors des concours hippiques.

Depuis le départ de Javier, les écuries s'étaient vidées. À part les crépitements des haut-parleurs au loin et les mâchonnements discrets des chevaux dans leurs box, il n'y avait aucun bruit. L'estomac de la jeune fille gargouilla. Elle réalisa qu'elle n'avait rien mangé depuis le matin – en sortant de son hôtel, aux aurores, elle s'était contentée d'avaler un toast en vitesse.

Elle se dirigea vers la sellerie aux murs tendus de tissu vert et fauve, les couleurs sobres que Jamie avait choisies pour son centre équestre. Des coffres assortis s'alignaient sous des porte-selles, et des flots gagnés par les clients du patron couvraient le mur du fond. Grâce à la main verte d'Elliot, un des plus anciens palefreniers, des fougères et d'autres plantes en pot donnaient une touche d'élégance supplémentaire au lieu.

Kate remarqua que la couche de copeaux de bois qui jonchait le sol manquait de régularité, à cause des nombreuses allées et venues : elle attrapa un râteau et en arrangea la surface jusqu'à l'avoir parfaitement lissée. Après quoi, elle sortit une barre de céréales de son sac, rangé dans la malle du personnel.

Elle s'effondra sur un des sièges en cuir, au milieu de la pièce. Au bout de quelques instants, entendant un petit grognement, elle tourna la tête : Chaucer, le plus âgé des bulldogs de Jamie, s'avançait vers elle en traînant les pattes. C'était le seul à accompagner son maître sur tous les concours – les autres restaient à la maison.

— Comment ça va, mon vieux ?

La jeune fille, souriante, se pencha vers lui pour lui tapoter amicalement la tête.

— Laisse-moi deviner. Tu viens voir si les chevaux ne t'ont pas laissé quelque chose à manger, pas vrai ?

En entendant le mot « manger », la gueule de l'animal s'ouvrit dans un rictus, et un filet de bave en sortit. Il agita la queue et fit quelques pas en se tortillant.

La jeune fille ne put s'empêcher de rire.

— Bon, d'accord, t'as gagné ! T'es tellement craquant avec cette tête !

Elle tendit au chien un bout de son en-cas, que celui-ci goba en laissant une trace gluante sur ses doigts.

— Houhou ! Y'a quelqu'un ? appela une voix familière à l'extérieur.

— Tommi ? Je suis là ! répondit Kate.

Elle avala une dernière bouchée, jeta le reste dans la gueule béante de Chaucer, et se hâta vers l'entrée en s'essuyant les mains sur son pantalon.

Elle trouva son amie dans un des box, en train d'accrocher une longe au licol d'une jument baie. La mentonnière de sa bombe était mal ajustée et sa veste n'était pas boutonnée, mais avec ses cheveux bruns soigneusement lissés sur ses oreilles, elle avait l'air prête à poser pour un magazine d'équitation : elle était parfaite, comme d'habitude. Kate se demandait comment elle faisait. Elle, en revanche, ressortait toujours de l'écurie avec des brins de paille dans les cheveux et le tee-shirt maculé de bave, même après n'y être restée que quelques minutes.

Tommi se tourna vers elle.

— Salut ! Où sont les autres ?

— Javier vient d'emmener la monture de M. Walsh sur la carrière, c'est tout ce que je sais. Comment ça s'est passé avec Toccata ?

Son amie fit la grimace.

— Ça aurait pu être mieux.

Kate se contenta de hocher la tête sans plus poser de questions. Même si Tommi paraissait décontractée la plupart du temps, c'était la personne la plus persévérante qu'elle connaissait. Elles avaient beau venir de mondes très différents, elles possédaient au moins un point commun, à l'origine de leur amitié : elles étaient toutes les deux très exigeantes vis-à-vis d'elles-mêmes.

Tommi demanda :

— Est-ce que Jamie t'a dit que quelqu'un venait voir Ellie ? Il veut que je la monte.

— Effectivement, il m'a mise au courant. Mais pourquoi veut-il que tu t'en charges ? J'aurais pu le faire. Tu n'as pas besoin de t'échauffer pour l'épreuve des juniors ?

— Tu connais Jamie, répliqua Tommi en haussant les épaules. Il ne perd pas son temps à donner des détails.

Kate approuva d'un signe de tête.

— Conduis-la dehors. Je vais t'aider à la préparer.

CHAPITRE 2

Le nom que portait Ellie lors des concours était Eleganz, ce qui lui allait très bien. L'encolure gracieusement arquée, elle suivit Tommi à l'extérieur du box, posant délicatement ses sabots sur le sol. Même sa façon de caracoler était stylée et agréable à voir. Pas étonnant qu'elle ait gagné presque toutes les compétitions auxquelles elle avait participé ! Pendant qu'elle l'attachait à l'anneau le plus proche, Tommi lui parlait doucement pour la calmer – la jument, n'ayant pas fini son apprentissage, avait tendance à prendre peur facilement.

Kate disparut un instant pour resurgir, les bras encombrés de matériel de pansage. Un seau se balançait à son poignet. La jument était impeccable, mais Tommi connaissait le perfectionnisme de Jamie.

— Passe-moi un chiffon, je vais m'occuper de ce côté.

Les deux adolescentes s'évertuèrent à nettoyer la robe déjà brillante de leur pensionnaire pour déloger d'éventuels grains de poussière.

— Je me demande qui veut voir Ellie, déclara Kate sans cesser de frotter la jument. J'aurais pensé que Jamie voudrait la faire travailler un peu plus avant de la vendre.

— Moi, ça ne me surprend pas qu'on l'ait remarquée après sa performance de Devon. Elle a été incroyable !

Un aboiement sonore retentit à l'extrémité de l'allée. Tommi jeta un coup d'œil derrière elle et aperçut Summer Campbell, qui tenait dans ses bras son odieux Jack Russell, Whiskey, lequel lui mordillait la manche de son polo. Super ! Summer était bien la dernière personne qu'on voulait voir quand on était pressé. Elle avait beau avoir quinze ans, c'est-à-dire un an de moins que Kate et deux de moins que Tommi, on avait toujours l'impression de faire du babysitting avec elle.

— Salut, Tommi, lança la nouvelle venue avec un sourire mièvre. J'adore ta veste. Cette couleur te va super bien. C'est celle que tu mettras pour le prochain concours ?

— Oui, sans doute.

Les raisons de trouver Summer assommante ne manquaient pas, mais Tommi en plaçait une en premier : comme ses parents travaillaient dans le commerce du textile, elle se croyait obligée de s'extasier devant toutes les snobinardes habillées en princesses de Hunter. Elle passait plus de temps à arranger sa coiffure qu'à échauffer ses chevaux, et s'intéressait davantage aux marques de vêtements que portaient ses concurrentes qu'à leurs talents de cavalières.

Elle tourna ses yeux bleus vers Ellie, qui s'était calmée aussitôt qu'on l'avait attachée, et appréciait visiblement d'être ainsi bichonnée.

— Qu'est-ce que vous faites ? chercha-t-elle à savoir. Qui va la monter, aujourd'hui ? Est-ce que Jamie veut que tu passes une épreuve avec, Tommi ? Tu vas l'acheter, c'est ça ?

Tommi ne se fatigua même pas à lui faire remarquer que, si elle montait parfois Ellie, Jamie ne l'avait jamais laissée concourir avec elle. La seule à avoir eu cet honneur, avec l'entraîneur, bien sûr, était Kate. Mais Summer n'aurait jamais eu l'idée de poser la question à cette dernière. Elle semblait toujours étonnée quand celle-ci faisait trotter un cheval sur la carrière pour Jamie ou l'un de ses clients. Comme s'il fallait posséder sa propre monture – ou mieux, les polos Essex dans toutes les couleurs – pour avoir du talent !

— Un acheteur potentiel veut l'essayer, expliqua Kate en ôtant à Ellie le bandage de sa queue.

— Ah, répliqua Summer.

Au bout d'un moment, Whiskey se mit à gigoter et à glapir, si bien qu'elle dut le poser par terre. L'animal se rua immédiatement vers la jument.

— Hé ! retiens ton chien ! s'exclama Tommi. Il va se faire écraser.

— Oh ! mais non, ne t'inquiète pas. Les chevaux l'adorent.

Le Jack Russell se fraya un chemin entre les jambes d'Ellie pour se précipiter vers un seau, sous l'œil indifférent de sa maîtresse, et attrapa en grognant un coin du couteau de chaleur qui en dépassait. Il le tira si fort vers lui que le récipient finit par se renverser avec tout son contenu.

Ellie, qui avait ignoré l'intrus jusqu'ici, sursauta avant de commencer à s'agiter entre les attaches. Tommi jura entre ses dents. Pendant que Kate rassurait la jument, Tommi se hâta de ramasser une bouteille d'onguent pour sabots. Une seconde de plus, et elle finissait piétinée.

— Vous n'avez pas fini de vous occuper de sa queue, fit remarquer Summer, inconsciente du chaos causé par son chien. Il faut la brosser...

Tommi chercha des yeux le fautif. Il n'était visible nulle part. Sans doute était-il allé fouiner dans la sellerie à la recherche de nourriture – ou pire, se soulager dans les copeaux de bois... Elle ne comprenait pas pourquoi Jamie tolérait cette sale bête dans le club. Summer était censée le tenir en laisse pendant les concours, ce qu'elle se gardait bien de faire, sauf quand Jamie le lui demandait. Et encore : elle détachait son chien dès que l'entraîneur se trouvait hors de vue.

— Je me charge de la queue, annonça Tommi à Kate comme si elle n'avait rien entendu. On ferait bien de se dépêcher. J'aimerais avoir le temps de bien échauffer Ellie. Tu la connais...

— Oui.

Kate, qui avait fini de ramasser les accessoires tombés du seau, attrapa un tapis de selle tout propre sur une pile et le posa sur le dos de la jument.

Summer se permit d'intervenir une nouvelle fois.

— Il est de travers. Il faut le tirer un peu de ce côté.

— Merci, répliqua Kate en l'ajustant légèrement.

Tommi roula des yeux effarés. La jeune fille aurait de toute façon rectifié la position du tapis avant de seller le cheval.

— Il y a une tache, ajouta Summer pendant que Kate plaçait par-dessus une des luxueuses selles de Tommi. Tu l'as pas nettoyée, Kate ?

— C'est pas une tache, mais une marque d'étrier, rétorqua Tommi. Elle ne se voit pas une fois que je suis assise.

— Ah, O.K., opina Summer en souriant. C'est la tienne, Tommi ? Elle est vraiment belle. Si je vends un jour ma Butet, j'en achèterai une comme celle-ci. (Elle lança un coup d'œil à Kate, qui s'apprêtait à sangler Ellie.) Attention à ne pas trop la serrer ! Les juments n'aiment pas ça, en général, tu sais.

— Hmmm, lança évasivement Kate.

Tommi serra les dents. Comment faisait son amie pour ignorer cette enquiquineuse ? Mais, après tout, elle n'avait pas le choix, puisqu'elle travaillait avec Jamie. Tommi, elle, réservait sa patience aux chevaux : elle n'en disposait d'aucune pour les humains. D'ailleurs, elle avait failli envoyer promener Summer quand elle l'avait entendue critiquer Kate, qui en connaissait bien plus qu'elle en matière de soins aux chevaux et d'équitation en général.

Elle s'était pourtant abstenue de tout commentaire. D'abord, parce que ça n'aurait eu probablement aucun effet. Ensuite, parce que son amie n'aurait pas apprécié. Celle-ci préférait faire profil bas, d'habitude. Au point que Tommi craignait qu'elle se laisse un jour traiter comme une carpette par certains clients autoritaires et paresseux. Elle ne comprenait pas cette attitude. Comment Kate pouvait-elle avoir le cran de monter les chevaux les plus fougueux de l'écurie et refuser de se défendre contre ses semblables ?

Un aboiement la tira de ses pensées, suivi d'un torrent d'injures et de jurons hauts en couleur.

— On dirait que Whiskey est tombé sur Margie, murmura-t-elle à Kate.

Un instant plus tard, une femme d'une trentaine d'années surgit devant elles, vêtue d'une culotte de compétition, de Crocs violettes et d'un T-shirt taché portant l'inscription « New York Mets », le nom d'une équipe de baseball new-yorkaise.

Elle pointa Summer du doigt en hurlant d'une voix qui devait porter jusqu'au Connecticut :

— Toi, là ! Ce sale petit rat que tu oses appeler un chien cherche à tout prix à se faire écrabouiller par mes chevaux, et je ne tiens pas à ramasser les morceaux sous leurs sabots. Va le chercher ! Immédiatement.

Margie O'Donnell était l'une des clientes de Jamie et accessoirement la plus jeune associée de l'un des plus grands cabinets d'avocats de New York.

Elle jurait comme une charretière et avait l'assurance d'un pitbull. Personne ne se risquait à lui tenir tête. Même pas Summer.

— Désolée, couina l'interpellée en se précipitant dans l'allée. Il m'a… heu… échappé.

— Oh, zut, lâcha Tommi quand elle eut disparu. Qui va nous dire comment harnacher Ellie, maintenant ?

Margie s'esclaffa avant de les quitter à son tour, traçant sa route comme un bulldozer, et Kate elle-même ne put retenir un rire tandis qu'elle finissait d'attacher la sangle.

— Voilà, on est quasiment prêtes, déclara-t-elle en donnant une petite tape à la jument.

— Je vais chercher le filet, annonça Tommi. Il faut y aller, maintenant.

— Jamie n'a pas l'air d'être dans les parages, fit remarquer Tommi à Kate.

Les deux amies étaient arrivées en vue du terrain d'entraînement.

Kate approuva d'un signe de tête distrait. Leur entraîneur avait visiblement choisi cette carrière parce que c'était la plus petite et la plus en retrait. Deux personnes l'occupaient. La première, une femme d'une cinquantaine d'années au port majestueux, échauffait un magnifique alezan au profil romain sous le regard de son entraîneur, assis sur la rambarde.

Kate les remarqua à peine : elle n'avait d'yeux que pour l'autre cavalier, un garçon mince de dix-sept ans perché sur un immense cheval gris. La touffe de cheveux blond-roux qui dépassait de son casque ne laissait pas de doute sur son identité. Mais même sans ce détail, la jeune fille l'aurait reconnu à sa façon de monter : téméraire et incroyablement gracieuse. Elle retint son souffle en le voyant engager sa monture dans un virage serré, vers un vertical d'un mètre quinze. L'animal eut beau lever brusquement la tête et tenter d'esquiver l'obstacle, le jeune homme parvint à conserver sa trajectoire : ils volèrent à quelques centimètres au-dessus de la barre. À la réception, le cheval lança une ruade impressionnante, ce qui n'empêcha pas son cavalier de rester en selle et d'éclater de rire, avant de lui caresser l'encolure.

— Hé, Fitz ! appela Tommi tandis qu'il la dépassait au petit galop. Tu crois vraiment que des heures sup' t'aideront à me battre à la compétition des juniors, tout à l'heure ?

Le garçon mit sa monture au pas et la dirigea vers la clôture.

— Fais gaffe à ce que tu dis, Aaronson, répliqua-t-il en souriant. Je doute qu'un jour tu puisses confirmer ça sur la piste.

Il s'aperçut que Kate le regardait.

— Eh ! salut, beauté ! Comment t'as trouvé mon numéro ?

La jeune fille rougit.

— Chipotle a l'air en forme, murmura-t-elle, un peu troublée par la façon dont ses yeux rieurs plongeaient dans les siens.

Elle savait pourtant bien qu'il ne fallait pas prendre sa drague au sérieux. Fitzmartin Hall, plus connu sous le nom de Fitz, était le seul jeune cavalier à s'entraîner au club ces temps-ci, ce qui faisait de lui une cible de choix parmi la gent féminine. Il était grand, pourvu d'un esprit sarcastique qui ne manquait pas de charme, et sa famille était très riche, ce qui ne gâtait rien. Il pouvait avoir toutes les filles qu'il voulait, et d'après les potins, il ne s'en privait pas. De toute façon, Kate ne se voyait vraiment pas avec un type de ce genre. Et puis, elle n'avait jamais eu de vrai petit ami – elle était trop occupée avec les chevaux pour avoir le temps de s'amuser.

— T'as des nouvelles des autres ? demanda Tommi à Fitz.

— Oui, Marissa vient de m'envoyer un texto. Quelques candidats avant nous se sont découragés en voyant le parcours, du coup on devrait passer à l'heure, ou presque.

— Ah oui ? s'étonna Tommi en consultant sa montre. J'ai l'impression que Jamie n'était pas au courant de ce détail quand il m'a dit de monter Ellie. Mais il s'arrangera sans doute pour que je passe plus tard.

Kate écoutait d'une oreille, le regard rivé à Fitz, qui sautait de son cheval. La plupart des garçons avaient l'air ridicule dans leur culotte d'équitation. Lui, en revanche, la portait plutôt bien. Très bien, même.

— Quoi ? demanda-t-elle, se réveillant enfin.

— Ou alors, tu pourrais l'échauffer à ma place.

Elle tira un peu sur les rênes, car Ellie commençait à piaffer.

— C'est ce que Jamie nous aurait conseillé de faire, tu ne crois pas ? poursuivit-elle. Et puis, t'as plus l'habitude que moi de la monter.

Kate baissa les yeux sur sa tenue. Après son dernier cours, elle n'avait pas eu le temps d'ôter sa culotte d'équitation, s'étant contentée d'enlever sa veste et sa chemise et d'échanger ses hautes bottes contre des bottines usées réservées à l'entraînement.

— Sauf que je ne suis pas assez bien habillée pour la monter devant un client, fit-elle remarquer.

— Tu rigoles ? lança Fitz. Je trouve ce look décontracté très sexy sur toi. Ça fait genre : « Je n'ai pas besoin de tenue de gala pour vous impressionner, je sais que je suis belle naturellement. »

— Laisse-la tranquille, Fitz, le gronda Tommi tandis qu'elle enlevait sa veste pour la tendre à Kate. Mets ça. Les manches sont sans doute un peu courtes pour toi, mais ça fera l'affaire.

Son amie saisit le vêtement avec précaution, consciente qu'il coûtait probablement plus cher que sa propre voiture.

— T'es sûre que ça ne t'embête pas ?

Elle et Tommi avaient beau être proches, elles n'avaient pas l'habitude de se prêter leurs tenues. Et pour cause : Kate avait presque quinze centimètres de plus que Tommi, même si elles étaient minces toutes les deux. Et de toute façon, ses habits ne pouvaient pas faire envie à son amie. Elle la voyait mal accepter de porter des fringues bas de gamme.

— Ne dis pas de bêtises. C'est beaucoup plus simple que d'être obligée de courir chercher la tienne.

Après un instant d'hésitation, la jeune fille se décida à enfiler la veste. Le tissu hors de prix glissa sur sa chemise.

Effectivement, les manches lui arrivaient un peu au-dessus des poignets, mais l'ensemble lui allait bien.

— T'es beaucoup mieux comme ça, déclara Tommi avec un sourire. Et personne ne regardera tes chaussures. C'est Ellie qui est censée intéresser les acheteurs, après tout.

— Mais je n'aurais sans doute pas fini au moment où tu devras partir, protesta à nouveau Kate.

— Aucune importance. J'en ai une autre.

Évidemment. Kate aurait mieux fait de se taire. Elle était sans doute la seule cavalière du concours à ne posséder qu'une seule veste, usée qui plus est. Certes, elle était de bonne qualité, mais pas spécialement à la mode : c'était un vêtement bleu tout simple qu'elle avait acheté d'occasion.

— Merci, dit-elle, un peu gênée.

Tommi hocha la tête.

— Prête ?

Kate jeta un œil à Ellie, qui avait clairement deviné que quelque chose se tramait : elle caracolait au bout de sa longe, les naseaux en feu, ou presque.

Fitz avait rejoint les deux filles derrière la barrière.

— Ellie l'est, en tout cas, déclara-t-il. On dirait qu'elle s'apprête à participer à une course.

— Oui, et c'est pas forcément l'attitude qu'on demande à un cheval de Hunter, s'inquiéta Tommi. Tu ferais bien d'essayer de la calmer avant que Jamie rapplique avec l'acheteur, Kate. Tu veux que je t'aide à monter ?

— Oui, merci.

La jeune fille mit en place les étriers et vérifia la sangle de la selle, puis leva sa jambe gauche.

— Attends, intervint Fitz en lançant les rênes de son cheval à Tommi. C'est un travail d'homme, ça.

— Ah oui ? Et t'en vois un quelque part ? se moqua celle-ci.

Kate, obnubilée par le garçon qui l'aidait à se hisser sur sa monture, ne prêta pas attention à sa pique. Elle se mit en selle un peu maladroitement, si bien qu'Ellie détala vers la barrière – avant que sa cavalière reprenne ses esprits et parvienne à la diriger vers la porte que Tommi venait d'ouvrir en grand.

« Bien joué, Kate », ironisa intérieurement la jeune fille en essayant d'ignorer la chaleur laissée par la main de Fitz sur sa jambe.

Elle savait qu'il la regardait toujours, debout près de son amie. Ellie, qui venait d'apercevoir les obstacles au milieu de la carrière, s'était lancée au petit galop vers eux, et la jeune fille dut se focaliser sur sa tâche. Elle obligea sa monture à s'arrêter, ce que celle-ci apprécia si peu qu'elle poussa un hennissement suraigu, semblable au cri d'un cochon, puis tourna sur elle-même en se cabrant.

— Tout doux, murmura Kate.

Elle attendit que la jument se défoule, assise tranquillement sur sa selle. Puis elle la mit au travail, l'obligeant à traverser la carrière en diagonale pour éviter de croiser de trop près l'autre cavalière. Après deux tours, elle sentit que la nervosité d'Ellie s'estompait ; quand l'autre duo quitta le terrain, la jument trottait avec assurance et régularité. Finalement, Kate la remit au pas, relâcha les rênes, et se pencha sur son encolure puis la récompenser d'une caresse.

— Bravo, Kate ! lui lança Fitz.

Il la salua de la main, puis se dirigea nonchalamment vers l'écurie, son cheval sur ses talons. Waouh ! Difficile de se concentrer en sentant son regard posé sur elle.

Tommi leva les pouces pour la féliciter ; Kate lui adressa un grand sourire. Puis elle ajusta ses rênes et demanda à Ellie un petit galop. La jument s'élança avec un entrain excessif ; sa foulée était trop irrégulière pour un cheval de Hunter. Mais Kate parvint bientôt à lui faire adopter une meilleure cadence, plus souple.

Tout en galopant, la jeune fille se perdit dans ses pensées : ce cheval, qu'un acheteur potentiel venait voir et probablement monter, n'avait déjà plus le même comportement qu'au début de l'entraînement. Comme tous les cavaliers qui pénètrent sur une carrière de Hunter, l'adolescente mettait tout en œuvre pour que sa monture paraisse décontractée. En réalité, Ellie était tout sauf détendue quand elle commençait les échauffements, et Kate se demandait si c'était honnête de vouloir cacher ce détail à l'acheteur.

Elle savait ce que Tommi ou Jamie lui rétorquerait : à quoi bon présenter un cheval à un acheteur si ce n'était pas sous son meilleur jour ?

Et ça allait de soi, après tout. Mais que se passerait-il si celui-ci tombait sous le charme d'un animal qu'il jugeait parfait, pour se rendre compte ensuite que la réalité n'était pas aussi idyllique ?

Une pointe de culpabilité suspendit le cours des pensées de Kate. Elle se montrait un peu injuste. Jamie ne chercherait pas à vendre Ellie si lui et son client estimaient qu'elle ne pourrait pas lui convenir. Il suffirait qu'elle bénéficie d'un bon entraînement pour tirer profit de tout son potentiel.

Et puis, pourquoi Kate avait-elle toujours besoin de s'inquiéter à propos de tout ? Les autres ne se posaient pas tant de questions. D'ailleurs, il était temps qu'elle s'habitue aux usages en vigueur dans les clubs renommés. Ici, les acheteurs avaient tous des entraîneurs, et les vendeurs prenaient au moins la peine de bichonner les chevaux avant de les présenter aux clients. Ça faisait deux ans qu'elle travaillait pour Jamie, et pourtant, elle avait l'impression de se retrouver parfois sur une autre planète.

— Tu veux que je baisse un peu les barres ? l'interrogea Tommi tandis qu'elle la dépassait.

La cavalière jeta un coup d'œil aux deux rangées d'obstacles – une paire de verticaux toisant environ quatre-vingt-dix centimètres, une paire un peu plus haute, le vertical d'un mètre quinze que Fitz avait sauté, et un oxer de la même taille.

— Ça devrait aller. Merci quand même.

Quand Kate dirigea Ellie vers l'obstacle le plus bas, les petites oreilles de la jument se dressèrent joyeusement. Elle s'envola aussitôt, trente centimètres au-dessus du vertical, puis se précipita vers le second. Elle ne se calma qu'au bout de quelques sauts et finit par retrouver son élégance habituelle, ainsi que les longues foulées qui faisaient d'elle un véritable cheval de Hunter : elle se réceptionnait en douceur, puis levait haut les genoux et franchissait l'obstacle suivant le dos bien rond.

— Bonne fille, murmura Kate en guidant sa monture, au petit galop, vers les barres plus élevées. Doucement…

À l'approche du grand vertical, Ellie s'élança juste au bon moment pour le franchir sans encombre. Plus que cinq foulées jusqu'à l'oxer…

À la deuxième, l'adolescente vit du coin de l'œil un petit groupe se diriger vers le terrain, Jamie en tête. Puis elle reconnut le grand et bel homme qui l'accompagnait. C'était Zac Trask, la rock star !

Elle se raidit sous le coup de la surprise et tourna un peu plus le visage vers eux pour s'assurer qu'elle ne rêvait pas.

Elle était tellement distraite qu'elle en oublia où elle était pendant une seconde. Ellie, gênée par la façon dont sa cavalière se cramponnait aux rênes, se défendit à grands coups de tête, et sa foulée devint hésitante.

Kate ne reprit ses esprits qu'à la dernière seconde : elle écarquilla les yeux en voyant l'oxer s'approcher à toute vitesse.

Elle tira sur la rêne gauche, dans l'espoir que son cheval contournerait l'obstacle au lieu de le franchir. Mais elle comprit tout de suite que ça ne marcherait pas. C'était trop tard. La jument n'avait pas l'intention de changer de trajectoire. Kate se décida alors à relâcher les rênes et se mit à prier.

Un instant, elle crut qu'Ellie passerait sans encombre. La jument s'efforça de prendre un bon appel, mais ses sabots avant touchèrent la seconde barre de l'oxer. L'obstacle entier s'effondra dans un grand fracas, et Kate vit le sol se rapprocher d'elle à toute allure.

CHAPITRE 3

— Oh, mon Dieu ! lâcha Tommi en voyant Kate et Ellie heurter de plein fouet l'obstacle.

La jument trébucha sur une barre, plongeant la tête vers le bas pour retrouver son équilibre, si bien que Kate fut propulsée sur son encolure. Mais comme Ellie était parvenue à se maintenir sur ses quatre fers, la jeune fille réussit à s'accrocher et à se remettre en selle, tandis que la jument, visiblement contrariée, fuyait la barre tombée au sol avec un hennissement.

Tommi put enfin reprendre son souffle, soulagée de constater que personne n'était blessé. Elle ne se souvenait pas avoir vu quelqu'un rater aussi méchamment un obstacle de cette taille.

Ce n'est qu'en entendant les murmures et les soupirs de soulagement derrière elle qu'elle prit conscience de la présence de Jamie. Un petit groupe l'accompagnait : il y avait là une fille aux boucles brunes, au teint parfait et à la bouche pulpeuse qui lui disait quelque chose. Elle avait à peu près son âge, ou peut-être un peu moins, et une beauté qui sortait de l'ordinaire. Elle était moulée dans un polo trop serré et des jambières à franges qui mettaient en valeur ses formes.

Une bombe dernier cri – celle que tous les cavaliers de haut vol portaient en ce moment – était logée sous son bras.

— C'est Eleganz ? demanda-t-elle en s'approchant de Tommi. Le saut, c'est pas son truc, on dirait.

Avant que Tommi ait pu répondre quoi que ce soit, elle se rendit compte que l'un des nouveaux venus n'était autre que Zac Trask. En reconnaissant le chanteur, elle se souvint aussitôt où elle avait vu cette fille – c'était Zara, la fille de la rock star – une cavalière émérite de la côte ouest. Tommi n'avait jamais concouru contre elle – c'était même la première fois qu'elle la rencontrait, mais elle avait vu sa photo ici et ailleurs.

Alors, comme ça, c'était elle l'acheteuse potentielle. Tommi ressentit une pointe de déception : dans ce cas, Ellie allait partir loin. Même si, en général, elle ne s'attachait pas tellement aux chevaux à vendre, elle allait sûrement regretter cette jument-là : Ellie avait vraiment quelque chose de spécial.

— Qu'est-ce qui se passe, ici ? grommela Jamie en fixant Tommi. Je croyais t'avoir demandé de monter Ellie.

— Désolée, Jamie. On a pensé que...

Elle ne prit pas la peine de finir. Malgré le visage impassible de son entraîneur, elle le connaissait assez pour deviner sa contrariété. Et elle ne pouvait pas lui en vouloir. Elle comprenait maintenant très bien pourquoi il avait exigé que ce soit elle et non Kate qui échauffe la jument. Son amie était une excellente cavalière, mais elle se laissait trop facilement impressionner. Se savoir observée par une star internationale était susceptible de lui faire perdre tous ses moyens. Et c'était effectivement ce qui c'était passé.

Tommi, en revanche, avait des nerfs d'acier. Et puis, elle avait rencontré une foule de rock stars, d'acteurs et de célébrités en tout genre depuis qu'elle était toute petite, et elle savait que ces gens n'étaient pas très différents du commun des mortels.

— Désolé pour ce petit incident, déclara Jamie en se tournant vers Zac, Zara et leurs accompagnateurs – leurs gardes du corps et leurs assistants, sans doute.

Il avait instantanément retrouvé son air jovial.

— Laissez ma cavalière monter la jument, et vous verrez de quoi elle est vraiment capable, ajouta-t-il.

— Ça me va, répliqua Zac avec un sourire. Et toi, Z junior ?

— Comme vous voulez, rétorqua cette dernière d'un air indifférent.

— Ça ne prendra que quelques minutes, assura l'entraîneur en adressant un signe à Tommi.

Puis il s'empressa d'ouvrir la barrière pour se diriger vers Kate et Ellie.

Tommi fixa la boucle de sa mentonnière et se hâta de lui emboîter le pas. Quand elle le rattrapa, son amie était descendue de cheval et fixait ses pieds pendant que Jamie attrapait les rênes de la jument. Celle-ci dansait sur place, les yeux roulant dans leurs orbites.

— Ça va ? s'enquit-elle à voix basse en passant devant Kate.

Celle-ci haussa les épaules en évitant de rencontrer son regard. Tommi était gênée pour elle, mais elle n'avait pas le temps de poursuivre la discussion : Jamie vérifiait déjà la sangle de la selle et réajustait les étriers.

— Prête ? lui lança-t-il.

Elle approuva d'un signe de tête et s'avança vers la jument, encore paniquée, en réfléchissant à la manière de s'y prendre pour la calmer. Il fallait essayer de rattraper la mauvaise impression du début.

Du coin de l'œil, Kate observa Tommi se hisser sur la selle, rassembler les rênes et lancer Ellie au trot. L'adolescente avait visiblement oublié qu'elle ne portait plus sa veste, et le col de sa chemise était mal ajusté. Pourtant, même dans cette tenue, elle affichait l'assurance et le calme d'une professionnelle. Bref, tout le contraire de Kate, qui avait quitté la carrière sur les talons de Jamie, la tête basse.

Non seulement elle s'était ridiculisée devant tout le monde, mais, surtout, elle avait contrarié son entraîneur. L'argent qu'il empochait en revendant des chevaux constituait une grande part de ses revenus, et elle avait peut-être saboté une vente importante.

Kate n'avait qu'une envie : courir droit à l'écurie et se cacher pour pleurer dans la crinière d'une jument. Mais c'était impossible. Le moins qu'elle puisse faire, c'était rester dans les parages pour ramener Ellie à son box quand la présentation serait terminée, Jamie et Tommi devant se rendre aussitôt après sur l'un des terrains. Elle prit une profonde inspiration et se dirigea à contrecœur vers le petit groupe.

— Bon... bonjour, balbutia-t-elle en s'efforçant de sourire. Désolée pour ce fiasco. C'était entièrement ma faute. J'ai... heu... complètement loupé l'approche de l'obstacle.

Zac lui lança un sourire incroyablement charismatique.

— T'inquiète pas, ma chérie, répliqua-t-il de cette voix particulière – un peu rauque – qu'elle avait tant de fois entendue à la radio et sur MTV. J'aurais jamais cru que tu resterais en selle. Tu m'as impressionné. Tu ferais un malheur sur un rodéo, tu sais.

Jamie et quelques autres gloussèrent. Quant à Zara, elle leva les yeux au ciel. Pendant un instant, elle dévisagea Kate comme si elle venait d'apercevoir un extraterrestre, puis elle se détourna sans un mot pour observer Ellie.

Kate regarda à son tour vers la jument, soulagée de constater qu'elle s'était calmée. Tommi essayait visiblement de lui faire oublier sa mésaventure en lui demandant d'exécuter des déplacements latéraux. Quand elles passèrent devant le groupe, la jeune fille la lança dans un petit galop parfait. Impressionnée par la sérénité de son amie, à qui l'identité du visiteur n'en imposait pas, Kate risqua un coup d'œil à l'adolescente, à côté d'elle.

Celle-ci surprit son regard et fronça les sourcils.

— C'est à quel sujet ? demanda-t-elle froidement.

— Je… je me demandais juste ce que tu pensais… bredouilla Kate, découragée par le ton peu engageant de Zara. Enfin… d'Ellie. C'est comme ça qu'on l'appelle. Je veux dire… entre nous. Tu sais, Eleganz.

Zara la scruta de nouveau de son regard vert et perçant.

— Oui… merci. J'aurais jamais deviné toute seule.

Mais l'intervention de Jamie ne lui laissa pas la possibilité d'en dire davantage.

— Comme tu peux le constater, Zara, commença l'entraîneur, la jument se déplace tout en souplesse, ce qui fait d'elle un parfait cheval de Hunter. À mon avis, elle va s'améliorer encore avec l'âge.

— Alors, qu'est-ce que tu en penses, Z junior ? demanda Zac. Elle te plaît ?

— Pas mal. Mais il faut que je la voie sauter, répondit la jeune fille avec un haussement d'épaules. Enfin, *au-dessus* de l'obstacle.

— Bien sûr, répliqua Jamie en lançant un coup d'œil à Kate. Tu veux bien aller préparer les obstacles pour Tommi ?

— Tout de suite.

Kate s'échappa du groupe avec soulagement. Si elle avait dû rester quelques minutes de plus, elle sentait qu'elle aurait fini par piquer une crise et faire quelque chose d'insensé, comme chanter le dernier tube de Zac Trask à pleins poumons…

Zara regarda la grande blonde installer une série de petits obstacles en feignant la désinvolture. Mais en réalité, elle mourait d'envie d'applaudir et de pousser des cris comme une gamine. Un peu plus tôt, elle n'attendait pas grand-chose de cette visite, surtout après avoir vu ce saut loupé. À présent, son avis était tout autre : elle trouvait cette jument absolument merveilleuse !

En dépit de son corps mince, de ses jambes fines et de sa petite tête de poney, elle avait un trot et un galop d'enfer. À côté d'elle, le vieux hunter de Zara ressemblait à un cheval de trait ! Et puis, elle possédait quelque chose de vraiment spécial – une sorte d'étincelle qui la différenciait de tous ces chevaux ultra-entraînés et sans surprise que ses entraîneurs voulaient toujours lui faire essayer. Elle avait l'air… pleine d'audace.

Malgré elle, l'adolescente esquissa un sourire. D'habitude, elle s'efforçait de cacher ses émotions. Mieux valait en dire le moins possible et se méfier des autres. Les rares fois où elle s'était laissée aller à des confidences, ça lui avait causé des problèmes. De graves problèmes.

Les seuls êtres à qui elle accordait sa confiance, c'étaient les chevaux. Eux ne mentaient jamais. Ils ne faisaient pas semblant d'être ses amis pour comploter ensuite derrière son dos. Ils ne se servaient pas d'elle pour approcher ses parents célèbres. C'est ce qui l'avait poussée à continuer l'équitation durant toutes ces années. Si elle avait commencé, c'était juste pour les sensations fortes : elle cherchait sans cesse à galoper plus vite et à sauter plus haut. Et puis, finalement, elle avait persévéré pour les chevaux eux-mêmes.

Bien sûr, elle ne l'aurait avoué pour rien au monde. La plupart des gens pensaient qu'elle montait pour le fun. Et ça lui convenait ainsi.

La fille blonde et mince, ayant fini d'arranger les obstacles, s'éloigna. Zara se pencha en avant, pressée d'évaluer les talents de la jument. La milliardaire – Zara avait oublié son nom, mais elle avait vu sa photo dans les magazines dédiés au sport assez souvent pour la reconnaître – lança sa monture au petit galop en direction du premier obstacle.

Tout à coup, Zara entendit un brouhaha quelque part derrière elle. Elle se tourna juste à temps pour voir quelqu'un surgir au coin du stand d'un vendeur de sandwiches.

Super. Le type en sueur faisait son retour. Et cette fois, il n'était pas seul : deux amis l'accompagnaient, armés d'appareils photo. Ils s'empressèrent de mitrailler Zac.

— N'oubliez pas la fille ! lança l'un des deux avec un accent du Queens à couper au couteau.

— Oh ! non, marmonna Zara en jetant un regard énervé vers son père.

La dernière chose qu'elle voulait, c'était que ces gros lourds l'immortalisent pendant qu'elle essayait Ellie.

Non pas qu'elle soit timide. Loin de là. Une fois, elle s'était baignée à poil dans les vagues, près de la jetée de Santa Monica. En plein jour. Juste pour embêter ses parents, qui lui avaient confisqué sa voiture sous prétexte qu'elle sortait trop.

Mais là, c'était son moment à elle. Elle ne tenait vraiment pas à ce qu'un quelconque magazine *people* s'en empare.

Et puis, elle détestait se ridiculiser. Et s'il y avait une leçon qu'elle avait apprise durant toutes ces années avec les chevaux, c'était qu'ils n'hésitaient jamais à vous humilier, qui que vous soyez. Éjecter la fille d'une rock star ou un bouseux inconnu au bataillon ne faisait aucune différence pour eux.

L'un des gardes du corps de Zac, une armoire à glace qu'on appelait Bo, se dirigeait déjà vers les intrus, suivi de quelques comparses. Pendant ce temps, l'adolescente reporta son regard vers la jument. La fille du milliardaire lui faisait franchir un vertical qui ne devait pas dépasser quatre-vingt-cinq centimètres : l'animal, les oreilles dressées et les genoux joliment fléchis, effectua un saut parfait.

Lorsque Zara se retourna, les paparazzis avaient disparu. Elle prit un malin plaisir à imaginer comment Bo et ses copains devaient leur avoir ôté l'envie d'importuner les gens. Bon, elle se faisait sûrement des films. Mais elle pouvait bien rêver un peu, non ?

Cela dit, l'incident l'avait agacée. À Los Angeles, tout le monde était habitué à la voir fréquenter les concours. Il n'y avait pas d'émeute quand Zac ou sa mère venaient l'applaudir. Juste quelques personnes qui demandaient des autographes, c'est tout.

— Foutue côte est, grommela-t-elle.

— Comment ? demanda poliment l'entraîneur.

Elle ignorait s'il l'avait entendue ou non.

— Rien. Je parlais toute seule.

Jamie tourna de nouveau la tête vers le cheval.

— Tu veux la voir sauter encore un peu ou tu es prête à l'essayer tout de suite ?

— Je suis prête.

Zara inspecta une nouvelle fois les alentours à la recherche d'un quelconque commando de photographes, puis glissa un regard vers son père. Fidèle à lui-même, il paraissait d'une extrême nonchalance, baragouinant en espagnol avec le palefrenier mexicain qui accompagnait Jamie. L'étranger souriait de toutes ses dents, visiblement en extase devant la star.

Zara était indignée. C'était typique de son père, ça. Il se fichait pas mal d'être harcelé par des fans ou par la presse partout où il allait. Après tout, c'était la rançon de la gloire. En revanche, personne n'avait demandé à l'adolescente si ça la dérangeait qu'on la poursuive comme du gibier à chaque seconde de sa vie. Elle n'avait rien fait pour ça, elle, et aurait aimé avoir la paix, surtout quand elle était censée s'amuser.

Peu importait. Elle n'allait pas laisser ces abrutis – ni son père – lui gâcher son plaisir. Elle regarda Jamie faire signe de le rejoindre à la porte à la fille sur la jument.

— Ellie a du caractère mais elle est assez sensible : je te conseille de ne pas trop la solliciter avant d'apprendre à la connaître, déclara Jamie. Ne te sers pas trop de tes mains et reste légère dans ton assiette, mais utilise un peu tes jambes de temps en temps pour qu'elle ne se sente pas abandonnée.

— Bon, O.K., murmura Zara avant de lancer un dernier regard derrière elle afin de vérifier que les photographes n'étaient pas revenus.

Elle attrapa sa bombe sur le poteau de la barrière où elle l'avait accrochée et l'enfonça sur sa tête sans prendre le soin d'attacher ses cheveux. Si ça ne plaisait pas à ces snobinards de la côte est, eh bien, ils pouvaient aller se faire voir !

L'autre fille venait de mettre pied à terre. Elle conduisit la jument près du montoir et la tint par la bride pendant que Zara vérifiait la longueur des étriers. Elle n'eut pas besoin de les ajuster. Miss Milliardaire avait quelques centimètres de moins qu'elle, mais de sacrées longues jambes pour sa taille.

— Je pense que Jamie t'a expliqué qu'il fallait garder des aides légères avec Ellie, hein ?

Le ton employé était amical, mais Zara n'était pas d'humeur loquace.

— Je sais monter, O.K. ? lança-t-elle.

Puis elle bascula sur la selle, attrapa les rênes et pressa fermement les flancs de la jument pour lui faire regagner le centre de la carrière.

Ellie commença à caracoler, et son corps se tendit.

— On se calme, ma belle, d'accord ? lui dit-elle en raccourcissant ses rênes.

Pour tout résultat, sa monture se mit en défense, fuyant la main, et recula.

— Doucement avec tes mains, lui cria l'entraîneur. Tu devrais te contenter de longer la barrière sur quelques tours pour comprendre comment elle réagit.

Zara n'avait de conseils à recevoir de personne, et surtout pas d'un type aux cheveux ultra-gominés qu'elle ne connaissait même pas. Elle se fichait pas mal que tout le monde se prosterne devant lui. Il lui en fallait plus pour l'impressionner. Elle dirigea la jument vers la barrière et la sollicita de nouveau d'un petit coup de talon pour la mettre au trot.

Mais Ellie avait d'autres idées en tête. Elle s'ébroua, puis partit au petit galop en secouant la tête.

— Ne la laisse pas t'arracher les rênes ! s'alarma Jamie.

Zara avait tout de suite compris ce que sa monture s'apprêtait à faire.

— Oh, non, ne compte pas là-dessus, gronda-t-elle entre ses dents.

L'animal ne parvint qu'à esquisser un saut de mouton, les jambes tendues et le dos rond, avant que Zara l'oblige à redresser la tête puis à tourner à gauche. Ellie s'arrêta net et se mit à cabrioler sur place.

Zara ne s'ennuyait plus du tout, maintenant. Elle avait vu juste : cette jument avait un sacré caractère !

— Je le savais, murmura-t-elle en s'enfonçant dans sa selle.

Elle donna à nouveau des jambes. Ellie s'élança au petit galop, mais cette fois en gardant la tête haute pour éviter le mors. Zara entendait vaguement Jamie lui crier des instructions, auxquelles elle ne prêta pas attention. Elle était concentrée sur la jument, attendant de découvrir ce qu'elle ferait ensuite, et savourait cette excitation si particulière qu'elle ressentait chaque fois qu'elle essayait un cheval. Elle adorait cette bouffée d'adrénaline, cette sensation que tout pouvait arriver.

La jument paraissait avoir renoncé à ruer, même si elle ne pouvait pas s'empêcher de caracoler. Zara hésita à la faire tourner plusieurs fois sur elle-même, le nez sur sa botte, comme lui avait montré ce cavalier rencontré sur un des tournages de sa mère. Mais elle résista à la tentation et se contenta d'attendre patiemment qu'Ellie se calme.

Il ne lui fallut que dix ou quinze minutes pour l'inciter à trotter et à galoper calmement. Zara savait bien que la jument ne devait pas paraître aussi détendue qu'avec l'autre cavalière, comme tout cheval de Hunter se doit de l'être. Mais elle parvint à ce qu'elle franchisse la série d'obstacles plusieurs fois sans trop de difficultés.

Elle s'apprêtait à entamer un troisième tour quand elle entendit Zac l'appeler. Tournant la tête vers lui, elle vit deux cavaliers à poney venir dans sa direction. Quelle poisse ! Leur carrière privée semblait avoir cessé de l'être. Tant pis. Zara avait vu ce qu'elle voulait voir. Elle tapota Ellie puis la gratouilla au niveau du garrot, avant de la diriger vers le portail et de sauter à terre.

La milliardaire brune et la blonde toute fine s'avancèrent pour prendre les rênes.

— Belle assiette, la complimenta la fille de riche. Ce n'est pas le premier cheval sauvage que tu montes, pas vrai ?

— J'admets que tu m'as rendu un peu nerveux pendant un moment, déclara Jamie avec un sourire forcé. Tu ne manques pas de cran. Bien joué ! On est là tout le week-end si tu veux refaire un essai avec Ellie avant de prendre ta décision.

— C'est bon, rétorqua Zara en haussant les épaules. Un ami de mon entraîneur a vu un de vos gamins la monter lors d'un concours la semaine dernière. C'est pour ça que je m'intéresse à elle. Je sais qu'elle a le niveau pour concourir.

— Très bien, acquiesça Jamie. Je pensais que tu voudrais peut-être t'habituer un peu à elle avant de…

— Pas la peine, l'interrompit l'adolescente en ôtant sa bombe. Je la sens bien, ne vous inquiétez pas.

Elle se tourna vers son père pour lui annoncer :

— Je veux l'acheter.

Zac haussa un sourcil.

— Tu es sûre, Z junior ?

— Tu m'as déjà vue hésiter ?

Avant que son père trouve quelque chose à lui répliquer, un cri suraigu retentit. Au moins, cette fois, ce n'était pas des paparazzis. Juste la mère grassouillette d'un des gamins juchés sur leurs poneys, qui avait sans doute embrassé son premier petit ami sur un des tubes de Zac au temps des hommes des cavernes. Le rockeur attendit patiemment, avec son charme habituel, qu'elle fouille dans son immense sac à la recherche d'un stylo pour lui faire signer son ticket de caisse. Zara ne put s'empêcher de grimacer en assistant à la scène.

— Ça doit être lassant à force, non ? commenta la milliardaire pendant que la fan hystérique dissertait avec extase sur le génie de Zac.

Zara lui lança un coup d'œil.

— Peut-être, mais c'est comme ça, répliqua-t-elle.

Elle attrapa sa bombe et se hâta de fuir cette stupide mascarade.

CHAPITRE 4

La rue où habitait Kate – West Maple Street – se trouvait à seulement huit kilomètres des champs verdoyants de Pelham Lane, mais on avait l'impression d'atterrir sur une autre planète. Le pâté de maisons où elle vivait avec sa famille était entouré par de petites habitations serrées les unes contre les autres ; la plupart avaient l'air bien entretenues, bien qu'un peu veillottes.

Quand elle arriva devant le pavillon familial, Kate était tellement fatiguée qu'elle trouva à peine l'énergie de couper le moteur de son véhicule. Les concours la laissaient toujours sur les rotules : le manque de sommeil, la mauvaise nourriture et le stress auraient produit le même effet sur n'importe qui. Au moins, elle pouvait rentrer chez elle en voiture, maintenant. L'hiver dernier, son père lui avait offert comme cadeau d'anniversaire la moins chère de la fourrière, parmi celles qui fonctionnaient encore correctement. Il avait en plus payé les six premiers mois d'assurance. La jeune fille n'aurait pas espéré mieux, même si pour son père, c'était une question de sécurité : il n'aimait pas du tout l'idée de la savoir sur son vélo en pleine nuit quand elle rentrait du travail. Étant policier, il mesurait mieux que personne les dangers qu'elle courait.

Elle attrapa son sac, ouvrit la portière et se dirigea vers l'entrée, tout en repensant au concours. C'était l'un des plus modestes auquel le club de Jamie ait participé, un événement local sans grande importance, censé donner le coup d'envoi de l'été pour les nouveaux clients. Une façon aussi de mettre à l'aise ceux qui n'avaient pas pu prendre part aux grandes compétitions, l'hiver précédent, en Floride. Kate avait fini, comme toujours, par présenter quelques chevaux dans différentes catégories. L'un d'eux, un trakehner expérimenté mais têtu, avait décidé de ruer au lieu de trotter pendant que sa propriétaire l'échauffait sur le plat. L'adolescente avait montré à celle-ci comment le calmer, et la cliente lui avait alors demandé de concourir à sa place. Kate et l'animal avaient fini premiers de leur catégorie. En repensant à l'excitation de la propriétaire et surtout, à la reconnaissance de Jamie, elle esquissa un sourire. Après cette victoire, la cliente avait même trouvé le courage de remonter sur son cheval, malgré sa nervosité, et de tenter une épreuve de saut d'obstacles, avec succès. Bref, Kate lui avait permis d'éviter la catastrophe.

En constatant que toutes les pièces étaient éclairées chez elle, l'adolescente redevint grave. Elle jeta un coup d'œil à sa montre. Il était onze heures passées, et son père travaillait tous les samedis soir. Ça ne pouvait rien augurer de bon.

— Maman ? appela-t-elle en entrant.

— Je suis là, Katie ! lança la voix fluette et tremblante de sa mère, dans la cuisine.

Le cœur serré, l'adolescente se hâta de la rejoindre. Debout devant le plan de travail tout abîmé, sur lequel elle avait sorti la moitié du garde-manger, sa mère effleurait de son doigt fin chaque boîte de soupe, chaque paquet de pâtes, deux fois, trois fois, quatre fois – le nombre magique – tout en comptant du bout des lèvres.

— Maman ?

Pas de réponse. Kate attendit, la mâchoire crispée. Si elle manifestait une quelconque impatience, sa mère risquait de vouloir recommencer son rituel depuis le début.

Elle finit par tapoter doucement quatre fois de suite l'une des boîtes de conserve alignées devant elle. Après seulement, elle leva les yeux vers sa fille pour lui adresser un petit sourire triste.

— Quelle heure est-il, ma chérie ? Ton concours est terminé ?

— Oui, maman. Il est onze heures et quart. Où est Andy ?

Sa mère cligna des paupières et regarda autour d'elle, une expression hésitante sur son visage pâle.

— Je... je crois qu'il est dans sa chambre. Il doit se reposer. Demain, il a cours.

Kate ferma les yeux un instant pour recharger ses batteries. Quelque chose lui disait que son petit frère n'était pas dans sa chambre au sous-sol, mais qu'il traînait avec ses mauvaises fréquentations. Celles à qui il devait d'avoir raté ses examens et d'être obligé de suivre des cours de rattrapage pendant l'été. Si son père apprenait qu'il faisait de nouveau n'importe quoi...

Mais ce n'était pas son problème, après tout. Et de toute façon, elle n'avait pas la force d'essayer de le résoudre. Sa mère était retournée à son rituel, empilant avec soin quatre boîtes les unes sur les autres avant de les porter vers le garde-manger grand ouvert. Elle y déposa la pile avec précaution près d'une tour composée de quatre boîtes d'anchois, puis appliqua son doigt à quatre reprises sur chacune d'entre elles.

— Comment s'est passé ton week-end, ma chérie ? demanda-t-elle à Kate quand elle eut fini. Tu t'es bien amusée ?

— Beaucoup.

Sa mère devait penser que les concours hippiques n'exigeaient pas plus d'efforts que les tours à poney qu'elle réclamait, enfant, chaque fois qu'on l'emmenait à la foire.

— C'était super, reprit Kate. Mais je suis crevée. Je ferais bien d'aller me coucher. Bonne nuit.

Elle se hâta de disparaître sans attendre la réplique de sa mère. La voir en pleine crise de TOC la mettait mal à l'aise, au point qu'elle se sentait nauséeuse.

Sa chambre se trouvait sous les combles, dans le pignon, et on y accédait par un escalier étroit. Là aussi, toutes les lumières étaient allumées. Kate devina aussitôt que sa mère avait visité l'endroit pendant son absence : quatre de ses peluches étaient installées sur le lit fait avec soin, alors qu'elle l'avait laissé en désordre en partant le mercredi précédent. Les photos et les bibelots posés sur sa coiffeuse étaient regroupés quatre par quatre, et la jeune fille était sûre de trouver ses sous-vêtements rangés par piles de quatre dans son tiroir.

Elle attrapa son téléphone dans sa poche pour composer le numéro de son père. Il tenait à ce qu'elle l'appelle dès son retour afin de vérifier que le trajet s'était bien déroulé. Même après lui avoir acheté une voiture – ce qui était quand même plus sûr qu'un vélo – il n'était pas tout à fait rassuré.

— Je suis bien rentrée, lui déclara-t-elle quand il décrocha. Comment se passe le boulot ?

— C'est plutôt calme. Et ton concours ? T'as gagné combien de trophées ?

Elle ne put s'empêcher de sourire : son père lui posait systématiquement cette question quand elle rentrait d'une compétition, faisant allusion à sa toute première épreuve d'équitation – un concours insignifiant auquel elle avait participé dans son ancien club. Elle était arrivée première et avait remporté un trophée en plastique criard qui semblait venir d'un distributeur de chewing-gums. Mais son père s'était tellement réjoui de cette récompense ridicule qu'elle l'avait peinte en doré et la lui avait donnée pour la fête des pères. Depuis, ils blaguaient sans cesse à ce propos.

— Quelques-uns, répondit-elle d'un ton léger.

Elle se tut un instant, se demandant si elle devait lui parler de la nouvelle crise que traversait sa mère.

Elle décida finalement de ne pas l'embêter avec ça. Et puis, il devait être au courant, de toute façon. C'était sans doute pour ça qu'il faisait des heures supplémentaires. Et qu'Andy passait de moins en moins de temps à la maison.

Elle-même sautait toujours sur la première occasion pour se réfugier au club.

Après avoir raccroché, elle s'affala sur son lit avec un sentiment de culpabilité. Elle devait essayer de faire preuve d'un peu plus de patience avec sa mère. La pauvre, elle n'était pas responsable de sa maladie. Mais elle avait beau se dire ça, comme tout le monde autour d'elle, celle-ci n'en était pas moins difficile à accepter. Si seulement Kate pouvait, de temps en temps, échanger sa vie avec celle de Tommi ou de Summer, ou n'importe quelle autre cavalière du club ! Quand bien même elle les entendait se plaindre, parfois, leurs vies semblaient si parfaites à côté de la sienne !

L'adolescente bâilla à s'en décrocher la mâchoire. En dépit de sa fatigue, elle était trop excitée pour s'endormir tout de suite, comme toujours après un concours.

Elle composa le numéro de Tommi avec la certitude de ne pas la réveiller, vu qu'elle mettait beaucoup plus longtemps que Kate pour rentrer chez elle, à Manhattan. Mais la sonnerie ne retentit que deux fois avant qu'elle entende le message du répondeur.

— Zut, murmura-t-elle.

Comme elle n'avait toujours pas envie de dormir, elle essaya un autre numéro. Cette fois, son interlocutrice répondit aussitôt.

— Salut, Katie ! lança Natalie.

Kate sourit. Avoir un oiseau de nuit parmi ses amis pouvait présenter des avantages.

— Salut ! Quoi de neuf ?

Natalie était sa meilleure amie depuis la maternelle. Elles avaient commencé l'équitation ensemble au centre équestre de Happy Acres, et son amie ne comprenait pas pourquoi Kate avait quitté leur club. Tout ça pour monter « des warmbloods stupides avec des petites snobinardes de Manhattan », comme elle le soulignait souvent. Néanmoins, Kate la considérait comme une véritable sœur.

— Pas grand-chose. Où t'étais ce week-end ? Je suis allée chez toi pour te proposer de m'accompagner à la fête de Frankie Pannelli.

— J'avais un concours.

L'adolescente hésita un instant. Nat était la seule personne au courant pour sa mère – du moins en dehors du cercle familial. Ayant dormi chez elle à plusieurs reprises par le passé, elle avait surpris celle-ci en pleine crise plus d'une fois.

— Ma mère ne t'a rien dit ?

— Je l'ai pas vue. Andy m'a raconté que tu t'étais suicidée en sautant du pont de Brooklyn.

Kate roula des yeux scandalisés. Mais c'était bien le style de son frère de sortir des trucs pareils.

— C'est pas plus mal, avoua-t-elle en soupirant. Elle est de nouveau en train de péter les plombs.

— Ah bon ? Elle était pas censée voir ce psy que ton père lui a trouvé ?

— J'en sais rien.

Elle n'avait aucune envie de parler de ça en ce moment – ni à aucun autre, d'ailleurs – si bien qu'elle changea de sujet.

— Tu as monté ce week-end ? demanda-t-elle.

— Seulement quand j'ai dû remettre Roscoe au pli. Cette sale bête avait décidé de faire passer un sale quart d'heure à un de mes petits élèves.

Kate grimaça malgré elle. Depuis que son amie enseignait l'équitation à Happy Acres, elle avait pris un peu la grosse tête, au point qu'elle malmenait parfois les poneys du club, des animaux au tempérament très doux, mais un peu paresseux – et surtout mal dressés.

— Il s'en passe des choses dans ton club, se contenta de répliquer Kate.

Elle n'osa pas lui poser davantage de questions ni lui faire de reproches, de peur de la vexer.

— En parlant de ce bon vieux Roscoe, j'ai vu un poney qui lui ressemblait beaucoup au concours. Il avait les mêmes taches.

— Hmm.

Nat n'avait pas l'air intéressée par l'anecdote. Pas plus que lorsque Kate lui racontait la vie de son club à elle ou les compétions auxquelles elle participait. Ça lui faisait tout drôle de s'apercevoir qu'elles n'avaient plus rien à se dire quand elles abordaient le sujet des chevaux. C'était pourtant cette passion qui les avait liées. Toutes petites, déjà, elles avaient joué ensemble pendant des heures avec des figurines de poneys.

Kate ne cherchait jamais à insister avec Nat. Ce n'était pas son truc, de toute façon, de faire du rentre-dedans. Il était temps de changer à nouveau de conversation.

— Alors, Frankie a organisé une fête ? C'était bien ?

— Super ! s'exclama aussitôt son amie. Justin avait piqué de la vodka dans la cachette de sa mère – une vraie soûlarde, celle-là – et cette pimbêche de Stacey Wilcox a trop bu et a fini par se laisser tripoter par ce pauvre type, Dave Duffer. Aujourd'hui, elle a posté un message sur Facebook pour faire savoir à la terre entière qu'elle le détestait.

Elles discutèrent des potins du lycée pendant quelques minutes encore. Lorsque Kate raccrocha, elle se sentait un peu mieux, ou plutôt un peu moins mal. Elle enleva ses vêtements crasseux et s'enveloppa dans un des quatre peignoirs propres qu'elle avait trouvés sur sa chaise, puis descendit à la salle de bains pour prendre une douche – elle en avait bien besoin. Un moment plus tard, elle regagna sa chambre et s'endormit aussitôt.

Le mardi matin, Tommi fut réveillée par un soleil éblouissant qui inondait sa chambre. Elle lança un coup d'œil au réveil posé près de son lit à baldaquin et grogna. Il était six heures et demie. Bien que les vacances aient commencé depuis une semaine, son organisme était toujours réglé sur les horaires de l'année scolaire.

Les vacances ! Tommi s'étira en souriant, savourant la perspective des longues journées d'été qui l'attendaient au club hippique et des soirées à faire la fête avec ses amis. Elle ne pouvait pas rêver plus agréable programme.

Un moment plus tard, douchée et habillée, elle descendit l'escalier. Mme Grigoryan s'affairait à la cuisine tandis que le père de Tommi, installé dans le coin réservé aux repas, lisait le *Times* devant une tasse de café. Il leva les yeux vers elle quand elle entra.

— Bonjour, ma chérie.

— Bonjour, papa. Qu'est-ce que tu fais encore là ?

Il haussa un de ses sourcils broussailleux.

— Tu n'es pas contente de voir ton vieux père, Thomasina ? demanda-t-il d'un ton moqueur.

L'adolescente roula des yeux. Il ne prononçait son prénom en entier que lorsqu'il était en colère après elle - ce qui ne semblait pas le cas en ce moment - ou, au contraire, d'excellente humeur.

— D'habitude, t'es au bureau à cette heure-là, fit-elle remarquer en se laissant tomber sur une chaise.

— Je joue au tennis avec le maire à huit heures.

M. Aaronson tourna une page de la rubrique économique de son journal avant de reprendre :

— Ça ne sert à rien d'aller au bureau pour si peu de temps avant ma partie.

Voilà qui expliquait son entrain. Son père gagnait toujours au tennis. Et cette perspective le rendait joyeux.

— Au fait, ajouta-t-il, j'ai une bonne nouvelle.

— Ah oui ?

Tommi s'était levée pour se diriger vers le réfrigérateur.

— Ta sœur vient nous rendre visite ce week-end.

— C'est formidable, n'est-ce pas, mademoiselle ? roucoula Mme Grigoryan avec son accent arménien. Nous avons tous hâte de recevoir Mlle Callie ici.

— Callie revient à la maison ?

Tommi s'était immobilisée, contemplant d'un air absent l'intérieur du réfrigérateur. Enfin, elle attrapa une bouteille de jus d'orange, puis un verre, et rejoignit son père.

— On fête quelque chose ?

— Non. Je suppose que la famille lui manque, tout simplement, expliqua son père.

Tommi ne savait pas comment prendre la nouvelle. C'était la première fois que sa sœur rentrait à New York depuis qu'elle avait obtenu, en mai, son diplôme de l'université de Yale et qu'elle avait emménagé à Washington pour travailler au Capitole. Bien sûr, ce serait sympa de la revoir.

D'un autre côté, ça ne faisait pas longtemps qu'elle était partie. Pas assez, en tout cas, pour que Tommi s'habitue à la façon dont l'entourage de ses parents parlait maintenant de sa sœur : d'après eux, elle serait bientôt la première présidente des États-Unis. Tommi n'avait aucun doute là-dessus, évidemment – elle n'avait jamais vu Callie échouer. Mais elle se sentait mal à l'aise quand ces personnes se tournaient vers elle après s'être répandues en éloges sur Callie, avec l'air de se demander si la petite sœur pourrait jamais arriver à la cheville de son aînée.

Elle se rendit compte soudain que son père, les yeux braqués sur elle, attendait sa réponse.

— C'est chouette, mentit-elle en souriant. Quand est-ce qu'elle arrive ? J'ai un concours ce week-end, mais j'espère que j'arriverai à la voir.

— Encore un ! s'étonna son père, qui perdit instantanément son air jovial. Tu ne pourrais pas faire l'impasse dessus, pour une fois ? Ce n'est pas tous les jours que ta sœur nous rend visite.

— Impossible.

Tommi sentit l'énervement la gagner, comme chaque fois qu'il refusait de comprendre à quel point elle prenait la compétition au sérieux.

— Jamie compte sur moi, et tout est déjà organisé.

Son père fronçait les sourcils.

— Ah bon ? Je tenais pourtant à ce que tu sois présente au dîner prévu en l'honneur de Callie vendredi soir. Ta belle-mère et Mme Grigoryan ont prévu un délicieux repas.

Tommi ouvrit la bouche pour protester – contrairement à la moitié des gens qui travaillaient avec son père, à Wall Street, elle n'avait pas peur de lui tenir tête – avant de réaliser qu'elle n'avait aucun entraînement de prévu avant le samedi.

— C'est d'accord. Je serai là vendredi pour le dîner. Mais je consacrerai le reste du week-end à mon concours.

Quand elle arriva au club, un peu plus tard, elle était toujours en train de ruminer la nouvelle. Elle s'arrêta devant le box de Toccata pour lui donner un bonbon à la menthe, puis remarqua Kate en train de bichonner un cheval non loin de là. Le chien Chaucer somnolait près de l'animal pendant qu'un de ses congénères, un jeune labrador du nom de Hugo, reniflait le sol avec intérêt, dans l'espoir de se mettre quelque chose sous le croc.

— Hé, salut ! lança Kate à Tommi tandis que Hugo l'accueillait en lui sautant dessus. Comment s'est passée ta journée d'hier ?

Comme beaucoup de centres équestres de renom, Pelham Lane était fermé le lundi – le jour de congé de Jamie. Les membres du personnel en profitaient pour s'occuper de ce qu'ils n'avaient pas eu le temps de faire les autres jours : réparer les obstacles ou les repeindre, vérifier le bon état des vans et des autres véhicules, laver le linge en retard. Le maréchal-ferrant venait examiner les sabots des chevaux, et si ceux-ci avaient besoin de piqûres ou de soins dentaires, le vétérinaire passait ce jour-là également.

Jamie autorisait pourtant les juniors à monter le lundi, du moment qu'ils acceptaient de panser leurs montures et de les seller eux-mêmes. Tomi profitait donc parfois de cette journée pour venir s'entraîner au calme avant un concours. La plupart du temps, néanmoins, elle essayait de respecter les règles.

— Je me suis ennuyée toute la journée, répondit-elle à Kate en caressant les oreilles tombantes de Hugo. Le matin, j'ai fait quelques boutiques, puis j'ai pris ma voiture pour aller à Greenwich chez des amis piquer une tête dans la piscine. T'as besoin d'aide ?

— Oui, je veux bien.

Kate lui tendit une brosse, et elles entreprirent toutes les deux de déloger la poussière de la robe pourtant étincelante du cheval.

— Mme Hamilton est censée prendre un cours à dix heures, et je dois préparer Reno pour elle. Autant dire que je suis en retard !

Tommi approuva d'un signe de tête.

— Il y a du nouveau en ce qui me concerne, déclara-t-elle en brossant la croupe du cheval. Mon père vient de m'annoncer que Callie rentrait ce week-end.

Son amie lui lança un coup d'œil.

— Elle en a déjà marre de Washington ?

— Ça m'étonnerait, s'esclaffa Tommi. À mon avis, elle cherche juste un nouveau public pour l'écouter raconter combien son boulot est important et combien tout le monde l'aime.

Kate répliqua en riant :

— Qu'est-ce que tu peux être méchante !

— Je sais.

Elle passa la brosse sur le ventre du cheval avec un soupir.

— J'irai sans doute tout droit en enfer, continua-t-elle. Mais c'est plus fort que moi.

Son amie la regarda avec compassion. Avant qu'elle ait pu ajouter quoi que ce soit, Fitz apparut au coin du box, les mains fourrées dans les poches de son jean. Hugo laissa échapper un jappement et se précipita sur lui, sa queue frétillant à cent à l'heure.

— Comment ça va, les filles ? lança-t-il.

— Salut, Fitz, répliqua Tommi. Mais dis-moi, tu as l'air bien désœuvré. Si tu n'as rien de mieux à faire, tu pourrais peut-être aller chercher les affaires de Mme Hamilton dans la sellerie…

— Faut pas exagérer, je ne m'ennuie pas tant que ça.

Il s'appuya contre le mur et caressa les oreilles de Hugo après leur avoir adressé son fameux sourire en coin – celui qui avait séduit la moitié des filles de New York. Si on en croyait les ragots, bien sûr.

— Alors, Kate. J'ai entendu dire que tu avais porté secours à Greta Phillips pendant sa démonstration de rodéo.

— On peut dire ça, oui, admit Kate à mi-voix. Mais ce n'était pas difficile. Elle est tellement nerveuse… Son cheval ne pouvait que le ressentir.

— Ne te sous-estime pas, intervint Tommi avant de se tourner vers le garçon. T'aurais vu ça ! Elle l'a remis au pli en un clin d'œil ! Du grand spectacle, encore une fois.

— Ça ne m'étonne pas, commenta le jeune homme, se penchant de nouveau pour gratter la grosse tête de Chaucer. Notre Kate est une cavalière incroyable. Et en plus, elle est loin d'être désagréable à regarder…

L'intéressée rougit tandis que Tommi levait les yeux au ciel. Fitz ne pouvait jamais s'empêcher de draguer ouvertement, c'était sa marque de fabrique. D'ailleurs, Tommi était l'une des rares à être restée insensible à son charme : elle préférait les garçons qui avaient d'autres obsessions que la gent féminine. Elle l'avait envoyé promener à sa première tentative, et ils avaient fini par devenir bons amis.

— Dommage que tu n'aies pas réussi à me battre à l'épreuve de saut d'obstacles, cette fois, lui lança-t-elle avec un sourire narquois.

— Chipster a fait de son mieux, mais j'ai tout gâché en le gênant sur les barres. J'ai peut-être besoin de leçons particulières. Qu'est-ce que t'en penses, Kate ? Tu crois que tu pourrais me remettre à niveau ?

La jeune fille esquissa un sourire timide, ne sachant visiblement pas si elle devait prendre cette proposition au sérieux ou non. En effet, Fitz se focalisait le plus souvent sur des proies plus faciles, comme Summer ou d'autres filles qui n'étaient pas effarouchées pour un sou. C'était la première fois qu'il prêtait attention à Kate, laquelle avait trop à faire pour essayer de créer de quelconques liens sociaux.

— Tu sais très bien monter, répliqua-t-elle doucement. Je crois juste que ce n'était pas ton jour. Ça peut arriver à tout le monde, non ?

— C'est pas faux, admit Fitz. Mais c'est le seul moyen que j'aie trouvé pour avoir un tête-à-tête avec la star du club. Tu ne peux pas m'en vouloir, pas vrai ?

À bien y réfléchir, Tommi ne trouvait pas très surprenant que le garçon essaie de mettre le grappin sur Kate. C'était même étonnant qu'il ne soit pas passé à l'attaque plus tôt. Même si l'adolescente ne tentait pas d'attirer l'attention des garçons par tous les moyens comme tant d'autres filles, Fitz avait des raisons de s'intéresser à elle : elle était belle, talentueuse et gentille – peut-être trop pour quelqu'un comme lui, d'ailleurs. Tommi se promit d'avertir son amie à ce sujet dès qu'il serait parti. Elle lui devait au moins ça.

Le cheval qu'elles étaient en train de bichonner pointa ses oreilles vers l'allée. Une demi-seconde plus tard, un claquement de sabots résonna, et un magnifique alezan apparut à l'extrémité du chemin, équipé de guêtres et d'un licol rembourré. Javier le menait par la longe tout en lui parlant doucement en espagnol pour le rassurer.

— Qu'est-ce que c'est que ce cheval ? demanda Fitz.

Tommi haussa les épaules et répliqua :

— Il est beau, mais je ne le connais pas. Une nouvelle acquisition, peut-être.

— Je n'ai pas entendu Jamie en parler, intervint Kate. Je me demande si…

Elle s'arrêta net en voyant une silhouette pénétrer au pas de course dans l'enceinte du club. Elle reconnaissait cette fille, avec son short, ses tongs et son petit haut ultra-moulant qui ne cachait pas grand-chose. C'était Zara Trask, celle qui avait acheté Ellie !

— C'est qui ? voulut de nouveau savoir Fitz d'un air bien plus intéressé, cette fois, tandis que Tommi murmurait en lançant un coup d'œil interrogateur à Kate :

— Qu'est-ce qu'elle fiche là ?

Son amie fit une moue qui exprimait son ignorance.

Soudain, Zara remarqua le trio et s'approcha.

— Hé ! Où est Jamie ? interrogea-t-elle. Il était censé préparer un box pour Keeper.

— Keeper ? répéta Kate d'un air perplexe.

Zara répliqua avec impatience :

— Keeper. Mon cheval !

Elle désigna de la main le grand alezan, qui découvrait avec curiosité son nouvel environnement, les oreilles dressées.

Elliot surgit soudain, au pas de course.

— C'est le nouveau cheval de saut d'obstacles ? demanda-t-il poliment à Zara. Venez avec moi. Son box est prêt.

— Qu'est-ce qui se passe ? intervint Tommi.

Si Zara l'entendit, elle ne le montra pas : elle suivit sa monture sans un mot.

Un instant plus tard, Summer se précipita vers le petit groupe et demanda, à bout de souffle :

— Elle est arrivée ?

— Qui ? répliqua Kate.

Summer roula des yeux ébahis.

— Eh ben ! Zara Trask, évidemment !

— Comment tu sais que Zara Trask est là ? l'interrogea Tommi, décontenancée.

— Tu te fiches de moi, ou quoi ? Tout le monde est au courant ! Il n'y a que toi pour ignorer qu'elle s'est inscrite dans notre club !

— Elle… quoi ? s'exclama Tommi. Qu'est-ce que tu racontes ? Je croyais qu'elle habitait à Los Angeles.

— Tu ne regardes jamais les infos, ma parole ! s'indigna Summer. Sa famille vient d'emménager à New York : son père y a un nouveau studio. Elle et ses chevaux vont s'installer ici, dans notre club !

CHAPITRE 5

— Tu as tout ce qui te faut, ma belle ?

— Oui.

Zara sortit de la Mercedes décapotable et se pencha pour attraper son sac sur le siège arrière.

— Merci, Mickey. Tu viens me chercher à dix-sept heures trente, d'accord ?

L'homme approuva d'un signe de tête, jeta sa cigarette par la portière et démarra. C'était sans doute la personne que Zara préférait dans l'entourage de son père. D'abord parce qu'avec ses cheveux noirs en désordre et son visage creusé il semblait sortir tout droit d'un film de zombies. Ensuite parce qu'il était cool et la laissait faire ce qu'elle voulait : il la conduisait partout où elle le souhaitait sans jamais poser de questions.

Tandis que la voiture s'éloignait dans le chemin sinueux en faisant voler le gravier sous ses pneus, Zara se dirigea vers l'écurie centrale. Elle n'était venue que deux fois, mais elle savait déjà que Pelham Lane allait la changer radicalement de son ancien club. Ici, tout était beau, à tel point qu'on croyait pénétrer dans un monde féerique. Les écuries étaient magnifiques, les immenses pelouses luxuriantes, et les kilomètres de clôture blanchie à la chaux parfaitement entretenus. Rien à voir avec le minuscule centre équestre de Los Angeles, où les chevaux devaient s'estimer heureux de pouvoir sortir vingt minutes par jour.

Elle ne vit personne en entrant, bien qu'elle entendît des voix quelque part. Elle marcha dans la direction opposée, celle des box. Celui d'Ellie était vide : quelqu'un devait être en train de la préparer pour elle.

Elle jeta un coup d'œil à sa montre. Son cours devait commencer dans cinq minutes. Jamie avait insisté pour lui donner une leçon particulière : il prétendait que la jument et sa nouvelle propriétaire devaient s'habituer l'une à l'autre avant de pouvoir rejoindre un groupe d'élèves, même si Zara n'en était pas à son premier club. L'entraîneur voulait vérifier que tout se passait bien entre elles ; ensuite, la jeune fille s'entraînerait avec des juniors de haut niveau.

Ça n'avait aucune importance, de toute façon. Zara voulait bien jouer le jeu. S'il y avait une chose qu'elle savait faire, c'était monter à cheval. Jamie ne s'en était peut-être pas rendu compte la première fois qu'elle avait essayé Ellie, mais elle comptait bien l'en persuader aujourd'hui.

S'imaginant qu'elle avait tout son temps, elle descendit l'allée jusqu'au box de Keeper pour lui dire bonjour. Le grand alezan leva le nez de sa botte de foin en entendant la voix de sa propriétaire et s'avança pour l'accueillir.

— Salut, mon pote, lança-t-elle en sortant une carotte de sa poche. Comment tu trouves ta nouvelle piaule ?

Après avoir croqué la friandise, Keeper lécha la paume de l'adolescente comme pour en demander une autre. Celle-ci lui caressa les naseaux en riant.

— En voilà un beau cheval ! commenta quelqu'un derrière elle.

Zara se retourna. C'était ce mec sexy à l'air moqueur qu'elle avait vu un peu plus tôt dans la semaine. Grand et fin, il avait un charme fou. Comment s'appelait-il déjà ? Il portait un nom spécial, plutôt classe.

— Fitz Hall, annonça-t-il comme s'il lisait dans ses pensées. On s'est rencontrés l'autre jour.

— Je sais.

La jeune fille s'adossa contre la porte du box afin qu'il ait une meilleure vue sur ses atouts, avant d'ajouter :

— Je n'oublie jamais un beau visage.

Fitz sourit de toutes ses dents et se pencha vers elle, une main appuyée contre le montant de la porte.

— Mon non plus. Est-ce que tu sais que je fais office de comité d'accueil, ici ?

— Ah oui ? Et qu'est-ce que ça veut dire ?

— À ton avis ? riposta-t-il.

Elle lui lança un petit sourire en coin.

— J'en sais rien. Je vais y réfléchir.

Keeper la poussa de la tête dans l'espoir de recevoir une autre carotte. Elle colla sa joue contre la sienne, et le garçon se rapprocha afin de tapoter amicalement l'encolure du cheval.

— Alors, comme ça, tu l'as ramené de Los Angeles ?

— Oui. On a vendu mon hunter et mon grand poney, mais j'ai dit à mes parents que je ne déménagerais pas sans Keeper.

La jeune fille coula un regard vers Fitz avant de reprendre :

— Quand tu me connaîtras mieux, tu verras que j'arrive presque toujours à mes fins.

— Ah oui ?

Fitz se pencha encore un peu plus vers elle.

— J'espère qu'on aura l'occasion de faire plus ample connaissance très bientôt…

Zara retint un éclat de rire. Le garçon était visiblement du genre à obtenir ce qu'il voulait, lui aussi. Et il n'avait pas peur d'utiliser les grands moyens, comme les sous-entendus un peu scabreux. Ils allaient très bien s'entendre, tous les deux. Mais elle ne comptait pas lui faciliter la tâche pour autant. Ce ne serait pas drôle.

— Je dois y aller, annonça-t-elle en vérifiant l'heure avec nonchalance. Je suis en retard à mon cours.

— Tu veux que je t'accompagne jusqu'au manège ?

— Non merci. Je connais le chemin, mentit-elle.

En réalité, elle n'avait pas été très attentive quand Jamie lui avait fait visiter les lieux. Elle s'éloigna néanmoins d'un pas pressé, pensant retrouver sa route tôt ou tard.

L'écurie avait la forme d'un grand rectangle bordé de quatre allées – deux petites et deux grandes où des box s'alignaient de part et d'autre. Au milieu se trouvaient une immense sellerie, des toilettes et d'autres bâtiments qui servaient à stocker du matériel.

Où se trouvait le manège ? Zara arpenta l'allée en jetant des coups d'œil réguliers dans les box. Enfin, elle vit, de dos, un type qui nettoyait l'un d'entre eux et s'arrêta. Il se trémoussait au son de son iPod tout en ramassant le crottin et les copeaux de bois souillés, sous le regard admiratif de l'adolescente : elle ne quittait pas des yeux son joli postérieur qui remuait en rythme.

— Salut, beau gosse, lança-t-elle soudain d'une voix forte. Tu peux m'aider ?

Le type pivota sur ses talons, l'air ahuri. Il retira précipitamment ses écouteurs et la scruta de haut en bas.

La jeune fille lui rendit la pareille. Il était aussi beau vu de dos que de face. Âgé de dix-neuf ou vingt ans, il faisait un peu brut de décoffrage avec ses cheveux bruns et ses bras musclés.

— Je m'appelle Zara. Et toi ?

— Sean, répondit-il, les yeux fixés sur ses bottes et sa culotte de cavalière. T'es la nouvelle, c'est ça ? La fille célèbre ?

— Mes parents le sont. Pas moi. Mon père, c'est Zac Trask, et ma mère, Gina Girard, expliqua-t-elle d'un air désinvolte. Une rock star avec une actrice. Super original, non ?

Sean s'avança d'un pas.

— Je savais pas. En tout cas, bienvenue à New York.

Zara esquissa un sourire. Elle voyait bien que ce type faisait de son mieux pour ne pas paraître impressionné.

C'était raté. Quoi qu'il en soit, il était vraiment craquant, dans son genre ouvrier en bleu de travail. Ça la changeait agréablement de tous ces Californiens hyper sophistiqués. La côte est – et son nouveau club – n'était peut-être pas si mal, après tout.

De toute façon, elle n'avait pas eu le choix. On ne l'avait mise au courant du déménagement qu'une fois tout organisé. Chacun de ses parents avait cru que l'autre lui en avait parlé, et finalement, elle avait appris la nouvelle par l'employée de maison, quand celle-ci était venue faire les cartons dans sa chambre. Plutôt classique, comme scénario : ce genre de malentendu n'avait rien de très original, chez elle.

Elle chassa ces pensées pour se concentrer sur Sean, qui la dévorait des yeux. Partout où elle allait, elle ne manquait jamais d'admirateurs...

— Et toi, tu travailles ici, c'est ça ? Je veux tout savoir de toi.

— Je n'ai rien de très palpitant à te raconter, répliqua le garçon en s'appuyant sur sa pelle. Je viens d'avoir mon bac et je travaille à mi-temps ici pour gagner un peu d'argent. Mon truc, c'est le BMX.

— Super ! Tu pourrais m'emmener faire un tour, un de ces quatre...

— Quand tu veux, approuva-t-il avec un sourire en coin. Tu verras, je t'apprendrai des trucs sympa.

Oups ! Ça faisait penser à Zara qu'elle était vraiment en retard pour son cours, maintenant.

— Au fait, où est le manège ? demanda-t-elle en consultant une nouvelle fois sa montre. Ma leçon particulière était censée commencer il y a dix minutes.

— Dans l'allée du fond, après la cour. Mais, attends. Je peux te la donner, ta leçon, si tu veux.

— Ah oui ? Et que dirait M. Vos s'il vous entendait faire de telles propositions à une cliente, jeune homme ?

En voyant l'expression ahurie de Sean, Zara éclata de rire.

— Je te charrie ! De toute façon, ça m'étonnerait que *tu* puisses m'enseigner quoi que ce soit…

— Tu crois ? J'aimerais bien voir ça.

— Peut-être, si tu as de la chance…

Elle disparut dans l'allée sans lui laisser le temps de répondre.

Quelques minutes plus tard, elle s'engouffra dans l'entrebâillement d'une grande porte coulissante, laissée ouverte pour permettre à la brise estivale de pénétrer à l'intérieur. Ellie était déjà sur la carrière, sellée et harnachée. Un palefrenier la tenait par les rênes pendant qu'elle sautillait d'une jambe sur l'autre avec impatience et que Jamie attendait, perché sur une barrière toute proche. Lui aussi semblait avoir du mal à se contenir.

— Désolée pour le retard, cria Zara.

L'entraîneur tourna la tête vers elle et sauta de son perchoir.

— O.K., au moins, tu as fini par venir, répliqua-t-il calmement. Mais écoute-moi bien. Avant qu'on commence, je vais t'expliquer comment les choses fonctionnent chez nous. Si le club tourne si bien, c'est grâce à un personnel dévoué qui s'occupe de tout.

Il adressa un signe de tête entendu au palefrenier, qui agitait doucement les rênes pour empêcher la jument de piaffer.

— Oui, je connais les règles. C'était comme ça dans mon ancien club.

— Très bien. Seulement, chez nous, ça ne marche que si tout le monde y met du sien. Chacun doit être là où il est censé se trouver à l'heure dite. Apparemment, certains clubs sont assez laxistes par rapport aux horaires, mais ici, quand je dis qu'un cours commence à telle heure, j'attends de chacun qu'il respecte mes consignes et qu'il se trouve sur la carrière…

Zara n'écouta pas la suite. Elle décida d'attendre la fin de la leçon de morale en pensant à quelque chose d'agréable, en l'occurrence à Fitz et à Sean. Elle se fichait pas mal des remontrances de son entraîneur. O.K., elle avait quelques minutes de retard. Et alors ? La plupart des gens ne se montraient pas si sévères avec elle, d'habitude.

— Recommence, cria Jamie du centre de la carrière. Ne la laisse pas trotter, cette fois. Elle doit aller directement du pas au petit galop. Elle sait le faire.

— On dirait pas, se plaignit Zara.

Comme l'entraîneur ne répliquait rien, elle pressa légèrement le bas de sa jambe contre le flanc de la jument pour l'inciter à revenir à son point de départ, près du pare-bottes.

— De quoi j'ai l'air à cause de toi, hein ? grommela-t-elle entre ses dents à son intention.

Mais Ellie lui arracha presque les rênes des mains et caracola sur quelques foulées. Elle avait donné du fil à retordre à Zara pendant toute la séance, accélérant quand elle la sollicitait, s'effrayant de tout et de rien. Quel caractère elle avait ! En général, la jeune fille aimait les chevaux audacieux, mais, là, c'était trop.

— Du calme, lui lança Jamie. Laisse-la tranquille un instant. Quand tu seras prête, demande-lui le galop à gauche.

Zara s'enfonça dans sa selle, s'efforçant d'« avoir les fesses lourdes », comme son ancien entraîneur le lui conseillait, avec l'espoir que cette attitude relaxerait la jument. Pendant un moment, elle crut qu'elle avait gagné : Ellie parut se détendre. Mais en approchant du point où la cavalière avait prévu de la faire galoper, la jument se tendit à nouveau et partit au trot.

— Aargh ! se lamenta Zara en cherchant à l'arrêter.

— Qu'est-ce qui se passe ? demanda Jamie calmement.

L'adolescente lui lança un regard noir.

— C'est vous l'entraîneur. Vous devriez le savoir, non ?

— Il me semble que tu t'es raidie juste avant le départ au galop et qu'elle l'a senti. Du coup, elle a pris le dessus.

— Elle est insupportable, répliqua Zara. Il faut sans cesse qu'elle détourne son attention sur autre chose !

Jetant un coup d'œil alentour, la jeune fille remarqua un gros bulldog étendu paresseusement à l'extérieur du manège.

— C'est ce chien, expliqua-t-elle. Elle doit avoir peur de lui.

— Absolument pas, rétorqua Jamie. C'est juste qu'elle ne t'écoute pas. Tu dois la convaincre de le faire. Essaie encore une fois.

Maugréant entre ses dents, Zara s'exécuta. Décidément, ce cours n'avait rien de drôle. Elle avait pensé que l'entraîneur l'aurait laissée s'échauffer sur le plat le temps nécessaire, puis qu'il aurait voulu la voir franchir quelques obstacles pour évaluer ses capacités. En tout cas, elle s'était imaginé quelque chose de plus fun pour ce premier essai avec son cheval. Et dire qu'elle devait se contenter de ces exercices ennuyeux !

La tentative suivante fut la bonne : enfin, elles partirent au galop sans anicroche.

— Super ! cria Jamie. Je savais que tu y arriverais !

Loin de lui faire plaisir, ce commentaire énerva Zara : comment devait-elle le prendre ? Comme un compliment ou une insulte ? Elle n'en était quand même pas à son premier galop ! Pourquoi la félicitait-il telle une débutante ?

Après seulement quelques foulées, Ellie prit de nouveau peur et se précipita vers la barrière en coupant l'angle du manège. Cette fois, Zara s'efforça de rejeter la faute sur les oiseaux qui volaient dans les rayons du soleil, mais Jamie fit la sourde oreille à son explication.

— Tu vas changer de direction et prendre le galop à droite, maintenant, lui conseilla l'entraîneur.

— Mais elle n'arrête pas de se cabrer ! protesta la cavalière. Au prix où vous me l'avez vendue, j'aurais pensé qu'elle serait un peu mieux dressée !

— Elle est très bien entraînée pour son âge, mais ce n'est pas une machine, Zara, expliqua Jamie d'un ton un peu plus sévère. Ce n'est que quand tu l'auras suffisamment montée qu'elle comprendra ce que tu attends d'elle.

La jeune fille laissa tomber les rênes sur le cou de la jument, et sa bouche pulpeuse se crispa en une moue boudeuse. Elle ôta ses pieds des étriers.

— O.K., dans ce cas, il va falloir que vous me montriez comment m'y prendre.

— Pas besoin, rétorqua l'entraîneur avant de pointer son index vers la clôture. Fais demi-tour, s'il te plaît. Tu dois placer tes aides quand elle sera au pas, puis la faire partir au galop à droite en passant devant moi.

Pendant un instant, Zara songea que c'était le moment de piquer une crise. Mais elle se ravisa. Ce serait de l'énergie dépensée pour rien. Peut-être une autre fois. Visiblement, Jamie était plus difficile à amadouer que son ancien entraîneur, qui la laissait agir à sa guise. Quel était l'intérêt de suivre un cours – ou de monter à cheval en général – si on n'en tirait aucun plaisir ? Pelham Lane avait beau être le meilleur club du coin, et de loin le plus prestigieux, il n'allait peut-être pas lui convenir. Mais Jamie semblait avoir de l'expérience et il méritait sans doute qu'elle lui accorde une seconde chance. Qui sait ? Il se calmerait peut-être une fois qu'il la connaîtrait mieux. Dans le cas contraire, elle trouverait un autre club et un entraîneur plus relax.

Elle replaça ses pieds dans les étriers, rassembla les rênes et demanda à Ellie d'aller au pas. Pour l'instant, elle jouerait le jeu. On verrait bien ce qui se passerait.

— Salut, Javier, lança Tommi en passant la tête dans la graineterie. Tu n'aurais pas vu Jamie ?

Le jeune palefrenier leva la tête.

— *Si*, il est au manège, mademoiselle Aaronson, répondit-il avec un sourire.

— Merci.

Tommi se dirigea donc vers la carrière. Quand elle entra, elle constata que Jamie était en train de donner un cours particulier. Son élève n'était autre que Zara, qui s'entraînait, montée sur Ellie, à des exercices sur le plat. Curieuse de voir la nouvelle en action, elle s'appuya contre les gradins pour assister aux dernières minutes de la séance.

— Bon travail, Zara, déclara finalement Jamie. Avec un peu d'entraînement, vous devriez former une bonne équipe, toi et Ellie. On arrête pour aujourd'hui, d'accord ?

Il quitta le terrain, et Tommi s'avança vers lui pour lui demander :

— Voulez-vous que je monte Legs aujourd'hui ?

— Ah, bonjour, Tommi, répliqua distraitement l'entraîneur en consultant sa montre. Oui, ce serait super. Tu n'aurais pas vu Mme Walsh en venant ? Je suis en retard pour son cours de saut d'obstacles.

Il sortit avec précipitation sans attendre sa réponse.

— Hé ! se plaignit Zara, qui venait de mettre pied à terre et de remonter ses étriers. Je croyais que le personnel s'occupait de tout, ici. Où est le palefrenier ?

— Jamie part du principe que les juniors doivent se charger eux-mêmes de ramener leurs propres chevaux à leur box, expliqua Tommi. Mais si tu n'as pas le temps de desseller Ellie, tu peux demander à un palefrenier de le faire pour toi.

Elle s'avança vers la barrière pour caresser le chanfrein de la jument.

— Vous vous débrouillez bien, toutes les deux, ajouta-t-elle. Avec un cheval vif comme Ellie, je suis toujours tentée de relâcher les rênes pendant les exercices sur le plat, mais j'ai découvert qu'un peu plus de participation de ma part lui réussissait mieux.

— Tu te prends pour l'assistante de Jamie, ou quoi ? lança Zara d'un air maussade. Je n'ai pas besoin de toi pour me donner des conseils, O.K. ?

Tommi fronça les sourcils. Ce n'était pas la peine d'être aimable si c'était pour qu'on la traite comme ça. Avec cette attitude, Zara ne risquait pas de s'intégrer à Pelham Lane. Même si la compétition était parfois rude entre les juniors, personne n'était désagréable, ici. Jamie s'employait à encourager l'esprit d'équipe, attendant de chacun qu'il donne le meilleur de lui-même et soutienne ses camarades. La nouvelle venue ferait bien de se mettre ça dans la tête, et vite, ou elle n'allait pas s'attirer beaucoup d'amis. Pendant une seconde, Tommi se demanda s'il ne fallait pas la mettre au courant.

Mais elle se mordit la langue pour s'en empêcher. Ce n'était pas son problème. L'entraîneur lui-même remettrait Miss Rock and Roll dans le droit chemin, tôt ou tard.

— Oooh ! Zaraaa, t'es là !

Summer se précipitait vers le manège, bousculant à moitié Tommi au passage, pour s'arrêter brusquement devant Zara.

— J'ai entendu dire que tu venais d'arriver, et je tenais à t'accueillir personnellement au club.

— C'est pas trop tôt. Tiens ! maugréa l'interpellée en lui lançant ses rênes.

Summer les attrapa d'un air ahuri. Elle les fixa un instant, puis contempla le cheval, comme si elle hésitait à comprendre ce qu'elle devait en faire.

— Et fais gaffe ! Ma sellerie doit être rangée au bon endroit, ajouta Zara. Cette selle vaut une fortune.

Elle caressa rapidement Ellie, puis tourna les talons et quitta le manège d'un pas vif.

Tommi éprouva un malin plaisir à contempler la mine stupéfaite de Summer.

— Ce n'est pas tous les jours qu'on te prend pour une palefrenière, hein, Summer ?

— Mais non... Ce n'est pas du tout ce qui s'est passé, protesta celle-ci en retrouvant ses esprits. Heu... je crois plutôt qu'elle a senti que je voulais l'aider. Comme l'aurait fait une amie, tu vois ?

Elle lança un coup d'œil nerveux à la jument : celle-ci encensait violemment et avait failli lui arracher les rênes des mains.

— Allez, ma belle, dit-elle d'une voix enjôleuse. Viens avec maman. On va retrouver Miguel pour qu'il te nettoie au jet.

Elle tira un peu sur les rênes, ce qui n'eut pour résultat que de stresser encore plus Ellie, qui s'ébroua de nouveau. Tommi fut tentée d'intervenir avant que la jument ne blesse sa camarade. Mais elle n'en eut pas besoin : Kate arrivait en courant, les joues rouges et à bout de souffle.

— Je suis là ! cria-t-elle. Désolée d'être en retard. J'ai dû préparer les poneys pour ma leçon, et...

Elle s'arrêta en constatant que c'était Summer qui tenait Ellie par la bride.

— Tiens, déclara celle-ci, soulagée, en lui jetant les rênes. Zara tient à ce qu'on prenne bien soin de sa jument. Je dois y aller maintenant. Elle a sans doute besoin que je lui fasse visiter les lieux.

Elle se précipita hors du manège, et Kate lança un regard interrogateur à Tommi.

— O.K. Qu'est-ce que j'ai manqué ?

— Je t'expliquerai plus tard, répliqua son amie, tout sourire. Je ne voudrais pas te détourner de ta tâche…

— Bon cheval ! s'exclama Tommi lorsque sa monture s'arrondit au-dessus d'un obstacle de belle taille.

Dès la réception, le fin cheval bai repartit de plus belle, à grand renfort de coups de tête joyeux.

Tommi tira sur les rênes avec un éclat de rire et lui tapota l'encolure. Legitieme – aussi appelé Legs – était un warmblood que Jamie avait fait venir récemment de Hollande. Il avait un talent incroyable et sautait avec une facilité surprenante, même s'il se comportait parfois bizarrement, son dressage n'étant pas terminé. La plupart des juniors n'aimaient pas beaucoup le monter, contrairement à Tommi, qui trouvait le défi amusant et plein d'intérêt. Elle aimait essayer de comprendre le cheval et d'en tirer le meilleur. Jamie, ayant remarqué leur bonne entente, avait chargé la jeune fille de l'entraîner.

— Si tu continues à sauter comme ça, on va faire un malheur au concours de ce week-end, murmura-t-elle en relâchant les rênes pour que Legs se mette au pas.

Il faisait chaud, cet après-midi-là, et il fallait le rafraîchir, après une séance si intense : lui et sa cavalière étaient couverts de sueur et un peu fatigués, mais heureux de leur performance. Soudain, le cheval partit au trot, les oreilles pointées vers l'obstacle suivant.

Tommi éclata de nouveau de rire, puis ferma ses doigts sur les rênes pour l'inciter à ralentir. C'était vraiment agréable de monter un cheval qui prenait autant de plaisir à sauter. Legs ne possédait certes pas l'élégance d'un hunter – il était trop nerveux, trop rapide et gardait la tête trop haute pendant le travail. Mais il était parfait pour franchir des obstacles élevés, à condition que son cavalier parvienne à canaliser son énergie.

Tandis qu'ils entamaient leur troisième tour, Kate apparut à l'entrée de la carrière, à la tête d'une petite troupe de poneys. Elle expliquait à une fillette d'environ huit ans comment mener sa monture, un drôle de pommelé qui ne cessait de lui donner des coups de nez. Trois autres de ses congénères le suivaient, tenus par leurs petites cavalières, âgées de six à huit ans.

— Coucou, la salua Tommi, qui dirigea Legs vers la barrière avant de mettre pied à terre. T'inquiète pas, on vient juste de terminer. Je te laisse la place.

— Merci, dit son amie – elle avait l'air un peu nerveuse. Bon, les filles. Ne bougez pas tant que Tommi n'est pas sortie, d'accord ?

Celle-ci lui adressa un sourire plein d'empathie. Elle était sûre que la leçon ne manquerait pas d'intérêt. Le poney que Kate tenait par la bride était jeune, pas encore bien dressé, et têtu comme une bourrique. Quant à sa jeune cavalière, une petite élève opiniâtre qui suivait les cours de Jamie depuis deux ans, elle semblait avoir du fil à retordre avec lui, malgré son expérience.

Tommi quitta le terrain et s'arrêta pour desserrer la sangle de sa selle. Quand elle se retourna, elle faillit faire un bond en arrière. Zara se tenait à deux pas d'elle et la regardait. Depuis combien de temps était-elle là ?

— Chouette cheval, admit-elle, ses yeux verts papillonnant en direction de Legs. C'est le tien ?

— Non, celui de Jamie, expliqua Tommi, sur la défensive – il y avait de quoi après leur dernier échange. Mais merci, c'est un bon cheval.

Zara hocha la tête d'un air entendu.

— Ça doit être amusant de le monter. J'ai bien aimé la façon dont tu l'as guidé au-dessus de cette série d'obstacles.

— Merci, répéta Tommi en essayant de cacher sa surprise.

Elle avait peut-être jugé la nouvelle venue trop vite, après tout. Son air maussade n'était sans doute qu'une façade pour se protéger. Tommi savait mieux que personne combien il était difficile d'avoir des parents célèbres.

Un cri interrompit le cours de ses pensées, et elle vit Zara se retourner aussi sec.

— Merde ! jura celle-ci.

— Qu'est-ce qui se passe ? s'étonna Tommi, avant de voir deux paparazzis se ruer vers elle en brandissant leurs appareils.

CHAPITRE 6

— N'oublie pas de serrer la sangle, conseilla Kate à Gigi Jones – qui aurait sans doute oublié sa tête quelque part si elle n'avait eu personne derrière elle. Je reviens vérifier tout de suite.

Comme elle se tournait vers la petite Mackenzie pour l'aider à s'occuper de son poney, elle entendit un hurlement. Levant les yeux, elle aperçut deux hommes qui se précipitaient vers la carrière.

— Elle est là ! beugla l'un d'eux. Zara, attends ! On veut juste te parler !

Kate, interloquée, tourna la tête vers la fille du rockeur. Son visage s'était fermé. Sans un mot, elle pivota sur ses talons et disparut dans le bâtiment réservé aux chevaux en quarantaine.

— Allez-vous-en ! cria Tommi. Vous allez effrayer les poneys.

Mais l'un des hommes, ignorant sa mise en garde, cria à son comparse :

— Rattrape-la !

Celui-ci s'exécuta : il sauta par-dessus la barrière de la carrière pour prendre un raccourci et ne pas perdre la trace de leur cible.

— Arrêtez ! ordonna Kate, au comble de la panique.

Après avoir cru mettre sa petite troupe en sécurité à l'intérieur de la carrière, et lâché Dazzle, le poney de Mackenzie, elle bondissait maintenant derrière lui pour tenter de saisir ses rênes avant qu'il ne s'emballe.

Trop tard. En voyant le gros type débouler au-dessus de la barrière, le poney devint comme fou. Il se cabra, les yeux exorbités, puis fit un bond de côté, manquant assommer Mackenzie au passage. Enfin, il fonça vers la monture de Gigi.

Ce poney, un mignon petit alezan clair, était plutôt calme de nature. Mais pour éviter la collision, il se déporta brusquement, ce qui donna l'alerte aux deux autres poneys. L'un d'eux, un joli welsh un peu ronchon, lança une ruade vers l'alezan. Il s'en fallut d'un cheveu pour qu'elle l'atteigne au jarret. L'autre animal, un pinto assez costaud, s'énerva et se mit à reculer.

— Allez-vous-en ! cria de nouveau Tommi.

L'homme lui lança un coup d'œil, puis haussa les épaules et continua sa course à travers le terrain en contournant le pinto, qui cessa sa marche arrière pour caracoler. La petite fille qui le retenait par le filet poussa un hurlement, lâcha les rênes et s'enfuit en courant.

— Hé ! toi ! appela son comparse. Tu ne serais pas la fille de Rick Aaronson ?

Kate était trop préoccupée pour prêter attention à la réponse de Tommi : Dazzle se cabrait à nouveau, et ses sabots s'agitaient dangereusement au-dessus du visage de Mackenzie.

— Éloigne-toi, ma chérie, ordonna Kate d'un ton sec. Je vais le rattraper.

La petite élève obéit, et l'adolescente se posta entre elle et le poney, attendant que ses antérieurs touchent le sol pour saisir ses rênes avant qu'il ne recommence.

— Du calme, murmura-t-elle. Tout doux, mon vieux.

Du coin de l'œil, elle constata que Tommi tenait fermement les rênes de Legs d'une main, pendant qu'il tournait autour d'elle, et qu'elle écrivait à toute allure un texto de l'autre.

Ouf ! ça voulait dire que du renfort arriverait bientôt. Pourvu que ce soit à temps ! L'un des photographes s'était engouffré dans le bâtiment où Zara avait trouvé refuge, et l'autre mitraillait Tommi, qui essayait tant bien que mal de maîtriser son cheval, de plus en plus nerveux.

Autour de Kate, la situation n'était pas brillante. La fillette au pinto se cramponnait à la barrière, en pleurs, pendant que son poney trottait non loin d'elle, les rênes pendantes. Gigi n'avait pas lâché prise, mais sa monture, en alerte, les oreilles dressées, hésitait visiblement à ruer dans les brancards, elle aussi. Quant à la quatrième élève, elle tentait de rattraper le welsh, qui bondissait vers le pinto en montrant les dents.

Kate ne put s'empêcher de s'imaginer un scénario catastrophe : Dazzle arriverait à lui échapper et se mettrait à ruer tout autour de la carrière, tandis que les autres poneys piétineraient leurs cavalières avant de galoper comme des fous à s'en déchirer les ligaments ; Legs enverrait un coup de sabot à Tommi, puis franchirait la barrière extérieure du club et finirait sur la nationale…

Stop ! Kate s'efforça de chasser ces horribles pensées. Si elle cédait à la panique, la situation ne risquait pas de s'arranger, bien au contraire.

— Eh ! Qu'est-ce qui se passe, ici ? demanda une voix familière par-dessus le brouhaha.

— Fitz ! laissa échapper Kate.

Le jeune homme venait d'apparaître, monté sur son vieux cheval de Hunter, un appendix placide, proche de la retraite, nommé Beacon. Il aimait se promener dans les allées du club, installé sur une selle de cow-boy, dans le but de taquiner Jamie : il feignait parfois de vouloir abandonner la compétition pour devenir gardien de vaches.

Fitz sauta aussitôt de sa monture, l'attacha à la barrière et courut sur la piste.

— Va aider les gamines, dit-il à Kate. Je m'occupe de Dazzle.

— Merci !

L'adolescente n'avait jamais éprouvé pareille gratitude. Elle se hâta vers le welsh avant qu'il ne puisse énerver davantage les deux autres, et réussit à reprendre le contrôle de la situation.

Quand elle jeta un coup d'œil à Fitz, elle constata qu'il était parvenu à emmener Dazzle hors de la carrière.

— Hé, vous ! cria-t-il au photographe, qui harcelait toujours Tommi. Vous faites quoi, au juste ?

— J'essaie de gagner ma vie, gamin, rétorqua-t-il d'un air moqueur. Mais ça ne veut sans doute rien dire pour des gosses de riches comme vous.

— Bon, O.K., vous vous êtes bien amusé. Maintenant, disparaissez avant qu'il y ait un mort.

Sur ce, il obligea le poney à se déplacer latéralement vers l'intrus.

— Hé ! Éloignez cette bestiole de moi ! geignit celui-ci d'un ton beaucoup moins insolent, brusquement.

À ce moment, Dazzle donna un grand coup de tête en l'air et faillit échapper à Fitz.

— Attention ! cria celui-ci. Cheval dangereux ! Dégagez !

Mackenzie écarquilla des yeux affolés.

— Ne t'inquiète pas, ma puce, lui chuchota Kate. C'est juste une blague. Tu n'as rien à craindre pour Dazzle.

Elle observa le garçon poursuivre sa manœuvre. Finalement, le poney, lassé, se cabra en s'ébrouant avec force, et Fitz laissa les rênes filer entre ses doigts, avant de les bloquer. Le photographe, terrifié, resta cloué sur place.

Tommi avait profité de la diversion pour s'éloigner avec Legs, qui s'était un peu calmé. Malheureusement, son manège ne passa pas inaperçu aux yeux du type.

— Hé, Miss Aaronson ! appela-t-il en contournant à toute allure Fitz et le poney.

Et zut ! De toute évidence, les pitreries de l'animal n'avaient pas suffi à lui faire perdre le nord. Mais Kate ne s'inquiétait pas trop pour son amie. Elle pouvait s'en sortir toute seule. Et maintenant que les deux intrus étaient partis, tout allait rentrer dans l'ordre.

— Tout va bien, ici ? s'enquit Fitz.

Il ramena Dazzle sur la carrière, puis ferma la barrière derrière lui. Le poney se dirigea tout de suite vers ses congénères. Quant à la petite Mackenzie, elle avait fini par mettre la main sur le pinto pour le rendre à sa cavalière.

— Oui, je crois, répondit l'adolescente. Merci beaucoup. Je ne sais pas ce qui se serait passé sans toi.

— Je suis ton humble serviteur, répliqua son interlocuteur. Mais si tu tiens vraiment à me remercier, j'ai ma petite idée.

— Ah oui ? Laquelle ? demanda distraitement la jeune fille en regardant sa petite élève fredonner quelque chose à l'oreille de son poney.

— Embrasse-moi.

— Quoi ?

Kate tourna brusquement la tête vers lui, ainsi que les quatre fillettes, qui se mirent aussitôt à pouffer.

— Embrasse-le, Kate, cria Gigi.

— Oh oui ! ajouta une autre. Fais-lui un gros bisou !

Kate sentit le rouge lui monter aux joues.

— Mais voyons, les filles, il plaisante…

— Absolument pas, rétorqua Fitz, un sourire jusqu'aux oreilles, aussi à l'aise qu'elle était gênée. Allez, Kate. Je viens de te sauver la vie, ou presque. Je ne mérite pas un petit baiser ?

— Un bisou ! Un bisou ! scanda Mackenzie.

Les fillettes n'arrêtaient pas de glousser, et Kate dut se rendre à l'évidence : Fitz la tenait à sa merci. Mais, il fallait bien le reconnaître, le garçon avait accompli des merveilles, d'abord en obligeant les paparazzis à fuir, ensuite en faisant rire ses petites élèves. Elles étaient détendues à présent, et la jeune fille ne passerait pas le reste de la séance à essayer de les convaincre de monter sur leurs poneys.

Elle n'avait pas trop le choix, finalement. Et c'était le moins qu'elle puisse faire pour le remercier.

— Très bien, si tu insistes.

Elle prit un air aussi enjoué que possible, sans pouvoir empêcher son cœur de battre aussi fort qu'un troupeau de chevaux lancés au galop. Pourvu que les gloussements des fillettes empêchent Fitz de s'en rendre compte…

Puis elle s'avança vers lui, le visage en feu, tandis qu'il se penchait vers elle, tout sourire. Prenant une grande inspiration, elle se mit sur la pointe des pieds et lui colla un bisou furtif sur la joue. Un parfum agréable se dégageait de sa peau – un mélange de foin et d'agrumes.

— Très mignon, mais tu as raté ta cible, décréta le garçon.

Il se tapota les lèvres.

— Un peu plus à gauche…

— Hé, Fitz, intervint Mackenzie.

Elle désignait du doigt le cheval du jeune homme, à l'extérieur de la carrière, qui se dirigeait vers une pelouse.

— Tu ferais mieux d'y aller ou Beacon va partir sans toi !

— On y est presque, mon vieux, murmura Tommi à Legs.

Le tenant fermement, elle l'entraîna vers l'écurie. Le photographe les suivait de très près. Avec un peu de chance, il se prendrait un coup de sabot, si Legs avait la bonne idée de faire des siennes…

Malheureusement, sa monture se tint tranquille, et l'homme était toujours sur leurs pas quand Tommi et son cheval atteignirent le box. L'adolescente laissa Legs y entrer, puis resta là, sans savoir que faire. Elle avait envoyé un texto à Jamie et à Miguel, qui certainement lui porteraient secours sans tarder. Mais en attendant, elle n'avait aucune envie de devoir desseller son cheval et le bichonner sous l'objectif de ce pauvre type. Elle se contenta de lui ôter son filet, qu'elle jeta au-dessus de la porte. La selle pouvait attendre.

— Tommi ! appela le photographe. Qu'est-ce que ça fait d'être la fille de l'homme le plus riche de New York ?

La jeune fille détourna le visage pour caresser son cheval, les yeux fixés sur le mur du fond.

— Allez, Tommi. C'est une question anodine. Qu'est-ce que ça te coûte d'y répondre ? Fais-le au moins pour tes fans !

Legs la poussa du nez avec l'espoir d'obtenir une friandise, si bien qu'elle plongea la main dans sa poche pour lui en tendre une. Le paparazzi avait beau la bombarder de questions, elle restait obstinément muette.

Au bout de cinq minutes qui lui parurent une éternité, elle entendit des voix graves se rapprocher. Dieu merci ! Miguel et Elliot venaient à sa rescousse.

Ce dernier, le plus grand et le plus musclé des palefreniers du club, parvint à raisonner l'intrus, malgré ses plaintes et ses jurons, et Tommi eut enfin la paix. Miguel venait d'emmener son cheval pour le doucher, si bien qu'elle était libre de faire ce qu'elle voulait. Elle se dirigea aussitôt vers l'extérieur, voulant s'assurer que personne, parmi les poneys et leurs cavalières, n'avait été blessé. Pourvu que rien de grave ne se soit produit ! Cette hypothèse la rendait furieuse.

Elle n'avait pas franchi la porte qu'elle faillit percuter Zara.

— Le gros type moche est parti ? demanda celle-ci en jetant un regard alentour.

— Oui. Jamie et Elliott l'ont jeté dehors. Et l'autre ?

— Idem. Deux palefreniers sont arrivés et lui ont botté les fesses. Mais ils ont mis le temps ! Ça craint de devoir supporter ce genre de trucs, pas vrai ?

— Oui, mais… tu sais, on n'a jamais eu ce genre de problème, ici. Enfin… jusqu'à maintenant…

Le visage de Zara s'assombrit.

— Quoi ? T'es en train d'insinuer que ces ordures sont là à cause de moi ?

— À cause de qui d'autre ?

Tommi se rendait compte que sa remarque n'était pas sympa, mais elle ne put s'empêcher de continuer. Zara devait comprendre que sa négligence leur avait créé de sacrés ennuis.

— On ne parle que de toi dans les magazines et à la télé. T'as cherché à attirer l'attention des journalistes, n'essaie pas de me faire croire le contraire !

— Comment tu peux dire un truc pareil ! Tu ne sais rien de moi ! rétorqua Zara.

— Je sais au moins ça. Et crois-moi, t'as intérêt à les tenir à distance du club, maintenant. Parce qu'on ne veut pas d'eux ici.

Zara lui lança un regard noir.

— Je pensais que *toi*, au moins, tu me comprendrais...

Elle pivota sur ses talons et sortit d'un pas furieux.

— Hé ! l'appela Tommi, prise soudain de remords.

C'étaient les paparazzis qui méritaient ses reproches, pas Zara. Enfin, pas pour ça, en tout cas.

Elle fit de son mieux pour évacuer sa culpabilité. De toute façon, il était trop tard pour essayer de se rattraper : Zara avait déjà disparu.

Tommi n'eut pas le temps de s'ennuyer durant les heures qui suivirent. Après avoir emmené Toccata se dégourdir les jambes et l'avoir fait travailler à la longe, elle entraîna un des jeunes chevaux de Jamie sur le plat. À la fin de la matinée, son estomac commença à gargouiller.

— Hé, lança-t-elle en passant la tête dans la buanderie. Tu viens manger ?

Kate leva le nez d'un tas de linge humide qu'elle venait de sortir de la machine à laver.

— Quelle heure est-il ?

— Presque une heure. Tu veux déjeuner avec moi ? Je t'invite.

— Une heure ? s'étonna son amie, l'air paniqué. Oh, mon Dieu ! Je vais devoir m'en passer. Je dois faire encore deux machines, et je suis censée donner un cours à deux heures et demie...

Tommi pénétra dans la pièce.

— C'est pas un problème. Je vais t'aider à finir. Après, on prendra ma voiture pour aller manger vite fait quelque part. On sera de retour dans les temps, promis.

— Merci Tommi, mais je vais me débrouiller.

Elle triait maintenant une pile de linge sale à toute allure : d'un côté, les bandes de polo, de l'autre les tapis de selle, au milieu, les serviettes réservées au pansage.

— Je préfère rester ici, reprit-elle. Je dois encore vider les abreuvoirs dehors et les nettoyer... Oh ! et ça me fait penser que j'avais promis à Jamie de m'occuper des bacs de fleurs devant le bureau... J'ai remarqué que certaines commençaient déjà à faner...

Tommi laissa échapper un soupir. Ça ne servait à rien d'insister dans ces moments-là. Kate était en pleine crise de perfectionnisme.

— O.K. Mais tu dois quand même manger, non ? Je vais aller te chercher un sandwich.

— Ne t'embête pas pour moi.

— J'insiste. À tout à l'heure.

Une fois dans l'allée, Tommi se demanda s'il y avait encore dans les parages des gens avec qui elle pourrait déjeuner. Elle détestait manger toute seule, surtout au café bondé du coin, où on devait parfois s'agglutiner au comptoir sur des chaises inconfortables.

Elle aperçut soudain Javier, qui emmenait Ellie. Et si Tommi invitait Zara pour s'excuser de l'avoir critiquée ?

Elle balaya aussitôt cette idée. Ça faisait plusieurs heures qu'elle ne l'avait pas croisée, et elle avait sans doute déjà quitté les lieux. Tommi la voyait mal traîner au club dans l'attente que quelqu'un ait besoin d'aide… D'ailleurs, Tommi se tendit à nouveau en repensant à l'histoire des paparazzis. Même si elle ne l'avait pas fait exprès, Zara avait attiré au club la pire espèce de journalistes. Finalement, elle n'était peut-être pas encore prête à hisser le drapeau blanc.

C'est alors qu'elle remarqua deux juniors, Marissa et Dani, qui sortaient de la sellerie. La première, une fille pétillante et toujours souriante, s'entendait avec tout le monde. Ce n'était pas la cavalière la plus hardie ni la plus douée, mais elle travaillait dur pour progresser. Quant à Dani, on l'appréciait pour son humour. C'était une fille athlétique qui, certes, ne parvenait pas à se concentrer assez pour exceller en Hunter, mais qui brillait au saut d'obstacles : on ne l'avait jamais vue hésiter devant des barres, quelle que soit leur hauteur. Comme Kate, elle venait d'une famille modeste qui n'avait pas de quoi lui offrir un cheval hors de prix, mais Jamie lui avait trouvé un pur-sang prometteur pour lequel elle ne s'était pas ruinée. Le duo s'était entraîné avec sérieux toute l'année et comptait bien se démarquer bientôt.

— Salut ! lança Tommi en les rattrapant. Je vais au café. Vous voulez venir ?

— Oh oui, super ! s'exclama Dani. Je disais justement à Marissa que j'allais tomber dans les pommes si je ne mangeais pas quelque chose.

Son amie s'esclaffa.

— Oui, mais c'est ta faute, expliqua-t-elle. Si on n'avait pas dû chercher ton téléphone en cours de route, notre promenade à cheval n'aurait pas duré si longtemps.

— Bon alors, je vous emmène ? demanda Tommi.

Les trois adolescentes montèrent dans la BMW de Tommi, le cadeau d'anniversaire qu'elle avait reçu pour ses seize ans. Un quart d'heure plus tard, elles étaient installées devant la baie vitrée du restaurant.

— Je vais prendre tous les plats, plaisanta Dani en attrapant le menu.

— Moi aussi ! renchérit Marissa, les yeux fixés sur un point derrière Tommi. En particulier celui-là…

Celle-ci se retourna et vit un beau jeune homme – un ouvrier, d'après sa tenue – qui avalait une tarte au comptoir sans avoir conscience d'être leur point de mire.

— Mignon, admit-elle en souriant. Pourquoi tu n'irais pas lui parler ?

— Tu rigoles ? s'indigna Marissa. Mes parents auraient une crise cardiaque. Je suis sûre qu'il n'est pas juif !

Tommi éclata de rire, puis reporta son attention sur le menu, même si elle le connaissait par cœur, depuis le temps qu'elle venait là.

— Faites-moi penser à acheter quelque chose à Kate sur le chemin du retour, d'accord ? reprit-elle.

— Laisse-moi deviner, commença Marissa. Elle a trop de boulot pour faire une pause déjeuner, c'est ça ?

Il n'y avait rien de méchant dans le ton qu'elle employait, mais Tommi ne put s'empêcher d'y voir une attaque. Pourtant, elle ne pouvait pas contredire Marissa.

— Qu'est-ce qui lui arrive en ce moment ? demanda à son tour Dani. Elle tient encore moins en place que d'habitude. Si elle continue comme ça, les autres finiront au chômage. Elle cherche à faire tourner le club toute seule ou quoi ?

Marissa avala une gorgée d'eau.

— Elle ne se ménage vraiment pas. J'espère qu'elle ne nous prépare pas un burn-out.

Tommi se mordit les lèvres, soudain inquiète. Elles avaient peut-être raison, toutes les deux. Et si Kate travaillait vraiment trop ? Elle se promit d'aborder le problème avec elle et changea de sujet.

— Au fait ! Je viens de me rendre compte que Hounds Hollow approche à grands pas.

Marissa haussa les épaules.

— Sans doute. Mais je ne m'inquiète pas trop pour ce concours en ce moment. Écoute, Tommi, t'es la meilleure amie de Kate au club, pas vrai ? Tu crois pas qu'elle en fait trop, toi ?

O.K. Sa tentative pour parler d'autre chose avait échoué.

— Je suis sûre que Kate va bien, affirma-t-elle avant de demander sans transition : Vous avez vu la nouvelle fille ? Vous savez, Zara Trask.

— Oh ! mon Dieu ! oui ! s'exclama Dani, une étincelle dans les yeux. Elle se prend pour une star, ou quoi ? J'ai entendu dire qu'elle avait fait une scène à Miguel parce qu'il y avait du crottin dans le box d'Ellie quand elle est passée la voir !

— C'est vrai ? s'étonna Marissa. Summer prétend qu'elle est super sympa.

— Summer admire tous ceux qui sont plus riches qu'elle, rétorqua Dani. Quoi qu'il en soit, j'ai regardé cette émission sur Zac Trask à la télé, l'année dernière, qui disait que…

Tommi écouta la suite du potin jusqu'à l'arrivée de la serveuse, contente d'avoir enfin réussi à détourner de Kate l'attention des deux adolescentes.

CHAPITRE 7

Tommi, assise dans l'élégante salle à manger familiale de la maison de grès rouge, contemplait sa soupe en essayant d'ignorer ce que racontait sa sœur à propos du *fabuleux* déjeuner qu'elle avait partagé avec un sénateur très en vue. Le dîner n'avait pas commencé depuis vingt minutes que Tommi s'ennuyait déjà. D'habitude, elle employait son vendredi soir à des activités autrement plus amusantes.

Elle jeta un coup d'œil aux gens qui l'entouraient. Son père, penché en avant, était suspendu aux lèvres de Callie. Sa belle-mère souriait vaguement en sirotant son verre de vin. Sa tante et son oncle, qui vivaient dans le Connecticut et avaient fait le voyage pour participer au dîner, arboraient un air placide, comme d'habitude.

Et puis, il y avait Grant. Tommi n'arrivait toujours pas à croire qu'il était là, juste à côté d'elle. Elle ne l'avait pas vu depuis deux ans, et ignorait qu'il était revenu dans la région jusqu'à ce qu'il apparaisse sur le pas de la porte, plus grand, plus costaud, plus bronzé et plus beau que jamais dans sa veste en lin. Quelle surprise !

— De toute façon, expliqua Callie en attrapant son verre, je ne vois pas l'intérêt de changer de poste pour le moment, mais c'est bien de savoir que j'ai d'autres opportunités.

Son père gloussa.

— Bien sûr que tu en as, ma chérie. Avec tes études, ton intelligence et ton obstination, ce n'est pas étonnant qu'on cherche à te débaucher !

Callie se cala dans sa chaise avec un sourire. Elle était légèrement plus grande que Tommi, son visage était un peu plus étroit et elle portait les cheveux courts. Pourtant, on ne pouvait pas douter un instant qu'elles étaient sœurs. C'était sans doute pour cette raison qu'on les comparait sans cesse.

Mais Tommi n'avait que dix-sept ans. Sa dernière année de lycée était encore loin devant elle – ce qui n'empêchait pas sa famille d'échafauder des plans d'avenir à sa place, à propos de l'université, de sa future carrière… et, de façon générale, de sa vie après les chevaux. Jusqu'à maintenant, elle avait réussi à ignorer ces insinuations. Mais depuis que Callie était de retour, ça s'avérait beaucoup plus difficile.

Tout en remuant sa soupe, Tommi se mit à songer au concours du lendemain. Elle se demandait si tous les chevaux se trouvaient dans de bonnes dispositions, ces derniers jours ; comment s'était passé l'entraînement de Kate et de ses amis, et ce qu'il y avait de nouveau, au club. Quoi qu'il en soit, ce devait être plus intéressant que de rester là à écouter Parfaite Callie parler de sa vie parfaite.

— Alors, Tommi, à quoi occupes-tu tes journées, en ce moment ? Toujours passionnée d'équitation ?

L'adolescente leva les yeux et revint sur terre. Grant lui souriait. Callie avait dû s'arrêter de parler pour reprendre son souffle, car tout le monde fixait Tommi, maintenant.

— Euh… oui. J'ai un concours demain, en fait.

— Ah oui ? s'étonna sa sœur en lançant un regard à son père. On pourrait peut-être y aller. Les chevaux me manquent un peu, ajouta-t-elle avec un sourire. Il n'y en a pas beaucoup sur la colline du Capitole. On ne trouve que des butors.

Son père hurla de rire, et tout le monde l'imita comme si cette blague à deux sous était la meilleure du monde. Tommi avala une cuillerée de soupe dans l'espoir de calmer son indignation.

— Plus sérieusement, reprit Callie, tournée vers elle. Où a lieu le concours ?

Tommi lui répondit avec un haussement d'épaules. Elle doutait que sa sœur vienne – elle avait pratiqué l'équitation, comme elle au même âge, mais avec moins de passion.

— Tu fais beaucoup de compétition ? voulut savoir Grant. Je me rappelle que ça t'intéressait déjà pas mal quand on était petits…

— Autant que possible. J'adore ça.

— Vraiment ? J'aimerais bien vous accompagner, si Callie et ton père n'y voient pas d'inconvénient, histoire de voir comment ça se passe.

— Plus on est de fous, plus on rit, répliqua joyeusement M. Aaronson. On pourrait même y rester la journée, qu'est-ce que vous en dites ?

Tommi ignora de son mieux le coup d'œil victorieux qu'il lança à sa belle-mère. Voilà qui confirmait ses soupçons. Il s'agissait d'un coup monté. Pour son père, Grant était le gendre idéal : grand, la mâchoire carrée, intelligent, poli, ambitieux, d'une bonne famille. Bref, en tous points parfait.

Ce n'était pas que la visite de Grant déplaisait à Tommi. Il faisait partie de ses plus anciens amis – ils avaient pris des cours de tennis ensemble quand elle avait six ans et lui sept, et avaient même été très proches, à un moment, jusqu'à ce qu'il parte en Europe continuer ses études. Il y avait passé deux ans pendant lesquels ils ne s'étaient pas beaucoup donné signe de vie, à part quelques rares e-mails et messages sur Facebook.

— Qu'est-ce que tu comptes faire cet été ? lui demanda-t-elle, espérant ainsi détourner la conversation de sa sœur. Papa m'a dit que tu entrais à Columbia à la rentrée.

— C'est exact. Tout le monde me répète qu'on travaille comme des dingues dans cette université, alors je vais passer mes vacances à me reposer.

Le père de Tommi s'esclaffa.

— Parfait. J'ai donc tout l'été pour te convaincre de t'inscrire à Georgetown.

Il adressa un clin d'œil aux invités, qui esquissèrent tous un sourire.

— Vous pouvez toujours essayer, monsieur Aaronson, plaisanta Grant. Mais vous savez que mon père ne jure que par Columbia et qu'il ne serait pas d'accord.

Il se tourna vers Tommi pour lui demander :

— Et toi ? Qu'est-ce que tu as prévu pour cet été ?

— Rien de plus que d'habitude : monter à cheval, participer à des concours et voir mes amis.

— Et commencer à penser à l'université, n'est-ce pas ? chercha à s'assurer son père.

L'adolescente haussa les épaules.

— Sans doute.

— Tu sais, Tommi, il est temps pour toi de faire des choix, la prévint son oncle. L'université peut t'ouvrir de nombreuses portes, à condition de savoir ce que tu veux dans la vie.

— C'est vrai, approuva Grant. Tu sais vers quoi t'orienter, Tommi ? Je me souviens que tu parlais de partir en Antarctique étudier les pingouins quand tu étais petite, mais je suppose que tu as changé d'avis depuis...

L'assistance éclata à nouveau de rire.

— Oui, j'imagine que la banquise n'est pas le meilleur endroit pour pratiquer l'équitation.

— Ce qui veut dire que tu comptes continuer à monter à l'université ? demanda Callie en haussant un de ses sourcils épilés avec soin.

— Évidemment, répliqua Tommi sans se départir de son calme. La plupart des gens n'abandonnent pas leur hobby à la seconde où ils entrent à l'université, comme toi.

Leur père posa sa cuillère et s'essuya délicatement les lèvres avec sa serviette.

— Personne ne prétend que tu devras faire une croix sur l'équitation, déclara-t-il de son ton paternel. Mais il faudra que tu y consacres moins de temps, bien sûr. Comme l'a dit Grant, l'université exige beaucoup plus de travail que le lycée.

— Oui, ajouta Callie. Et puis, de toute façon, l'équitation, c'est beaucoup moins amusant une fois qu'on sort de la catégorie des juniors.

Tommi fronça les sourcils. Elle s'était promis de ne pas réagir aux provocations de sa sœur, mais cette fois celle-ci allait trop loin.

— Qu'est-ce que tu y connais, toi, d'abord ? Si tu veux tout savoir, je n'ai aucune intention d'arrêter l'équitation. Ni même de lâcher du lest.

Elle se tourna vers Grant pour préciser :

— En réalité, je réfléchis sérieusement à en faire mon métier dès que j'aurai l'âge. Je compte devenir cavalière professionnelle.

C'était sorti tout seul, sans qu'elle y ait vraiment réfléchi. Mais ses mots restèrent en suspens, aussi inconvenants qu'un pet de cheval au milieu de la porcelaine signée Tiffany et des couverts en argent. En dépit des regards désapprobateurs de sa famille, Tommi trouvait son idée excellente. Elle, une pro ? Voilà qui sonnait vraiment juste !

— Oh, pitié ! se lamenta Callie.

Son père avait pris un air renfrogné.

— Bon sang, grandis un peu, Tommi ! Personne ne vit de ça !

— Ah oui ? Alors, dans ce cas, ces cavaliers professionnels dont on parle partout sortent de mon imagination, c'est ça ?

Si les membres de sa famille tenaient à se moquer d'elle, elle comptait bien leur répondre sur le même ton.

Sa tante prit la parole, visiblement désireuse de détendre l'atmosphère :

— De toute façon, Tommi a encore du temps pour se décider. Il n'y a pas de quoi s'inquiéter : elle a toute l'année devant elle.

M. Aaronson fixait toujours sa fille d'un œil sévère. Celle-ci soutint son regard. Elle ne comptait pas déposer les armes. Pas cette fois.

— Tu crois vraiment pouvoir gagner ta vie dans ce monde-là ? intervint son oncle.

Sa belle-mère ne laissa pas à Tommi le temps de répondre.

— Une de mes amies a fréquenté un jockey, commença-t-elle. Il avait l'air de très bien s'en sortir financièrement, à en juger par sa propriété dans le Berkshire.

— On ne peut pas comparer, commenta Callie. Tommi ne compte pas participer à des courses.

— C'est vrai, c'est vrai, reprit l'oncle. Tiens, au fait, ça me rappelle une blague. Vous la connaissez peut-être. Comment se retrouve-t-on avec un million en faisant affaire dans les chevaux ?

— En commençant par mettre deux millions ! répondit Grant en s'esclaffant. Oui, je l'avais déjà entendue, celle-là !

Tommi avait fini par détourner le regard de celui de son père.

— Peu importe, grommela-t-elle. La belle voiture et l'immense écurie de mon entraîneur sont aussi le fruit de mon imagination, sans doute. Parce que, bien sûr, la compétition équestre ne rapporte rien.

— En parlant de courses, reprit Callie pendant que Mme Grigoryan débarrassait les assiettes, savez-vous que le seul endroit qu'on ait trouvé pour le discours du sénateur, le mois prochain, c'est l'hippodrome ?

Ça y est, elle était repartie. Tommi glissa un œil vers son voisin, visiblement fasciné comme le reste de l'assemblée.

— Nouveau week-end, nouveau concours, annonça Zara le samedi matin dans la voiture que conduisait Mickey.

Celui-ci s'arrêta devant l'élégant édifice en pierre d'une écurie. Dans les champs alentour étaient garés une multitude de vans de toutes tailles et de toutes formes – de la remorque à deux places au camion sur mesure.

— Amuse-toi bien, fillette, lança Mickey par-dessus ses lunettes noires. Envoie-moi un texto quand tu auras fini. Je viendrai te chercher.

— T'es sûr que tu ne peux pas rester ?

— Non, désolé, répliqua-t-il. Je dois retourner en ville. Ton père a besoin de moi, aujourd'hui.

— O.K., j'ai compris.

Zara prit une mine contrariée. C'était vraiment trop demander qu'on vienne assister à son premier concours dans son nouveau club ?

Oui. Apparemment. Jusqu'à maintenant, elle n'avait jamais manqué d'encouragements lors d'une compétition. Même si ses parents ne pouvaient pas se libérer – ce qui n'était pas rare – elle pouvait compter sur tout un tas d'amis et d'admirateurs qui sautaient sur la moindre occasion pour venir l'applaudir. Mais ces gens vivaient sur la côte ouest. Quant à son père, il avait conclu un contrat publicitaire qui l'avait occupé toute la semaine, et sa mère était à Vancouver, où elle jouait dans un de ses stupides films d'amour habituels. Bref, Zara était livrée à elle-même.

Peu importe. Ça valait mieux que de traîner toute seule dans leur nouvel appartement.

Elle se fraya un chemin vers les box réservés à Pelham Lane et tomba sur un palefrenier qui conduisait Ellie dans le sien. C'était ce type discret et timide qui filait toujours comme une petite souris. Comment s'appelait-il déjà ? José, ou quelque chose comme ça.

— Comment va-t-elle ? demanda l'adolescente en s'approchant pour caresser sa jument.

Le jeune homme défit le licol de l'animal et adressa un petit sourire embarrassé à la nouvelle venue.

— Bien, répliqua-t-il avec un accent étranger. Je l'ai préparée pour vous.

— Super, merci beaucoup. Elle est parfaite. Ça fait longtemps que vous travaillez ici ?

La surprise que Zara lut sur le visage du palefrenier l'amusa – il ne devait pas s'attendre à une question aussi amicale de sa part. Apparemment, elle s'était déjà fait une réputation, ici. Aucune importance, elle aimait que les gens ne sachent pas sur quel pied danser avec elle.

— Oui, admit-il. Enfin, je veux dire, non. Je travaille avec les chevaux depuis un moment, mais ça ne fait que quelques mois que je suis ici.

— Javier ! appela une fille aux cheveux bruns ondulés.

Elle courait vers lui, le col de sa veste battant sur son cou.

— Miles est prêt ? Jamie veut que je l'échauffe avant mon parcours, alors que je pensais avoir encore une demi-heure devant moi.

— Je crois que Max s'en occupe, Miss Marissa, mais je vais vérifier.

Javier – puisqu'il s'appelait ainsi – descendit l'allée au pas de course.

La fille jeta un coup d'œil à Zara.

— Oh, salut ! lança-t-elle distraitement tandis qu'elle arrangeait son col. Tu participes à une épreuve, aujourd'hui ?

— Il paraît, oui.

Elle comptait développer ses propos, mais son interlocutrice s'en allait déjà.

— Bonne chance ! cria celle-ci en tournant brièvement la tête vers elle.

— Oui, merci, marmonna Zara, bien que la cavalière soit déjà hors de vue.

Elle se promena dans l'allée avec le sentiment d'être indésirable ici. Qu'est-ce ça pouvait l'énerver ! Elle avait presque envie de faire quelque chose de dingue pour que ces gens stupides sortent de leurs bulles et la remarquent enfin.

Soudain, elle vit quelqu'un pousser une brouette dans un box tout proche. C'était son nouveau copain, Sean, le type mignon qui travaillait à mi-temps. Ils n'avaient pas eu l'occasion de renouveler leur premier tête-à-tête, mais le garçon lui adressait toujours un petit sourire ou un clin d'œil quand ils se croisaient.

— Salut, beau mec, lança-t-elle en s'appuyant contre la porte du box. Comment se passe le boulot ?

— Plutôt salement, répliqua-t-il, et son visage se fendit d'un lent sourire. Pourquoi tu ne viendrais pas voir par toi-même ? À moins que tu sois du genre à ne pas vouloir te salir les mains…

— Tu veux vraiment savoir quel genre de fille je suis ?

Elle pénétra dans le box, poussa doucement la brouette qui les séparait, et reprit :

— Moi, je crois déjà savoir à qui j'ai affaire.

— Ah oui ?

Sean abaissa sa fourche pour s'essuyer la main sur son jean.

— Comment peux-tu en être si sûre ?

— C'est mon petit secret.

La jeune fille s'approcha encore un peu, soudain submergée par une bouffée d'adrénaline. Il la regardait d'un tel air…

Il la désirait, c'était évident. Et elle ne résistait jamais longtemps à ce genre d'excitation. Même franchir les plus hauts obstacles ne lui faisait pas autant d'effet.

— Je commence à comprendre quel genre de fille tu es, murmura le garçon d'un ton suave. Et j'ai bien l'impression que c'est celui que je préfère.

Il lâcha son outil et l'attira vers lui d'un seul geste. Leurs bouches se rencontrèrent aussitôt pendant qu'il promenait déjà ses mains sous sa chemise. Parfait. Zara n'aimait pas perdre de temps, et lui non plus apparemment.

— Excusez-moi. Je vous dérange ?

Le ton désapprobateur de l'intrus coupa Zara dans son élan. Elle arracha ses lèvres à celles de Sean pour tourner la tête. Jamie, l'air contrarié, se tenait dans l'embrasure de la porte. Oups !

Sean bondit en arrière pour s'éloigner d'elle.

— Désolé, patron. On était juste en train de… euh… parler.

— O.K. Eh bien, il est peut-être temps d'arrêter de… euh… parler pour se remettre au travail.

Jamie foudroya son employé du regard avant de s'adresser à Zara :

— Je te cherchais. Marissa m'a dit que je te trouverais là. Je voulais qu'on discute du concours, vu que c'est ton premier avec nous.

— Très bien.

L'adolescente glissa les pans de sa chemise sous l'élastique de son pantalon, puis lança un coup d'œil à Sean.

— À plus tard.

Le garçon ne répondit pas, déjà occupé à planter sa fourche dans la litière souillée. Zara haussa les épaules et rejoignit son entraîneur dans l'allée.

Elle s'attendait à ce qu'il lui fasse la morale à propos de ce qui venait de se produire. Mais, non.

— J'ai pensé que tu pourrais participer au concours de Hunter dans la catégorie cadet.

— La catégorie cadet ? répéta Zara. Ça fait bien deux ans que je suis passée au niveau supérieur. Ça ne m'amuse pas de sauter de minuscules obstacles.

— Je sais que tu peux franchir des obstacles d'un mètre cinq, mais toi et Ellie, vous devez encore apprendre à vous connaître. J'aimerais d'abord que tu sois à l'aise avec elle. Si tout se passe bien, la prochaine fois, tu pourras monter en catégorie junior.

Zara crut lire un reproche dans ses yeux. Jamie avait insisté pour qu'elle s'entraîne quelques heures de plus la semaine précédente, avant que le club plie bagage pour s'installer ici. Mais elle avait été trop occupée par son emménagement à New York – une ville qu'elle connaissait mal et qu'il avait fallu commencer à explorer – et par le besoin de renouer des contacts avec d'anciennes connaissances. Bref, elle n'avait pas eu de temps à consacrer à l'entraînement.

De là à atterrir chez les gamins… Elle ne méritait quand même pas ça. Mais ça ne servirait à rien de tenir tête à son entraîneur.

— O.K. J'irai chez les cadets. Pour *cette* fois seulement.

Jamie approuva d'un signe de tête et consulta sa montre.

— Il y a un énorme embouteillage sur le terrain de Hunter, j'ai donc un peu de temps devant moi, expliqua-t-il. Que dirais-tu d'une petite leçon ? Ta catégorie ne va pas concourir avant longtemps, et Ellie a sans doute besoin de se dégourdir les jambes.

Zara faillit accepter. Un peu d'exercice l'aiderait à se sentir plus à l'aise, et ça ne lui déplaisait pas de monter un peu Ellie avant le concours.

Pourtant, elle ne voulait pas que son entraîneur remporte la partie aussi facilement. O.K., ce type-là ne se laissait pas marcher sur les pieds, mais elle non plus, et elle comptait bien le lui faire savoir tout de suite. Il fallait lui rappeler que c'était lui qui travaillait pour elle, et non le contraire.

— Non merci, répondit-elle avec un haussement d'épaules nonchalant. Je n'ai pas besoin de m'entraîner pour participer à un concours de rien du tout. D'autant que ce n'est pas mon premier.

— Mais…

— Si Ellie doit s'échauffer, l'interrompit-elle, vous n'avez qu'à vous en charger. Vous l'avez entraînée toute la semaine, ça devrait bien se passer cet après-midi, O.K. ?

Jamie, les sourcils légèrement froncés, parut hésiter. Il ouvrait la bouche lorsqu'une petite cavalière se précipita vers lui d'un air paniqué, suivie d'une femme écarlate qui devait être sa mère.

— Mon Dieu, Jamie ! s'exclama la fillette. Je crois que Goldie a perdu un fer ! Kate m'a dit que la détente allait bientôt commencer… Qu'est-ce qui va se passer si mon poney boite ?

— Ne t'inquiète pas, Gigi, la rassura Jamie. Je suis sûr qu'il va bien et que tu ne manqueras pas l'entraînement. Demande à Miguel d'appeler le maréchal-ferrant pour…

Zara n'écouta pas davantage, profitant de la diversion pour s'éclipser.

— Et zut, grommela Kate.

C'était la troisième fois qu'elle défaisait le bandage du grand bai. Elle s'était déjà chargée des trois autres jambes, mais pour une raison qu'elle ignorait, l'antérieur droit lui donnait du fil à retordre.

Le cheval bascula son poids sur sa jambe enfin libérée en lâchant un grand soupir. Il n'était plus tout jeune, et ses tendons avaient tendance à enfler après l'exercice, à moins qu'on ne les lui enveloppe.

— Désolé, mon vieux. Je suis très maladroite aujourd'hui.

Elle secoua la bande et recommença, mécontente d'elle-même. Les concours la rendaient toujours un peu nerveuse – il y avait encore plus à faire que d'habitude et en moins de temps – mais, en général, la pression lui donnait des ailes. Pourtant, aujourd'hui, voilà qu'elle bloquait sur une tâche de rien du tout, qu'elle aurait dû exécuter sans même y penser. Qu'est-ce qui lui arrivait ?

Une fois encore, elle enroula le tissu sur le canon du cheval. Elle allait toucher au but lorsqu'elle remarqua que la bande formait un renflement sur le côté.

— Aargh ! lança-t-elle avec rage en l'arrachant de nouveau.

— Kate, c'est toi ?

Summer se hâtait vers elle.

— Dieu merci ! reprit-elle. J'ai absolument besoin que quelqu'un débarrasse ma sangle des saletés que j'ai ramassées sur la carrière.

— Je ne peux pas.

Kate n'était pas d'humeur à faire preuve d'une quelconque patience. De toute façon, Summer pouvait bien nettoyer sa sangle elle-même.

— Je dois d'abord finir ça, expliqua-t-elle.

— Eh bien, finis, lui lança l'adolescente en jetant un coup d'œil dédaigneux à la bande qu'elle tenait. Combien de temps est-on censé mettre pour poser des bandes de repos ?

Kate ne se donna pas la peine de faire remarquer à Summer que, même en prenant une éternité, elle serait sans doute incapable d'effectuer cette tâche correctement. Elle serra les dents et recommença pour la énième fois. Mais elle dut encore abandonner.

— Qu'est-ce que tu fabriques ? geignit Summer.

— Ça ne va pas. La bande ne s'enroule pas bien.

— Tu te fiches de moi ? T'es en train de devenir aussi maniaque que Jamie.

Kate se figea, piquée au vif. Peut-être que c'était l'avis de la plupart des gens quand ils la voyaient refaire un bandage à dix reprises... Elle s'était toujours considérée comme une perfectionniste. Mais, pour la première fois, elle commença à se poser des questions. Son cas était-il si grave ? Sa mère elle-même partageait-elle l'opinion de Summer ?

Elle ferma les yeux et s'efforça de chasser ces pensées désagréables. Puis elle se remit à l'ouvrage, essayant d'ignorer les minuscules plis sur les bords du tissu. Même Jamie ne les aurait pas remarqués, de toute façon.

— J'ai fini, annonça-t-elle à sa camarade. Laisse-moi juste emmener ce cheval, puis je m'occupe de ta sangle.

CHAPITRE 8

Une fois la sangle de Summer étincelante, Kate alla nettoyer les box. C'est là que Jamie vint la trouver.

— Tu as une minute ? lui demanda-t-il. Je voudrais te parler.

— Bien sûr.

La jeune fille passa mentalement en revue les événements de la dernière heure, craignant d'avoir fait une bêtise. Avait-elle oublié de changer une selle ? Donné les mauvais médicaments à un des chevaux ?

— Je n'ai pas eu l'occasion de te le dire avant, reprit l'entraîneur, mais tu as réalisé un excellent travail avec le nouvel irish, hier.

Kate fut flattée malgré elle. Jamie était plutôt avare en compliments, du moins avec les juniors. Les adultes qui montaient pour le loisir avaient plus de chance : ils avaient droit à des félicitations chaque fois qu'ils abordaient huit obstacles à la suite sans anicroche ou qu'ils effectuaient un reculer – qu'ils l'aient fait exprès ou non, d'ailleurs. Mais Jamie était beaucoup plus exigeant avec Kate, Tommi et leurs camarades, si bien que, d'habitude, il réservait ses éloges aux performances exceptionnelles.

— Merci, répliqua-t-elle. Mais tout le mérite revient au cheval. J'aurais pu beaucoup mieux faire. J'ai complètement raté l'approche de la deuxième ligne d'obstacles, et je n'ai pas réagi tout de suite quand il a coupé le virage...

Jamie l'arrêta d'un geste de la main.

— Écoute-moi. Je dois bientôt aller voir ce qui se passe avec les poneys et je n'ai pas beaucoup de temps. Tu m'as impressionné avec ce cheval, et je pense que tu pourrais très bien t'en sortir sur un parcours d'Amateur 1 en Hunter équitation[1].

Pendant un instant, Kate ne sut pas quoi répondre. Un parcours d'Amateur 1 ? Évidemment, elle avait participé à quelques concours en Hunter équitation. Mais elle n'aurait jamais cru qu'on lui proposerait un jour de se mesurer aux juniors les plus talentueux lors d'une telle épreuve, où les obstacles atteignaient un mètre cinq. Jamie pensait-il vraiment qu'elle avait le niveau ? Qu'elle était assez douée pour concurrencer Tommi, Summer et Fitz – des cavaliers qui avaient toujours été coachés par des instructeurs de renom et qui disposaient des meilleurs chevaux ?

Même s'il en était convaincu, ça ne changeait rien. Les montures réservées à cette discipline étaient à part – plus calmes que des chevaux de saut d'obstacles et plus maniables que des hunters. Il fallait débourser une somme astronomique pour en acquérir un.

1. Les compétitions de Hunter équitation ont pour but de juger la position, le niveau d'équitation et l'emploi des aides du concurrent. C'est le couple formé par le cavalier et sa monture qui est jugé.

— Je… euh… Merci, bredouilla l'adolescente, mais je ne crois pas que…

— Je suis très sérieux, Kate, l'interrompit Jamie. Et je pense avoir trouvé le cheval qui te conviendrait. Fabelhaften.

— Fable ?

Kate avait monté le fringant cheval gris cinq ou six fois déjà. C'était un hanovrien expérimenté, qui avait eu une belle carrière en dressage, sans pouvoir vraiment s'illustrer en Hunter style[1]. Son propriétaire, ayant dû déménager outre-mer, l'avait mis en vente dans le club de Jamie. Fable était le cheval idéal, même si l'adolescente lui avait découvert quelques mauvaises habitudes, comme un grand sens de la justice et une tendance à ruer de façon imprévisible, et pour le moins énergique.

— Je suis sûr que tu peux en tirer le meilleur et, selon moi, tu es la cavalière idéale pour m'aider à en faire un champion dans cette discipline, ajouta-t-il en souriant. Et lui sera parfait pour t'aider à atteindre un niveau supérieur. Peut-être même à te qualifier à une finale ou deux.

— Waouh, murmura Kate, qui avait encore du mal à en croire ses oreilles. Je ne sais pas quoi dire.

— Dis que tu vas essayer. C'est tout ce que je te demande.

— D'accord, je vais essayer.

— Parfait !

---

1. À la différence du Hunter équitation, dans le Hunter style, c'est uniquement la monture qui est jugée. Ainsi, les compétitions de Hunter style ont pour but de juger le modèle, la locomotion et le style à l'obstacle du poney/cheval.

L'entraîneur jeta un nouveau coup d'œil à sa montre.

— Je dois y aller. On parlera des détails plus tard.

Il se hâta vers les terrains d'entraînement pendant que Kate prenait la direction opposée, la tête en ébullition. Elle, se préparer à ce prestigieux concours ? Est-ce que c'était vraiment envisageable ? Jamie avait paru sous-entendre que Fable serait *son* cheval de Hunter équitation – autrement dit, qu'elle concourrait régulièrement avec lui.

En tournant dans l'allée, elle faillit percuter Fitz, qui massait le dos de Marissa au milieu du chemin, sous le regard d'une autre fille aux traits asiatiques.

— Hé, Kate ! lança Marissa. Comment ça va ? Je te présente mon amie Susan.

— Salut, répliqua Kate en adressant un sourire à l'inconnue.

Celle-ci portait un haut cousu de perles, un short très court et des sandales à brides qui devaient valoir une fortune. Ce n'était pas la tenue idéale pour monter à cheval.

— Tu es venue encourager Marissa ?

— Exact. Je suis là en spectatrice. Et je peux te dire que j'apprécie particulièrement le paysage, ajouta-t-elle en glissant un regard vers le jeune homme.

Celui-ci ne parut même pas entendre sa remarque. Il lâcha les épaules de Marissa et fit craquer ses doigts.

— Le cabinet du docteur Millevoluptés est fermé pour aujourd'hui, annonça-t-il avec son petit sourire en coin. Je dois y aller. À plus tard, mesdemoiselles.

— Salut, Fitz ! lancèrent en chœur Marissa et son amie.

Celle-ci était déjà sous le charme, ça se voyait dans ses yeux. Même si ce n'était pas ses affaires, Kate pariait que le garçon l'ajouterait à son tableau de chasse avant la fin du concours.

Elle se hâta de dépasser le petit groupe, désireuse de profiter de quelques instants de solitude pour réfléchir à la proposition de Jamie. Elle venait de tourner le coin de l'allée quand Fitz la rattrapa.

— Hé, ça va ? T'as l'air… soucieuse…

— Ah bon ? répliqua-t-elle en s'efforçant de sourire. Je suis juste un peu fatiguée, sans doute.

Il la suivit jusqu'à l'entrepôt, où elle attrapa un seau.

— Non, il y a autre chose, affirma-t-il. Sérieusement, t'as des problèmes ?

Elle leva la tête vers lui, surprise de l'accent de sincérité qu'elle percevait dans sa voix. Depuis quand s'intéressait-il aux états d'âme des autres ?

— Rien de grave. Jamie voudrait que je monte davantage Fable à partir de maintenant.

— C'est chouette ! Je t'ai vue à l'œuvre avec lui la semaine dernière. T'avais beaucoup de style. Vous faites un beau duo, tous les deux. Et t'as très bien réagi quand il a essayé de dérober devant cet obstacle.

Kate allait de surprise en surprise. Alors, comme ça, il l'avait observée avec assez d'attention pour se rappeler ce détail ? Qu'est-ce qui lui arrivait ?

— Jamie voudrait que je l'entraîne pour concourir en Amateur 1, ajouta-t-elle.

— C'est vrai ? Mais c'est super ! Tu vas cartonner !

— Tu crois vraiment ? demanda Kate, hésitante.

— Absolument, déclara-t-il en promenant son regard sur sa silhouette. Non seulement t'es une cavalière du tonnerre, mais en plus, t'as tout à fait le physique pour le Hunter équitation. Les juges adorent les candidates fines et tout en jambes comme toi.

Kate essaya d'ignorer les yeux du garçon qui s'attardaient sur une certaine partie de son anatomie. O.K., il avait toujours des idées derrière la tête. Mais elle appréciait quand même son enthousiasme. Grâce à lui, elle commençait à penser que le projet de Jamie n'était pas si fou.

Et puis, elle ne pouvait pas oublier la façon dont il avait volé au secours de ses petites élèves, l'autre jour. Un vrai prince charmant. Au lieu de passer son chemin et de laisser Jamie et les palefreniers régler le problème, il n'avait pas hésité une seconde à l'aider. Et maintenant, voilà qu'il partageait sa joie avec un entrain débordant.

Elle était peut-être un peu injuste, finalement, d'accorder du crédit aux potins du club et de le tenir à distance... Il y avait peut-être du bon en lui, malgré sa mauvaise réputation. Si elle n'y prenait pas garde, ils allaient sans doute finir par devenir amis...

Tommi ruminait toujours les événements du dîner quand elle guida Legs à travers la foule des cavaliers jusqu'à la carrière de détente. Elle avait l'habitude d'avoir à prouver sans cesse ce qu'elle valait à la moitié de la planète. Notamment, qu'elle ne devait pas sa place dans les meilleurs concours à l'argent de ses parents, mais à son travail acharné. Et à présent, elle se sentait obligée de convaincre aussi sa famille de son talent. Son père en particulier. Il fallait qu'il comprenne que, non seulement elle songeait à une carrière équestre, mais qu'elle était capable d'y parvenir. Ce qui sous-entendait qu'elle avait commencé à penser sérieusement à son avenir. Une chose sur laquelle elle évitait de s'attarder, d'habitude.

— Tout doux, murmura-t-elle à son cheval, toujours plongée dans ses pensées.

Il venait de faire un écart en voyant un poney affolé courir droit vers lui. Comme elle l'incitait à avancer, elle aperçut le visage familier de Jamie, près des obstacles.

Elle se dirigea vers lui en obligeant Legs à frôler la barrière.

— Parfait, lança l'entraîneur. Viens par ici. C'est bientôt ton tour.

Quelques minutes plus tard, Tommi et Legs s'avançaient vers leur cercle de départ. L'adolescente avait relégué ses pensées sombres dans un coin de sa tête pour se focaliser sur le parcours, lequel était tout simple – il s'agissait juste de mettre le cheval en confiance avant les autres épreuves. Les barres étaient placées quinze centimètres plus bas que d'habitude, ce qui n'empêcherait pas Tommi de donner le meilleur d'elle-même.

Elle étudiait le premier obstacle lorsqu'elle entendit un éclat de rire près de la barrière. Levant la tête, elle vit Callie, son père et Grant qui s'esclaffaient. Sa brillante sœur venait sans doute de laisser échapper une remarque subtile, comme d'habitude.

Puis Grant rencontra le regard de Tommi et leva la main pour lui faire signe. Mais il suspendit soudain son geste, réalisant sans doute que ce n'était pas le moment pour son amie de le saluer. Il se contenta donc de hausser les épaules et de sourire d'un air un peu bête, si bien que Tommi faillit éclater de rire. Elle reprit aussitôt son sérieux lorsqu'elle se rendit compte que sa monture s'approchait de la ligne de départ.

— Allez, on y va, mon vieux, murmura-t-elle en dirigeant Legs vers le premier obstacle.

— Il est beau, reconnut Callie en caressant le nez de Legs.

Tandis que Miguel lui frottait les jambes d'une main experte, Tommi le pansait vigoureusement. Son père et sa sœur l'avaient accompagnée à l'écurie ; Grant était allé acheter des sodas.

— Il ne manque pas de qualités, répliqua Tommi, heureuse de lire l'admiration dans les yeux de Callie.

Même si sa sœur n'avait jamais montré de véritable passion pour l'équitation, Tommi devait bien admettre qu'elle avait l'œil pour évaluer les chevaux.

— S'il est arrivé troisième à son premier concours, c'est qu'il ne doit pas en manquer, en effet, admit M. Aaronson.

Tommi se contenta de hocher la tête. Ça lui faisait tout drôle de voir son père là. Il n'assistait plus à aucun concours, sauf quand on l'invitait à remettre des trophées.

— Legs n'est pas la monture la plus facile, mais il est capable de tout donner quand il l'a décidé, expliqua l'adolescente à son aînée.

Leur père s'avança pour caresser l'animal.

— Qui a dit qu'un cheval devait être facile ? intervint-il. Dans ce cas, tu ne prendrais pas toutes ces leçons, pas vrai ? Et puis, être opiniâtre, pour une monture, n'est pas un mal. C'est comme ça qu'on reconnaît les champions. Le feu sacré, voilà ce qu'un cheval doit avoir.

— Oh ! papa, je t'en prie ! s'exclama Callie.

Tommi ne se donna pas la peine de répliquer. Les paroles de son père venaient de lui donner une idée. Une idée folle, un peu effrayante, peut-être. Mais elle ne voyait pas meilleure façon de prendre sa vie en main.

CHAPITRE 9

— Elle est bientôt prête ? demanda Zara en se dirigeant à grands pas vers Ellie, qui piaffait d'impatience entre les longes.

Javier et Kate étaient en train de la préparer avant son entrée en piste.

Kate, occupée à appliquer de la craie de sellier sur les balzanes de la jument, leva un instant la tête.

— Presque. Ne t'inquiète pas. Jamie vient de nous prévenir que tu avais tout ton temps. L'entraîneur du club qui passe avant nous a ajouté cinq candidats à la dernière minute.

Zara acquiesça, puis but une gorgée de soda en regardant Javier serrer la sangle de sa monture. Soudain, quelqu'un l'appela. C'était Summer qui se précipitait vers elle.

— Oh ! mon Dieu ! Zara, j'adore ta chemise ! Cette couleur est trop chouette ! J'imagine qu'elle est super à la mode en Californie, non ?

— Aucune idée. Je ne fais pas gaffe à ce que portent les autres.

Zara avala de nouveau son breuvage en regrettant de ne pas avoir quelque chose de plus fort sous la main. La dernière fois qu'elle avait connu pareille nervosité, c'était gamine, dans sa première culotte d'équitation. Qu'est-ce qui lui arrivait ?

Summer lança un coup d'œil à Ellie et demanda :

— Alors, comme ça, tu te présentes dans la catégorie cadet ? C'est cool !

— Pas vraiment, non, rétorqua Zara avec agacement. Je devrais être avec les juniors, comme d'habitude. Ça ne valait pas le coup de passer du temps à arranger mes cheveux, si c'est pour sauter des obstacles de rien du tout. Je ne risque pas d'abîmer ma coiffure.

Kate leva de nouveau les yeux vers elle.

— Jamie est quelqu'un de très prudent, tu sais. Un peu trop. Il ne veut pas précipiter les choses. Mais il te fera passer dans l'autre catégorie très vite, à mon avis.

Zara haussa les épaules sans daigner répondre. L'analyse psychologique de son stupide entraîneur ne l'intéressait pas. Elle voulait juste en finir avec ce concours pour ne plus ressentir ce stress affreux.

D'ailleurs, pourquoi se mettait-elle dans cet état ? O.K., elle ne connaissait pas cet endroit, ni personne parmi cette foule qui allait la voir. Et alors ? Elle qui ne pouvait pas vivre sans adrénaline, elle aurait dû adorer ça ! Et pourtant non. Le fait de ne pas comprendre ce qui lui arrivait la stressait encore plus.

Elle serra les poings dans ses gants en cuir, avec l'impression de se retrouver au début d'un parcours d'obstacles ultra-difficile sans avoir pu le reconnaître. D'ailleurs, elle aurait eu bien besoin d'un plan de parcours dans sa vie en général.

Elle esquissa un petit sourire. Un plan de parcours pour la vie. Ça ressemblait au titre d'un des films télévisés ringards dans lesquels sa mère avait joué au début de sa carrière.

— Hé, Kate, n'oublie pas le baume pour les sabots, intervint Summer en regardant la jeune fille s'activer autour de la jument.

Puis elle se tourna, tout sourire, vers Zara.

— Je suis sûre que tu vas très bien t'en sortir. Tout le monde dit que t'es une excellente cavalière, et Ellie est un chouette cheval. Je parie que tu vas remporter la première place, aujourd'hui.

Zara était dans un tel état de stress qu'elle en avait oublié Summer. Cette fille était énervante au possible – elle lui faisait penser à certaines de ses admiratrices à Los Angeles, de pauvres filles qui se prétendaient ses amies. De celles qui étaient toujours partantes pour une soirée en boîte ou pour fouler le tapis rouge avec elle lors de premières, mais qui se disaient trop occupées quand Zara les invitait à un événement moins exceptionnel.

— On verra bien. Qui sait ? D'ailleurs, puisque je dois participer à ce concours minable, je vais peut-être le pimenter un peu. En montant à l'envers, par exemple.

— Quoi ? s'exclama Summer, l'air de n'y rien comprendre. Tu veux dire, demander à ton cheval un reculer ?

— Pas du tout, répliqua Zara avec un petit sourire moqueur. Je veux dire, à l'envers sur la selle, face à la queue du cheval… C'est assez sportif, surtout quand il a tendance à ruer.

Son interlocutrice écarquilla les yeux.

— Tu parles sérieusement ? Non, attends, tu rigoles, pas vrai ? Jamie piquerait une crise ! Lui qui est obsédé par le professionnalisme…

— Ça m'est égal. Moi, je suis obsédée par la rigolade, alors…

Les yeux de Summer s'arrondirent encore. Elle avait l'air complètement déroutée.

— Ah, au fait, finit-elle par lâcher, où est mon chien ? Je ferais mieux d'aller voir. Bonne chance, Zara, conclut-elle en s'enfuyant.

Celle-ci se détourna pour regarder Kate et Javier finir leur tâche. Ça l'avait bien amusée de se moquer de Summer, et même détendue un peu. Mais maintenant, le stress revenait de plus belle.

— Zut, je crois que j'ai oublié la martingale d'Ellie, déclara Kate.

— J'y vais, annonça Javier en détalant vers la sellerie sans lui laisser le temps de répliquer.

Quand il eut disparu, elle lança un coup d'œil à Zara.

— Ça va ? s'enquit-elle avec douceur. Je sais ce que tu ressens. Je suis toujours super nerveuse avant un concours, même si je me suis bien préparée.

Zara ne sut pas quoi répondre pendant un instant. Cette fille parlait-elle sincèrement ? Ou n'était-ce qu'une autre lèche-bottes ? Elles ne se connaissaient même pas – Zara lui avait à peine adressé la parole, sauf pour lui donner des ordres.

Trop préoccupée pour pouvoir réfléchir à cette énigme, elle se détourna sans un mot.

— Dis au palefrenier d'emmener le cheval sur la carrière de détente, lança-t-elle en sortant. Je les rejoindrai là-bas.

— Apprends à te diriger, abruti ! pesta Zara contre un gamin monté sur un cheval bai à l'œil de cochon.

L'animal venait de les heurter sur le côté, elle et Ellie.

Le terrain d'échauffement était un vrai zoo. D'habitude, la jeune fille aimait le chaos. Quand elle était d'humeur taquine, elle en rajoutait même un peu en faisant mine de foncer sur ses camarades juste devant un obstacle, avant de les éviter en sautant par-dessus celui-ci. Mais ça, c'était avec son ancien entraîneur, qui la plupart du temps fermait les yeux sur ses bêtises.

Avec Jamie, c'était une autre histoire. Il supervisait les échauffements de trois ou quatre cavaliers en même temps, sans jamais les quitter du regard plus de quelques instants chacun. Zara sentit qu'il l'observait pendant qu'elle guidait Ellie vers la barrière. La jument avait besoin d'une petite pause après la bousculade avec l'autre cheval, qui l'avait un peu énervée. À part cet incident, la détente se passait très bien. Ellie avait l'air en forme et parvenait à rester concentrée. Jamie l'avait parfaitement préparée, il fallait bien le reconnaître.

Zara tourna la tête vers lui. Il regardait l'une de ses élèves – une fillette nerveuse, montée sur un grand poney bai à l'air paisible – franchir l'obstacle qu'il avait réservé pour son groupe.

— Très bien, lui lança-t-il par-dessus le brouhaha.

Puis il fit signe à une autre cavalière.

— Tommi, c'est à toi. N'oublie pas les maîtres mots : calme et élégance.

Zara scruta la foule à la recherche de la jeune fille, qu'elle remarqua finalement, à califourchon sur Toccata. Ils formaient un magnifique duo, tous les deux. Pas étonnant qu'ils aient remporté autant de trophées.

— Ne t'inquiète pas, ma fille, murmura Zara à Ellie en lui tapotant l'encolure. Une fois qu'on sera chez les juniors, on va leur mettre une belle raclée, à tous.

Ellie donna soudain un coup de tête en l'air et fit un brusque écart en voyant deux Hunters bais trotter droit vers elle. Avant que Zara ait pu réagir, la jument décocha une ruade vers l'un d'eux.

— Hé, fais gaffe, se plaignit sa cavalière en foudroyant Zara du regard.

— C'est à toi de faire gaffe, rétorqua-t-elle.

— C'est pas Zara Trask ? demanda l'autre fille pendant qu'elles s'éloignaient.

Elles étaient déjà trop loin pour que Zara entende la suite de leur conversation. Mais elle vit les deux cavalières se retourner vers elle un instant. Elles rejoignirent ensuite quelqu'un d'autre au centre de la carrière, et lorsque Zara les dépassa, le trio la dévisagea.

Maintenant, la jeune fille sentait de plus en plus de regards peser sur elle. Chacun épiait ses moindres gestes. Cette attention soudaine la déconcentra tellement qu'elle lança Ellie trop vite vers le premier obstacle et rata son saut. Voulant corriger tout de suite son allure, elle demanda brusquement le pas à la jument, si bien que celle-ci fit une embardée. À partir de ce moment-là, Ellie perdit son calme, et tout alla de travers. Elle termina l'échauffement dans un grand état d'excitation, volant bien au-dessus des obstacles et ruant à tout bout de champ.

Jamie finit par attirer sa cavalière à l'écart.

— Écoute, Zara, je vois bien que tu essaies de ton mieux de maîtriser ta jument. Mais je crois qu'elle n'est pas d'humeur, aujourd'hui.

— Elle va bien, assura la jeune fille en tirant sur les rênes pendant que sa monture agitait nerveusement la tête. Je suis sûre qu'elle finira par se calmer.

— Peut-être, mais elle manque d'expérience, et ça m'ennuierait que ton premier concours avec nous se passe mal. Je pense que vous devriez abandonner pour aujourd'hui, et retenter votre chance demain, qu'est-ce que tu en dis ?

Il avait déjà tourné les yeux vers un autre cavalier, et Zara comprit qu'il ne s'attendait pas à un refus de sa part. Ses autres élèves n'auraient jamais osé le contredire – ils n'avaient aucune personnalité. Jamie avait toujours raison, pas vrai ?

Mais ce n'était pas son genre à elle d'obéir aveuglément aux ordres.

— Tout se passera bien, affirma-t-elle. Je veux continuer.

— Oui, je comprends, répliqua Jamie, tandis que Tommi les rejoignait. Mais si tu n'es pas prête…

— Je suis prête ! l'interrompit Zara. C'est une épreuve de cadets, pas vrai ? Pas le Grand Prix de Spruce Meadows. Je ne vois pas où est le problème. L'échauffement ne s'est pas aussi bien passé que prévu, et alors ? Ce n'est pas une raison pour abandonner. Je veux participer au concours.

Elle le défia du regard. L'entraîneur hésita un instant avant de remuer la tête de droite à gauche.

— Je suis désolé, Zara, mais je crois vraiment…

— Excusez-moi, Jamie, intervint Tommi en relâchant les rênes. Je ne veux pas me mêler de ce qui ne me regarde pas, mais pourquoi ne pas laisser Zara tenter cette épreuve, si elle en a envie ? Ce n'est pas une débutante, après tout. Je suis sûre qu'elle peut s'en sortir, même après une mauvaise détente.

— Parfaitement, renchérit l'intéressée, les sourcils froncés. Et puis, je ne vais pas éclater en sanglots comme une gamine si je ne remporte pas de flot.

Le regard de Jamie alla de Zara à Tommi, puis de Tommi à Zara. Il finit par hausser les épaules.

— Très bien, dit-il, visiblement à contrecœur. Vas-y si tu y tiens tant. Il te reste dix minutes avant de passer, mais je pense que sauter davantage serait contre-productif. Fais-la juste marcher calmement sur la piste.

Il rejoignit à grands pas le jeune élève qui l'attendait un peu plus loin sur son poney bai. Zara suivit les instructions de l'entraîneur, et Tommi et Toccata lui emboîtèrent le pas.

— Merci pour ton aide, lança Zara. Il voulait vraiment que j'abandonne. Mais pourquoi tu t'es sentie obligée d'intervenir ?

— Je n'ai pas pu m'en empêcher, avoua Tommi.

Elle se balançait doucement sur sa selle, le corps souple et détendu, en cadence avec le pas calme de son cheval.

— En ce qui me concerne, je n'abandonnerais pas un concours sous prétexte que mon cheval est un peu nerveux, expliqua-t-elle en croisant le regard de Zara. C'est apparemment ton avis, non ? Jamie est le meilleur entraîneur que je connaisse, mais il est parfois un peu trop prudent. Et je n'ai pas aimé le voir te traiter comme un de ces adultes peureux qui paniquent dès que leur cheval se met à piaffer.

Zara n'en revenait pas. La plus longue conversation qu'elles aient eue ensemble, c'était la fois où Tommi avait fait toute une histoire parce qu'elle avait soi-disant ramené les paparazzis au club. Pourquoi était-elle si gentille avec elle tout à coup ?

L'adolescente ne se l'expliquait pas. C'était bizarre. Plutôt agréable, mais surtout bizarre.

— O.K., merci, laissa-t-elle échapper. J'espère que je ne me ramasserai pas sur le premier obstacle. Dans ce cas, on n'aura pas l'air fines toutes les deux.

Sa crainte ne se réalisa pas, et Ellie franchit le premier obstacle avec succès. Une fois sur la carrière, la jument s'était calmée, comme Zara l'avait annoncé, et fit ce qu'on attendait d'elle, d'autant que sa cavalière suivit à la lettre les recommandations de Jamie : rester calme, garder les aides légères.

Le second obstacle fut abordé tout en douceur. Zara se contenta de presser très légèrement la jambe contre le flanc d'Ellie pour qu'elle change de pied et se dirige au petit galop vers la série suivante. En atteignant le virage, l'adolescente savait qu'elle et sa monture faisaient un excellent parcours. D'accord, ce n'était qu'un concours de cadets, mais quand même. Jamie devrait bien admettre qu'il s'était trompé quand il la verrait rapporter un flot.

Elle se perdit tellement dans ses pensées qu'elle finit presque par en oublier où elle se trouvait. C'était le moment de demander un nouveau changement de pied à la jument, ce qu'elle fit d'un geste ferme. Son ancienne monture, qui était un peu paresseuse, ne répondait qu'à ce genre de sollicitation.

Mais Ellie était tout autre. Loin d'apprécier l'aide énergique de sa cavalière, elle se défendit et rua. Elle changea néanmoins de pied dans le tournant, mais l'incident lui fit rater l'approche de la nouvelle ligne : la jument frôla légèrement le premier obstacle et prit un mauvais appel devant le second, faisant tomber la barre.

O.K., ça aurait pu être pire, se dit Zara en achevant le parcours. Après tout, ce n'était que la quatrième fois qu'elle montait Ellie. Malgré ces erreurs, sa performance n'était pas si mauvaise.

— Bien joué, ma vieille, murmura-t-elle tandis qu'Ellie se dirigeait au pas vers la sortie. Désolée d'avoir buggé. J'avais oublié que tu n'aimes pas qu'on te brusque.

Soudain, elle entendit quelqu'un siffloter un air entraînant.

Et pas n'importe quel air. Celui d'un des tubes de son père, « Une fille en or ». Et plus précisément le couplet qui disait : « Tout ce qu'il touche part en poussière/Il est raillé par tous, sa vie n'est que misère. »

Des gens se mirent à rire ; Zara serra les dents. Apparemment, on avait non seulement reconnu la chanson, mais aussi la cavalière. Elle promena un regard furieux sur la foule pour tenter de repérer l'abruti qui venait de siffler. Cette petite plaisanterie lui avait tapé sur les nerfs, et cette fois, elle ne pouvait pas le cacher.

Elle n'avait pas réussi à retrouver sa concentration quand elle revint sur la carrière pour le second passage. Le crétin devait être là à la regarder, espérant bien fort qu'elle se plante une nouvelle fois. Elle ne put s'empêcher de scruter le public.

Soudain, elle se rendit compte qu'Ellie partait au petit galop et se ressaisit à temps pour la guider vers le parcours. En approchant du premier obstacle, elle lança un nouveau coup d'œil aux spectateurs.

Cette fois, cette distraction lui coûta cher. La jument sentit que sa cavalière relâchait son attention et en profita pour ralentir. Puis, tout à coup, elle s'élança de nouveau et se déporta vers l'extérieur de l'obstacle, le dépassant comme une flèche !

Un murmure de compassion s'éleva dans la foule. Zara crut percevoir également quelques ricanements méchants, et elle sentit le feu lui monter aux joues. Avec une certaine brutalité, elle obligea la jument à faire demi-tour, au risque de la déséquilibrer, et lui bourra les flancs de coups de talon pour la lancer dans un galop irrégulier.

L'adolescente vit l'obstacle se rapprocher à toute allure. Elle talonna de nouveau sa monture, la mettant au défi de s'arrêter.

La jument lança une petite ruade sur la dernière foulée, ce qui ne l'empêcha pas de s'envoler au-dessus des barres. Après une mauvaise réception, il lui fallut quelques secondes pour retrouver son allure, à tel point que Zara crut un moment qu'elle allait s'arrêter. Mais elle l'incita d'une nouvelle et énergique pression des jambes à franchir l'obstacle suivant.

Après une telle stimulation, il n'était plus question pour la jument de cesser sa course. Elle enchaîna les barres à toute vitesse jusqu'à la fin du parcours, les oreilles couchées.

Zara crut cette fois qu'elle n'allait jamais pouvoir mettre pied à terre. La jument se décida finalement à quitter la carrière en enchaînant les sauts de mouton.

Jamie les attendait à l'extérieur, le visage impassible, même si Zara ne comptait pas sur ses félicitations.

— Je me suis bien amusée, affirma-t-elle assez fort pour qu'une bonne partie de l'assistance l'entende. J'ai toujours préféré le saut au Hunter.

Quelques rires fusèrent. Jamie, en revanche, ne semblait pas goûter l'humour de son élève.

— Javier va s'occuper d'Ellie, annonça-t-il en faisant signe au palefrenier. Toi, tu viens avec moi.

Ils se retrouvèrent dans un coin isolé, derrière le stand du vendeur de sandwichs.

— Laissez-moi deviner, commença Zara. J'ai été nulle, c'est ça ? Et vous allez me dire que vous m'aviez prévenue, et bla-bla-bla.

— Tu n'es pas nulle, Zara. Tu dois juste comprendre quelque chose. Ellie a un potentiel énorme, mais il ne faut pas la brusquer. Si tu veux l'exploiter, il va falloir te mettre sérieusement au boulot. Tes capacités ne feront pas tout. Tu dois t'efforcer d'être à l'écoute de ton cheval.

Zara sembla se résigner.

— O.K., grommela-t-elle.

Avec ce type, l'équitation ressemblait à un cours de chimie. Il n'était question que de travail et jamais de plaisir. Ça ne faisait vraiment pas envie.

Jamie continuait à parler, mais elle avait cessé de l'écouter. À quoi bon ? Monter à cheval était censé être un loisir. C'était bien pour ça qu'elle était là.

— Il y a quelqu'un ? appela Tommi en rentrant chez elle, le samedi après-midi.

Elle avait fini ses parcours tôt dans la journée. D'habitude, ça ne l'empêchait pas de traîner autour des terrains jusqu'au soir pour encourager Kate et les autres, ou bien pour donner un coup de main au besoin.

Mais cette fois, elle avait quelque chose d'important à faire.

En entendant une voix lui répondre du fond de la maison, elle esquissa un sourire. Son père était là. Un vrai miracle. Elle pria pour qu'un second ait lieu.

Elle se hâta vers le spacieux bureau baigné de soleil où elle trouva M. Aaronson en train de fouiller dans ses papiers, assis devant une grande table en acajou. Il leva les yeux vers elle au-dessus de ses lunettes quand elle pénétra dans la pièce.

— Déjà rentrée ? s'étonna-t-il. Tout va bien ?

— Oui, très bien, même.

— Tant mieux, tant mieux, déclara-t-il, saisissant déjà un autre paquet de feuilles. Callie a été vraiment contente de te voir monter hier. Elle me l'a dit juste avant de partir pour l'aéroport.

— Elle est rentrée à Washington ?

Son père acquiesça.

— Elle aurait aimé pouvoir rester plus longtemps, expliqua-t-il, mais on ne peut pas se passer d'elle là-bas.

Tommi s'efforça de sourire. Elle n'allait pas se laisser distraire par un énième couplet vantant les louanges de la Parfaite Callie. Pas maintenant, en tout cas. Ce qu'elle voulait lui dire avait trop d'importance.

— Écoute, lança-t-elle aussitôt, de peur de perdre patience. Je dois te parler. Tu te souviens de Legs, le cheval que j'ai monté hier ?

— Bien sûr, lui assura-t-il, le nez toujours plongé dans sa paperasse. C'est un bel animal.

— Je suis contente qu'il te plaise, dit Tommi avant de prendre une grande inspiration. Parce que je voudrais l'acheter.

Son père leva enfin la tête et posa ses documents.

— Oh, je vois. Je suis de bonne humeur en ce moment, alors pourquoi pas ? Dis à Jamie de m'appeler, et on verra si on peut s'entendre tous les deux.

— Attends. Cette fois, c'est un peu différent. Je ne veux pas acheter Legs pour moi. Je veux l'acheter pour faire un investissement, acheva-t-elle d'une traite, sans oser croiser le regard paternel.

Elle avait trop peur d'y lire de la moquerie et de perdre ses moyens ou même de se mettre carrément à crier. Or elle savait très bien qu'aucune de ces attitudes ne jouerait en sa faveur.

— Écoute, je pense pouvoir finir de le dresser moi-même, avec les conseils de Jamie, bien sûr. Et quand il sera prêt, je pourrai le revendre et obtenir une belle plus-value. Assez pour acheter un autre cheval et recommencer avec lui.

Elle s'arrêta enfin pour reprendre son souffle. Son père resta silencieux un bon moment. Il paraissait sans voix, ce qui ne lui arrivait presque jamais.

— Je vois, finit-il par répliquer. C'est ce à quoi tu faisais allusion l'autre soir pendant le dîner ?

— En quelque sorte. Mais je suis très sérieuse, tu sais. Je veux vraiment trouver un moyen de devenir cavalière professionnelle, et il me semble que peux gagner ma vie en revendant des chevaux.

Son père soupira et se gratta le front.

— Pourquoi persistes-tu à vouloir faire carrière là-dedans ? Ça n'a aucun sens. Tu peux très bien continuer l'équitation après l'université tout en travaillant dans la finance ou dans le droit.

— Mais ça ne m'intéresse pas. *Toi*, peut-être. Idem pour Callie. *Moi*, non. Ce qui m'intéresse, c'est *l'équitation*. Tu ne me feras pas changer d'avis, papa.

Elle se rappela soudain la feuille de papier qu'elle tenait à la main, et la lui tendit.

— Tiens, j'ai tapé cette ébauche sur mon ordinateur portable hier soir. C'est un plan business pour t'expliquer comment ça pourrait fonctionner.

Il prit le document et le parcourut.

— Très bien. Je vais regarder ça de plus près et y réfléchir.

Tommi relâcha enfin sa respiration, sans même se rendre compte qu'elle était au bord de l'asphyxie. O.K., il avait l'air encore sceptique, voire dédaigneux. Mais il avait dit qu'il allait réfléchir. Elle décida de l'interpréter comme un signe encourageant.

— Merci, papa, conclut-elle avant de se hâter vers la sortie, de peur qu'il ne change d'avis.

CHAPITRE 10

Kate n'en revenait pas de voir le centre commercial bondé un lundi soir. Elle dut faire le tour du parking deux fois avant de trouver une place. Quand elle arriva à l'entrée de la galerie marchande, Natalie l'attendait.

— C'est pas trop tôt ! se plaignit celle-ci en sautant sur ses pieds. Je commençais à croire que tu m'avais posé un lapin.

— Désolée d'être en retard. Mais j'ai une bonne excuse.

Elle se dépêcha d'entrer, pressée de ressentir la fraîcheur de l'air conditionné. Il faisait chaud et humide ce jour-là, à tel point que chaque mouvement vous donnait l'impression de nager dans du beurre.

— O.K. Je t'écoute.

Natalie lui emboîta le pas, faisant claquer ses jolies tongs sur le sol carrelé.

— J'espère que c'est à propos de ce type mignon et riche dont tu m'as parlé. Tu l'as embrassé ?

Kate avait beau avoir déjà très chaud, elle sentit ses joues s'empourprer davantage. Pourquoi avait-elle cru bon d'évoquer Fitz devant Natalie ? Évidemment, son amie s'était empressée de tirer des conclusions, lesquelles étaient tout à fait fausses.

— N'importe quoi ! Je te l'ai déjà dit : Fitz et moi sommes amis, c'est tout. De toute façon, il n'était pas au club aujourd'hui. On est lundi.

— Et alors ?

— Et alors, le club est fermé aux clients ce jour-là.

Kate se mordit la lèvre, s'arrêtant juste à temps. Elle avait failli ajouter : « Comme tous les clubs importants de la région. » C'était exactement le genre de commentaire qui énervait Natalie au plus haut point, et qui la laissait penser que son amie la regardait de haut.

Or, Kate voulait à tout prix éviter ce type de dispute, surtout en ce moment. Ce soir-là, elles étaient censées flâner tranquillement ensemble, histoire de resserrer un peu leurs liens amicaux. Kate avait fait l'effort de retrouver Natalie dans ce seul but, même si après une longue journée de travail dans cette chaleur, elle aurait préféré prendre une bonne douche froide et se mettre au lit.

— Bref, je serais arrivée à l'heure si le maréchal-ferrant n'avait pas laissé échapper un poney. J'ai dû l'aider à le rattraper.

— Quoi ? Ton entraîneur à la noix n'a pas daigné se bouger les fesses ? Je te jure, Kate, ils te traitent vraiment comme un chien, là-bas !

Kate ne se fatigua pas à lui rappeler qu'elle-même n'épargnait pas ses forces à Happy Acres. Elle se contenta de lui expliquer :

— Jamie n'était pas là. Sinon, il aurait été le premier à lui courir après.

— Si tu le dis…

Natalie s'arrêta devant une boutique de prêt-à-porter branchée.

— Entrons là. Je voudrais m'acheter un nouveau short.

Pendant qu'elles passaient en revue les vêtements sur les rayons, Kate écoutait distraitement son amie parler de choses et d'autres, notamment de garçons et de soirées. Elle ne pouvait pas s'empêcher de songer à sa leçon du lendemain, avec Fabelhaften.

— Je vais essayer ça, annonça Natalie, interrompant ses pensées. Choisis-toi quelque chose et accompagne-moi. Tiens, ça par exemple. Waouh ! Ce bleu te va super bien ! Ça fait ressortir tes yeux.

Elle lui tendait une minirobe bleue moulante, que Kate fixa d'un air dubitatif.

— Euh… Je n'ai rien prévu d'acheter aujourd'hui, tu sais. Et puis, je ne vois pas quand je pourrais porter cette robe.

— Peu importe. Essaie-la quand même, juste pour le plaisir. Allez, viens.

Elle prit Kate par la main pour l'entraîner au fond de la boutique, vers les vestiaires.

Elles s'engouffrèrent toutes les deux dans l'une des minuscules cabines. Nat se glissa aussitôt dans un short si court et si serré que Kate osait à peine la regarder. Puis elle insista pour que celle-ci essaie la robe qu'elle avait choisie. Kate fut pour le moins surprise quand elle vit son reflet dans le miroir en pied. Le vêtement lui allait à merveille, même avec sa queue-de-cheval en désordre et ses pieds nus. Si Fitz la trouvait jolie dans sa culotte d'équitation et son polo couvert d'écume de cheval, qu'est-ce qu'il dirait en la découvrant dans cette tenue ?

— Kate ? Houhou ! Ici la Terre ! s'exclama Natalie, qui agitait les mains devant le visage de son amie. Je sais que ça doit te faire un choc de te voir dans une robe, mais c'est pas une raison pour partir dans tes rêves.

Kate lui adressa un petit sourire en cherchant la fermeture Éclair du vêtement.

— Excuse-moi, je pensais à autre chose.

— Laisse-moi deviner : tu imaginais que tu te pavanais devant ton soi-disant ami dans ta nouvelle tenue, c'est ça ? se moqua Natalie.

— Raté, mentit Kate. Si je suis distraite, c'est parce que Jamie veut que je me prépare au Hunter équitation en Amateur 1, et que demain je dois monter le cheval qu'il me prête pour l'occasion. Je suis un peu nerveuse, tu comprends ?

— Le cheval qu'il te prête ? s'étonna son amie en ôtant son short pour en essayer un autre. Qu'est-ce que tu veux dire ?

— Il s'appelle Fable : son propriétaire l'a laissé à Jamie pour qu'il le vende. Il n'a pas assez de style pour qu'on en fasse un vrai Hunter, et ses moyens sont trop limités pour devenir un cheval de saut, mais Jamie pense qu'il sera parfait en Hunter équitation. Il a juste besoin qu'on l'entraîne. Ce que je suis chargée de faire.

— C'est bizarre de monter un cheval destiné à la vente, non ?

Natalie fronça le nez en se regardant dans le miroir, et Kate se demanda si c'était en réaction à ce qu'elle venait de dire, ou à cause du short qu'elle portait – lequel lui boudinait les cuisses de façon peu flatteuse.

— En fait, c'est une pratique très courante, expliqua Kate. De nombreux cavaliers arrivent en finale sur des chevaux qu'ils ont empruntés ou loués…

— Ah bon ? Je trouve ça très bizarre. Je crois pas que je pourrais.

Kate s'abstint de lui faire remarquer qu'elle était loin d'avoir le niveau pour se retrouver dans ce genre de concours, et que la question ne se poserait donc jamais dans son cas. Elle ne voulait pas être méchante, même si Natalie méritait qu'on le soit parfois.

— Fable n'est pas toujours facile à maîtriser, c'est pour ça que j'appréhende un peu le cours de demain. Même si je l'ai déjà monté plusieurs fois, ce sera différent. Les nouvelles vont vite dans un club, tu dois le savoir : tout le monde viendra sans doute me regarder.

— Oui, je vois le problème ! s'esclaffa Natalie. T'as jamais été à l'aise en public. Tu te souviens de ton premier concours ? On avait ramené des enchères un poney appaloosa dont tout le monde avait peur, sauf toi. Du coup, t'as accepté de le monter. Mais dès que t'es entrée sur la carrière devant tous ces gens qui te fixaient, t'as perdu tes moyens, et il t'a envoyée par terre d'une ruade.

D'habitude, ce souvenir faisait rire Kate. Elle en avait parcouru du chemin, depuis !

Pourtant, ce jour-là, cette histoire lui rappelait le moment embarrassant où, décontenancée par la présence du père de Zara, elle avait percuté l'obstacle avec Ellie. Finalement, elle n'avait pas tant évolué que ça ! Pourvu qu'un tel désastre ne se reproduise pas le lendemain, ou toutes ses chances de participer au prestigieux concours s'envoleraient…

— Non, mais quelle brute ! Tu vas te tenir tranquille ? grommela Kate.

Ce jeudi après-midi, elle préparait Fabelhaften pour leur leçon en groupe. Enfin, du moins, elle essayait. Le grand bai donnait des coups de tête et se balançait d'une jambe sur l'autre tout en mâchouillant sa longe. Il comptait visiblement lui faire savoir qu'il n'appréciait pas la façon dont elle lui passait l'étrille sur l'encolure ou dont elle lui curait les pieds. Et avec son mètre soixante-dix au garrot, c'était difficile d'ignorer son point de vue.

— T'as besoin d'aide ?

Kate se retourna. Fitz la regardait. Elle était si concentrée sur sa tâche qu'elle ne l'avait pas entendu arriver. Ses cheveux roux étaient mouillés et un peu ébouriffés, comme s'il venait de prendre une douche.

— Oh, salut ! Euh… merci. Fable est… comment dire…

— Une tête de mule ? hasarda le garçon avec un rictus.

Il donna une tape affectueuse au cheval ; Kate lui rendit son sourire.

— D'habitude, ses caprices ne me gênent pas. Mais aujourd'hui, je m'en passerais bien.

Fitz lui lança un regard compatissant.

— Je devine ce que tu ressens. Tout le monde va venir te regarder en se demandant si toi et Fable avez des chances d'être les nouvelles stars de Hunter équitation.

— Ça, je ne crois pas.

Kate parvint à arracher la longe de la bouche du cheval, mais dut se baisser pour éviter sa grosse tête qu'il venait de tourner brusquement, distrait par un chat qui filait non loin.

— Ils sont juste curieux de voir si je vais rester en selle.

Fitz gloussa.

— Reviens sur terre, Kate. Tout le monde sait que tu peux faire un malheur sur n'importe quel cheval. Même si certains sont trop jaloux pour le reconnaître.

L'adolescente ne répondit pas. Elle ne savait jamais quoi dire quand elle recevait des compliments. En particulier venant de la part de quelqu'un comme Fitz. L'espace d'une seconde, elle se revit dans la belle robe bleue. Mais non. Elle ne devait pas se laisser distraire. Pas maintenant.

— Euh, merci, finit-elle par lâcher. Mais je ne crois pas pouvoir faire des jaloux.

— Je n'en serais pas si sûr à ta place.

Pendant qu'elle ajustait la sangle de la selle, il tendit le bras pour immobiliser la tête du cheval et frôla au passage celui de Kate. Elle frissonna de tout son corps.

— Et pas seulement parce que tu es formidable, ajouta-t-il.

Kate s'apprêtait à rouler des yeux, espérant détourner ainsi l'attention du garçon de ses joues en feu. Mais l'air sérieux qu'il affichait l'arrêta.

— Vraiment, Kate, insista-t-il d'une voix douce. Et même avec tout l'argent du monde, personne ne pourra avoir ce que tu as. Je ne sais pas vraiment ce que c'est… Juste que c'est quelque chose de spécial, comme… euh…

Il se tourna vers Fable pour lui donner une tape si vigoureuse qu'il sursauta.

— Bref, on est sexy ou on ne l'est pas, et ça ne s'achète pas.

Il consulta sa montre avant d'ajouter :

— Houlà ! Il est temps d'aller récupérer mon cheval. Tu veux que je te tienne cette forte tête pendant que tu finis de la préparer ?

— Non, ça ira. Tu ferais mieux d'y aller. Jamie n'aime pas qu'on soit en retard, tu le sais bien.

— C'est vrai. D'autant que je suis déjà sur sa liste noire depuis que j'ai roulé sur une bouteille d'insecticide toute neuve avec la voiturette électrique, la semaine dernière…

Le jeune homme conclut ses paroles par un éclat de rire, puis sortit à grands pas, sous le regard désemparé de l'adolescente.

Fable la poussa impatiemment, si bien qu'elle retrouva ses esprits. Fitz la déconcentrait, et elle ne pouvait pas se permettre de l'être, ce jour-là.

En franchissant l'entrée du club, Zara sentit des élancements lui parcourir le crâne. Elle avait une sacrée gueule de bois ! Pas étonnant après la soirée qu'elle avait passée – elle avait fait la fête jusqu'à l'aube avec des gens rencontrés à une conférence de presse donnée par son père. À présent, elle en payait les conséquences, même si elle s'était bien amusée.

Elle trouva Miguel qui promenait Ellie dans l'allée. La jument portait sa selle Antarès et des guêtres ouvertes Eskadron.

— Vous êtes en retard, mademoiselle, lui annonça le palefrenier. Les autres ont commencé leur échauffement depuis vingt minutes.

— Et alors, je suis là maintenant, O.K. ? grogna Zara en attrapant les rênes.

Elle conduisit son cheval jusqu'à une immense carrière réservée au saut d'obstacles – la plus grande du club – située en haut d'une butte. Ses camarades étaient effectivement en train d'échauffer leurs montures. Tommi, Summer, Marissa, Dani, notamment. Sans oublier Fitz, particulièrement sexy avec ses guêtres. Elle mit quelques instants à reconnaître Kate, montée sur un grand cheval bai qu'elle voyait pour la première fois.

Jamie, installé sur le montoir pliable au centre de la carrière, parlait au téléphone. Il raccrocha en voyant la jeune fille.

— Tu es en retard.

Comme la plupart des entraîneurs qu'elle connaissait, sa voix portait très loin.

— Oui, je sais lire l'heure, rétorqua-t-elle en relevant ses lunettes noires sur sa tête. Désolée, mais bon… on va pas on faire toute une histoire, O.K. ?

Elle sentait le regard des autres élèves peser sur elle. Du coin de l'œil, elle vit Dani rouler des yeux indignés. Elle la retenait, celle-là !

Jamie fronçait les sourcils.

— Ça suffit ! siffla-t-il. Chaque mot que tu prononces te fait perdre davantage de temps. Échauffe-toi au fond et rejoins-nous quand tu seras prête. Je ne sais pas comment ça se passait dans ton ancien club, mais ici, on n'attend pas les retardataires.

— Dans les dents ! commenta Dani à voix haute, ce qui fit glousser Marissa.

Zara se renfrogna. Pour qui se prenait-il, celui-là ? C'était son entraîneur, pas sa nounou. Elle s'apprêtait à faire demi-tour et à quitter la carrière quand Fitz passa près d'elle.

— Allez, dépêche-toi, Zara, lui lança-t-il avec un grand sourire. Si tu continues à lambiner, tu vas rater le plus drôle !

Elle le regarda s'éloigner, ne pensant déjà plus à partir. Qu'est-ce qu'il était mignon, assis sur sa selle, avec ses longues jambes ! Pour une fois qu'elle allait pouvoir admirer un beau mec pendant un cours !

Jamie se leva, mais Zara dédaigna son aide, préférant se hisser sur sa jument par ses propres moyens. Elle n'avait pas utilisé cette technique depuis longtemps, et Ellie était plus grande que son ancienne monture, si bien qu'elle - dut s'agripper à sa crinière. L'animal piaffa, ce qui n'empêcha pas l'adolescente d'arriver à ses fins.

— Allez, ma vieille, on y va, murmura-t-elle.

La jument résista à la pression des rênes sur son encolure. Mais l'adolescente n'était pas d'humeur à supporter ses caprices. Elle talonna vivement sa monture, qui partit comme une flèche droit devant elle, la tête haute.

— Doucement, Zara ! la gronda Jamie. Qu'est-ce qu'on a dit l'autre fois ? Tes aides et ton assiette doivent rester légères jusqu'à ce qu'Ellie se détende. Sinon, tu passeras ton temps à lutter avec elle.

La jeune fille se renfrogna sans se donner la peine de répliquer. Mais dès que son entraîneur eut tourné le dos, elle gratta l'épaule de sa jument en murmurant :

— Désolée, ma vieille.

Vingt minutes plus tard, Kate était au bord des larmes. La leçon avait très mal commencé : la jeune fille s'était à peine hissée sur Fable à l'aide du montoir que le cheval, effrayé par des chiens qui passaient, avait failli la désarçonner. Et les choses n'allaient pas en s'arrangeant, car le grand bai, d'humeur folâtre, refusait d'obéir à sa cavalière. Non seulement il ignorait ses aides, mais il sautait bien au-dessus des obstacles et ruait à chaque changement de pied.

— Ne te décourage pas, cria Jamie quand Kate revint au trot après une énième tentative. Garde les épaules en arrière et reste concentrée. Essaie de le calmer.

Quand elle vit les oreilles de Fable pointer vers le vertical d'un mètre vingt, Kate se cramponna à ses rênes et parvint à lui faire changer sa trajectoire pour le diriger vers le premier obstacle du parcours. Elle n'avait que trop conscience de toutes les paires d'yeux braquées sur elle. En temps normal, les élèves du club auraient quitté les lieux pour s'entraîner sur d'autres parcours plus difficiles. Mais l'adolescente se doutait bien qu'ils ne s'obstinaient pas à des exercices aussi simples par hasard, et ça la rendait presque malade. Toute son assurance s'était envolée, au point qu'elle avait l'impression de se retrouver dans la peau d'une novice qui n'avait jamais monté que le cheval mécanique, à l'entrée du supermarché.

Elle passa devant Tommi, à califourchon sur Legs, qui lui chuchota :

— Garde ton sang-froid, tu te débrouilles très bien.

Legs, qui marchait rênes longues, était d'un calme olympien, cette fois-ci.

Soudain, Kate entendit des voix s'élever derrière elle et tourna la tête : la jument de Zara faisait à nouveau des siennes. C'était l'autre raison pour laquelle les élèves étaient restés là. Ellie, apparemment nerveuse, avait refusé un obstacle, et maintenant, elle reculait en s'ébrouant avec force.

— S'il te plaît, Kate ! lui cria Jamie. Arrête-toi une seconde !

Celle-ci abandonna le parcours et rejoignit ses camarades. Summer, assise sur son cheval à côté de Tommi, lui conseilla :

— Tu devrais te détendre, Kate. Tes épaules ont l'air toutes raides. Essaie de compter tes foulées à haute voix pour te calmer.

Au lieu de répondre, Kate inspira profondément pour tenter d'évacuer son stress.

— Ça va ? s'inquiéta Tommi.

Elle se contenta d'acquiescer et se pencha pour tripoter ses étriers afin d'éviter le regard de son amie. Summer continuait à débiter ses conseils stupides - quelque chose concernant les talons, cette fois.

Mais Kate l'écoutait à peine. En se redressant, elle rencontra les yeux de Fitz. Le garçon lui sourit en levant les pouces, et elle lut sur ses lèvres : « Tu peux le faire ! »

Pendant ce temps, Jamie avait réglé le problème avec Ellie. Il se tourna vers le trio.

— Désolée, Kate. On recommence.

La jeune fille prit une dernière inspiration avant de demander un départ au galop, un peu réconfortée par les encouragements de Fitz. Cette fois, elle était déterminée à reprendre le dessus.

Zara regarda d'un air maussade Kate et sa monture franchir la ligne. Elle s'en sortait beaucoup mieux, cette fois. Super... À présent, à cause de sa jument surexcitée, il n'y avait plus qu'elle qui posait problème. Soudain, Ellie lui arracha presque les rênes des mains.

— Qu'est-ce qui ne va pas, ma vieille ? murmura-t-elle.

— À toi, Zara ! lui cria Jamie. Reste calme et détendue. Fais-lui faire un tour avant pour t'assurer qu'elle accepte tes aides.

La jeune fille, suivant les consignes de son entraîneur, incita la jument à trotter autour de la carrière. Peine perdue. Ellie, remarquant les obstacles, voulut couper le cercle.

— Stop ! s'exclama Zara, tirant sur les rênes pour l'obliger à réintégrer le cercle.

Ellie essaya d'échapper à la sollicitation du mors. Elle continua vers les obstacles, la tête tournée vers l'extérieur.

— Doucement avec les rênes, cria Jamie.

Zara, jurant entre ses dents, fit son possible pour maîtriser sa monture. Mais la jument s'obstinait, zigzaguant vers sa cible comme un cheval sauvage.

— Attention ! s'exclama Dani.

Ellie avait failli lui rentrer dedans. Sa monture, un pur-sang qui n'avait pas toujours bon caractère, bondit puis lança une ruade vers la jument, qui prit peur. Elle s'élança brusquement dans la direction opposée, si bien que les pieds de Zara glissèrent hors des étriers et qu'elle perdit l'équilibre. Avant qu'elle ait pu se ressaisir, la jument se cabra, agitant ses antérieurs.

— Aaaah !

L'adolescente fut violemment projetée par terre, où elle atterrit sur le dos.

Jamie se précipita vers elle.

— Ne bouge pas, lui ordonna-t-il.

Ignorant son conseil, elle se redressa et grommela :

— Ça va, j'ai rien.

Elle attrapa ses lunettes, tombées juste à côté d'elle et par miracle intactes.

— Oh ! mon Dieu ! cria Summer. Zara, tu vas bien ? Quelle trouille on a eue !

Avant que son entraîneur ait pu l'en empêcher, Zara avait sauté sur ses pieds et frottait ses vêtements poussiéreux. Elle aurait un beau bleu le lendemain, c'est tout : elle n'était pas blessée… à part dans son orgueil. Et dire qu'elle venait d'accomplir l'exploit de tomber pendant son premier cours en groupe ! Quelle belle entrée en matière dans son nouveau club !

Zara s'avança à grands pas vers Ellie pour s'emparer de ses rênes.

— Tiens-toi tranquille, lui ordonna-t-elle avant de se hisser sur sa selle, gonflée à bloc.

— Zara, attends ! l'interpella Jamie. Tu ne devrais pas…

La jeune fille ne lui donna pas le temps d'achever. Elle chaussa ses étriers et lança Ellie au trot, puis au petit galop, pour la diriger vers le plus haut obstacle du parcours.

— Zara ! cria son entraîneur.

Mais la cavalière et son cheval atteignaient déjà leur cible. Ellie dressa les oreilles en s'approchant et, pendant une seconde, l'adolescente crut qu'elle allait s'arrêter. Elle pressa ses talons contre ses flancs, si bien que la jument s'envola au-dessus des barres.

Et voilà ! pensa Zara. Ce petit numéro devrait montrer à tout le monde de quoi elle était capable, malgré cette stupide chute.

— Zara, arrête-toi, ordonna Jamie.

Il essayait d'attraper les rênes d'Ellie, tandis qu'elle trottait autour de la carrière.

— Oh, oh, tu peux faire tes valises, Zara, lança Dani en direction de Fitz – sans doute un peu plus fort qu'elle ne l'aurait voulu.

Zara lui jeta un regard noir. Super. Voilà que Jamie allait peut-être la virer, maintenant. Et elle ne comptait pas lui laisser imposer sa loi.

Elle lança un coup d'œil à son entraîneur en essayant de cacher ses émotions. Jamie la regardait lui aussi, l'air pensif. Finalement, il lâcha les rênes.

— Tu aurais pu nous épargner cette démonstration, déclara-t-il calmement. C'est la première et la dernière fois que tu fais ça, compris ? Maintenant, reprends ta place auprès des autres.

L'espace d'un instant, Zara fut tentée de lui répondre ou de lui rire au nez – ou encore de détaler sur le dos d'Ellie pour ne jamais revenir. Pourtant, quelque chose dans les yeux de Jamie lui disait qu'aucune de ces réactions ne serait la bonne. Ce type était sans doute trop intransigeant pour elle. Mais si elle devait partir, elle voulait que ce soit de son fait à elle, et par parce qu'elle se serait rebellée contre son entraîneur. La dernière fois qu'un truc de ce genre s'était produit, ses parents l'avaient punie en lui interdisant de monter pendant un mois.

— Si ça peut vous faire plaisir, marmonna-t-elle, puis elle rejoignit ses camarades.

— On n'est pas près d'oublier cette leçon, hein, Tommi ? commenta Marissa en lançant un coup d'œil vers Zara, pendant que le petit groupe ramenait les chevaux à l'écurie.

Son amie regardait Kate, qui menait Fable en main, quelques mètres devant. Celui-ci avait fini par se calmer à la fin du parcours. Tommi connaissait assez son amie pour deviner qu'elle n'était pas satisfaite de leur performance. Mais elle s'en remettrait et tirerait des leçons de ses erreurs.

Pour Zara, c'était une autre histoire. Tommi ignorait comment les choses allaient tourner pour elle. Cette fille semblait complètement imprévisible. Une vraie tornade qui avait balayé leur club.

— Je ne te le fais pas dire, répliqua-t-elle à Marissa. D'ailleurs, je ne comprends pas comment Jamie a pu tolérer son comportement. N'importe qui d'autre aurait été puni après un coup pareil.

— Il n'a peut-être pas osé à cause de son père.

— Ça m'étonnerait. Jamie n'a peur de personne.

Pourtant, l'indulgence de son entraîneur envers Zara la laissait perplexe. Peut-être voulait-il lui donner le temps de s'habituer au club avant de lui botter les fesses…

De toute façon, ça ne la concernait pas. Elle ferait mieux de ne plus y penser et de s'occuper de Legs, qui avait réussi à ignorer l'agitation ambiante tout au long de l'entraînement, ou presque. Il avait fait du bon travail.

Pourtant, Tommi avait du mal à calmer sa nervosité : que pensait son père de son plan de financement ? Il était parti à White Plains le matin du lundi précédent, avant qu'elle se lève, si bien qu'ils n'avaient pas pu reparler du sujet. Mais il devait revenir cet après-midi-là.

Une demi-heure plus tard, Legs avait regagné son box. L'adolescente le caressa une dernière fois, puis lui tendit un bonbon à la menthe avant de rejoindre l'allée.

La plupart de ses camarades s'étaient retrouvés près de la sellerie. Fitz agita la main vers elle.

— Partante pour une pizza ?

Leur rendez-vous du mardi soir lui était totalement sorti de la tête. L'espace d'un instant, elle fut tentée de refuser et de rentrer chez elle attendre son père. Mais pourquoi pas, finalement ? Il l'appellerait ou lui enverrait un texto dès qu'il serait prêt à reparler de son projet. Elle ferait mieux de profiter de l'occasion pour s'amuser.

— O.K., répondit-elle.

— Super ! se réjouit Fitz, tout sourire. Je viens de proposer à Zara de venir. Elle n'est pas sûre de vouloir traîner avec des losers dans notre genre, mais je crois l'avoir convaincue d'essayer.

Même si Tommi savait qu'il plaisantait, son niveau de stress augmenta d'un cran.

— Tu crois ? Quelque chose me dit que manger une pizza dans une sellerie, c'est pas son truc. Et puis, il n'y a pas de paparazzis pour immortaliser l'événement…

— Très drôle, rétorqua Zara d'un air mauvais. C'est la meilleure insulte que tu peux trouver ? Pourtant, avec le fric de ton père, tu pourrais t'en acheter de meilleures, non ?

— La ferme, lança Tommi en la foudroyant du regard. Tu sais rien de moi.

— T'en sais pas plus sur moi.

— Hé, les filles, intervint Kate d'une voix nerveuse, calmez-vous, d'accord ?

— Oui, renchérit Marissa. Arrêtez de vous prendre la tête, et commandons nos pizzas.

Fitz acquiesça et demanda :

— T'aimes les champignons, Zara ?

L'adolescente ne répondit pas tout de suite, et, pendant un instant, Tommi crut qu'elle allait sortir en claquant la porte. Mais elle se contenta de répliquer avec un sourire narquois :

— Oui, mais pas sur ma pizza… J'en prendrai une au pepperoni.

Tommi roula des yeux effarés. Zara n'allait pas tarder à se faire virer du club si elle continuait à vouloir attirer l'attention sur elle. Et le plus tôt serait le mieux.

CHAPITRE 11

Kate était en train de passer mentalement en revue les erreurs qu'elle avait commises pendant la séance quand Fitz vint s'asseoir à côté d'elle, sur le banc.

— Qu'est-ce que t'as ? demanda-t-il en la poussant d'un petit coup d'épaule. C'est pas bon ?

— Hein ?

Kate cligna des yeux, puis les posa sur sa part de pizza, intacte.

— Ah… euh, si. J'ai pas très faim, c'est tout.

Elle prit le carton contenant son dîner pour le mettre sur le banc et s'essuya la main avec une serviette.

La sellerie s'était transformée en salle à manger. Les boîtes contenant les pizzas, installées sur la malle à bandages, au centre de la pièce, étaient déjà à moitié vides. Summer et Marissa, près du mur où on suspendait les brides et les filets, riaient en écoutant Zara, tandis que Dani discutait avec Tommi, appuyée à un des porte-selles. Hugo, Chaucer et deux autres chiens, tels des requins affamés, décrivaient des cercles autour des adolescents, dans l'espoir d'obtenir leur part.

Fitz engouffra le reste de la sienne.

— Trop bon, commenta-t-il. Alors, prête à cartonner avec Fable ?

Kate grimaça.

— Si je n'arrive pas à faire mieux qu'aujourd'hui, je ne risque pas de gagner grand-chose, même dans la catégorie « poneys ».

— Mais, non, tenta de la rassurer le garçon en se léchant les doigts. Tu t'es bien débrouillée. Même Jamie aurait eu du mal, étant donné l'humeur de Fable.

— Je crois pas, non.

Kate fixait un point devant elle, trop découragée pour prêter attention à l'épaule de Fitz qui frôlait la sienne.

— Jamie a une totale confiance en moi, mais je ne pense pas être à la hauteur... ajouta-t-elle.

Le jeune homme lança la croûte de sa pizza dans la gueule ouverte de Hugo avant d'affirmer avec un sourire :

— Il n'est pas stupide. S'il considère que t'es capable de relever le défi, pourquoi tu ne le crois pas ?

La jeune fille s'efforça de lui rendre son sourire.

— T'as sans doute raison. Mais tout le monde peut se tromper, pas vrai ?

— Ah, Kate ! Si belle et pourtant si peu sûre d'elle-même ! Quel dommage ! Je crois qu'il est temps de t'ouvrir les yeux. T'étais pas là pour ma première compétition de Hunter. Tu ne m'as pas vu à l'œuvre la fois où le juge nous a demandé de monter sans étriers. Eh bien, figure-toi que je suis tombé. Au pas.

— Ah bon ?

Kate le regardait, perplexe, hésitant à le croire.

— Comment a réagi Jamie ?

— Il a fait mine de ne pas me connaître, expliqua-t-il, tout sourire, avant de se lever pour se servir une nouvelle fois. Pendant une semaine ! Et puis, il y a eu le jour où on m'a demandé de faire un demi-tour avant de franchir un petit vertical. Au lieu de ça, mon cheval a décidé de l'éviter et de sauter une deuxième fois le premier obstacle. À reculons ! Je me suis retrouvé accroché à l'encolure, et finalement, il m'a éjecté d'une ruade dans un bac de fleurs.

Kate n'était plus dupe. Il exagérait, c'était évident. Ou même, il inventait. Mais l'intervention de Marissa la fit douter.

— Je m'en souviens, expliqua-t-elle entre deux éclats de rire. T'avais vraiment pas l'air fin avec tes fleurs sur la tête.

— Comment ça ? Pas du tout. C'est très sexy, les marguerites…

Le garçon mordit dans sa pizza avant d'ajouter, la bouche pleine :

— D'ailleurs, je pourrais te citer bien d'autres mésaventures. Tiens, par exemple, lors de ma toute première compétition, j'ai monté mon poney à l'envers pendant un bon bout de temps avant de réaliser mon erreur…

Tout le monde éclata de rire, y compris Kate. Ce coup-ci, elle était presque sûre qu'il racontait n'importe quoi. Mais peu importait : ses bêtises la réconfortaient un peu.

D'accord, on ne pouvait pas dire qu'elle s'était surpassée, ce jour-là. Et après ? Ce n'était pas la première fois qu'elle perdait ses moyens. Et ce ne serait pas la dernière. Avec les chevaux, il fallait s'y attendre. Elle devait juste travailler davantage.

Zara était à peine entrée dans la sellerie qu'elle ne pensait déjà plus à l'équitation, ni à sa piètre prestation. À quoi bon ressasser ce mauvais souvenir ?

— Fitz est vraiment tordant, tu trouves pas ? lança Dani en écoutant le garçon raconter une nouvelle mésaventure. Il n'y a que la moitié de vrai dans ce qu'il dit, mais l'autre moitié est super drôle.

— Oui, il est cool, approuva Zara.

Elle remarqua que le jeune homme, qui accompagnait son récit de grands gestes, était presque collé à Kate. Se pouvait-il qu'ils soient ensemble, tous les deux ?

— Tu sais s'il a une copine ? demanda-t-elle à Dani.

— Il en a plein, tu veux dire ! s'exclama celle-ci. C'est un vrai Don Juan.

— Tu parles d'après ta propre expérience ?

— On peut dire ça, oui, pouffa Dani. Du moment que tu ne cherches rien de sérieux, tu t'amuses bien avec lui.

— Intéressant.

Dani lui jeta un regard appuyé.

— À ta place, Zara, je n'hésiterais pas. C'est pratiquement… un rite de passage, ici, gloussa-t-elle à nouveau.

Après ça, tu pourras vraiment te considérer comme l'une des nôtres.

Zara éclata de rire. Cette fille n'était peut-être pas si mauvaise, finalement. En fait, tout le monde était plutôt sympa ici. Sans doute parce qu'ils cherchaient à lui faire oublier la crise qu'avait piquée Tommi tout à l'heure.

Elle jeta un coup d'œil à cette dernière, qui sirotait son soda toute seule dans un coin, les yeux perdus dans le vague, puis haussa les épaules et reporta son attention sur Fitz.

— … alors, après ce désastre, j'ai dû me faire tout petit, vu que personne ne voulait plus me parler ni admettre que j'étais dans leur cours, expliquait-il à Kate.

— Nooon ! s'étonna Summer, les yeux écarquillés. C'est dégueulasse !

Marissa s'esclaffa.

— Il bluffe, Summer. Et devine comment je le sais !

— Il remue les lèvres ! Ce type ment comme il respire ! s'exclama Dani, très fière de sa plaisanterie, avant de claquer dans la main de Marissa.

— Vous me blessez, mesdemoiselles, déclara l'intéressé, une main sur sa poitrine – il savourait visiblement chaque seconde d'attention. Je suis meurtri jusqu'au plus profond de mon être.

— Tu montes ici depuis combien de temps ? intervint Zara. D'après ce que vous racontez tous, j'ai l'impression que Jamie a commencé à vous entraîner au berceau.

— Quasiment, répondit Marissa. Je crois que Fitz et Tommi sont les plus anciens, pas vrai ?

— Ça fait presque dix ans, confirma le garçon.

— Moi, je les ai rejoints environ deux ans plus tard, continua Marissa en caressant la grosse tête de Chaucer, et Dani est arrivée peu de temps après. Summer et Kate sont là depuis deux ou trois ans.

Summer acquiesça.

— Avant, je montais à Long Island, dans un club complètement nul, expliqua-t-elle. Jamie est de loin le meilleur. Tu vas te plaire ici, Zara, crois-moi.

— Eh bien, les pizzas sont pas mal. En ce qui concerne l'entraîneur, par contre…

— Ne juge pas Jamie trop vite, lui conseilla Kate avec un sourire. Il est parfois sévère, mais c'est pour tirer le meilleur de nous-mêmes.

— Hmm.

Zara n'était pas convaincue. Pourtant, elle devait bien reconnaître que ça faisait plaisir de les entendre tous parler de Jamie et de leur club de façon si élogieuse. Ce n'était pas habituel chez les cavaliers qu'elle connaissait.

Dani se leva pour aller chercher un autre soda, et Zara se rapprocha de Marissa et de Summer, qui parlaient maintenant du prochain concours.

— Si Jamie m'inscrit dans la catégorie Hunter équitation, je crois que vais crever, se plaignait Marissa. Je suis trop nerveuse pour ce genre de compèt. Je préfère de loin le Hunter style. Au moins, je sais que le juge va se focaliser sur le cheval, pas sur moi.

— T'inquiète pas. Si tu tombes, ton petit copain Javier sera là pour t'aider à te relever… se moqua Summer, tandis que son amie piquait un fard.

— Javier ? s'étonna Zara. Le palefrenier qui n'a jamais rien à dire ?

— Il n'est pas encore à l'aise avec l'anglais, le défendit Marissa. Il est mexicain, et ça fait seulement trois mois qu'il a emménagé ici.

— Marissa parle espagnol. Elle et Javier ont donc deux langues en commun : celle-ci et le langage de l'*amor*.

— Pourquoi pas ? commenta Zara. On peut pas dire qu'il ait beaucoup de personnalité, mais il est mignon.

— Oh oui ! soupira Marissa. Il est trop craquant !

Zara tourna la tête vers Fitz, qui quittait la pièce.

— Je reviens tout de suite. J'ai besoin d'une pause pipi.

— Tu sais où c'est ? demanda Summer. Je peux te montrer si tu veux.

Zara secoua négativement la tête. Quel pot de colle, celle-là ! C'était pathétique !

— Pas la peine, je vais trouver, déclara-t-elle avant que l'autre ait pu faire un geste.

Elle se glissa dehors et fouilla l'allée du regard. Aucun signe de Fitz. Il avait dû se rendre aux toilettes. Elle marcha donc dans cette direction et patienta près du bâtiment.

Pendant qu'elle attendait, elle se mit à observer le paysage, qui lui parut très différent en ce début de soirée. L'endroit était quasi désert, la plupart des chevaux ayant été nourris et emmenés au pré pour la nuit. Jamie avait depuis longtemps regagné sa maison sur le coteau, derrière le grand champ réservé au saut d'obstacles.

À part quelques rires qui lui parvenaient de temps en temps de la sellerie, tout était tranquille et serein. Rien à voir avec son ancien club surpeuplé, où il aurait été impossible de trouver un tel calme. Tout comme New York, ce club ne dormait jamais.

Ici, les choses étaient en tous points différentes. Certains aspects lui plaisaient, d'autres moins. Il y en avait aussi dont elle ne savait pas quoi penser.

Un bruit de porte qui s'ouvrait la ramena sur terre. Fitz émergeait des toilettes.

Quand il leva la tête, Zara lui sourit. La présence de ce beau mec faisait définitivement partie des points positifs de son nouveau club. Elle humecta ses lèvres et s'avança vers lui.

— Qu'est-ce que t'en penses, Tommi ?

L'adolescente tourna les yeux vers Marissa en clignant les paupières. Elle n'avait aucune idée de ce dont son amie parlait.

— Hein ? Quoi ? Désolée, j'étais ailleurs.

— On parlait du prochain concours. Tu crois que les organisateurs ont amélioré le terrain d'entraînement ?

— Oh, j'en sais rien. Sans doute. Beaucoup de gens se sont plaints l'autre fois.

Cette histoire de terrain était bien le cadet de ses soucis. Toutes ses pensées étaient tournées vers la discussion qu'elle avait eue avec son père. Avait-elle bien fait de lui parler de son projet ? Et si elle se montrait incapable de le mener à bien ?

Tommi n'était pas du genre à douter de ses capacités. D'ailleurs, le manque de confiance de Kate l'avait bien des fois agacée.

Maintenant, elle commençait à avoir une idée de ce que son amie pouvait ressentir. Elle n'avait jamais été si peu sûre d'elle de toute sa vie. Elle, faire carrière dans le monde équestre ? Tout à coup, son idée lui paraissait folle. Il vaudrait peut-être mieux pour elle écouter sa famille et intégrer une université réputée. Pourquoi ne pas garder l'équitation comme loisir, après tout ? Mais elle n'était pas Callie – elle pouvait en faire son métier, avec beaucoup de persévérance.

Soudain, elle se rendit compte que Marissa lui adressait de nouveau la parole. Cette fois, elle était trop préoccupée pour feindre de s'intéresser à la conversation.

— Excuse-moi, dit-elle. Je viens de me rappeler que... j'ai oublié mes gants dans la salle de douche des chevaux.

Elle sortit aussitôt dans l'allée et se promena sans but précis, sinon un petit câlin à Legs. Mais elle se souvint qu'on l'avait emmené au paddock avec ses congénères pour la nuit.

Enfin, pas tous, apparemment : un grand coup retentit dans un box à deux pas d'elle. Bizarre, pensa-t-elle. Un second coup résonna, suivi d'un grognement étrange. Il y avait un cheval malade là-dedans, ou quoi ?

Soudain inquiète, Tommi pressa le pas. La porte du box était grande ouverte. Elle jeta un coup d'œil à l'intérieur, s'attendant à y voir un palefrenier ou le vétérinaire s'occuper de l'animal souffrant.

Eh bien, non. Il n'y avait pas de cheval. Juste Fitz et Zara qui s'échangeaient des baisers langoureux en se tripotant…

Tommi recula aussitôt pour ne pas se faire remarquer. Elle, en revanche, n'avait rien perdu de la scène, et l'image du couple s'était ancrée profondément dans son esprit. Ça lui donnait presque envie de vomir. Certes, leur comportement ne l'étonnait pas. Et il lui en fallait plus pour la choquer. Mais elle avait commencé à croire que le garçon s'intéressait vraiment à Kate. Elle avait même pensé qu'il pouvait y avoir quelque chose de sérieux entre eux.

— Apparemment non, murmura-t-elle.

Son téléphone vibra. Elle le sortit de sa poche et constata qu'elle avait reçu un texto de son père. *Appelle-moi*, lut-elle.

La jeune fille se hâta de trouver un coin où elle pouvait être sûre qu'on ne la dérangerait pas. Elle se glissa dans une des salles où on stockait le matériel et composa le numéro de son père d'un doigt mal assuré. Décidément, elle n'aurait jamais cru qu'appeler son père l'intimiderait un jour…

— Papa ? C'est moi.

— Ah, Tommi. Tu as eu mon message, dit-il d'un ton pressé, comme s'il était en plein travail, malgré l'heure tardive. J'ai réfléchi à ton projet. J'en ai même discuté avec ta mère.

— Ah bon ? s'étonna l'adolescente.

Même si ses parents s'étaient quittés en bons termes, ils ne s'appelaient que rarement, surtout depuis que sa mère avait emménagé en Floride avec son nouveau mari.

— J'étais plutôt sceptique, au début, reconnut-il. Mais ton initiative m'a quand même impressionné. J'ai donc une proposition à te faire : si tu as vraiment l'intention de mener à bien ce projet, je vais payer la moitié du prix de ce cheval, et t'autoriser à retirer l'autre moitié de ton livret d'épargne.

— Génial ! Bien sûr que je suis toujours partante ! Je pense vraiment que…

— Laisse-moi finir. C'est donnant donnant, Thomasina. J'attends de toi que tu prouves ton sérieux en revendant ce cheval dans les deux mois qui viennent.

— Dans les deux mois ? s'exclama Tommi. C'est n'importe quoi ! Je ne peux pas… Enfin, je veux dire… ça semble un peu… ambitieux. Je pensais plutôt avoir six ou huit mois pour lui faire remporter des concours, peut-être en Floride, où j'aurais pu le vendre.

— Je te signale que la pension n'est pas donnée dans ton club. Sans compter les droits d'inscription pour les concours et le transport jusqu'en Floride… Comment comptes-tu tirer un bénéfice de la vente avec tous ces frais ?

Tommi ne pouvait pas le contredire. En même temps, si elle brusquait Legs, elle pouvait anéantir toutes ses chances de remporter des victoires et par conséquent de le vendre.

— Et si tu me donnais jusqu'au dernier concours de l'automne ? demanda-t-elle. Ce sera l'occasion de le faire connaître par pas mal de monde.

— Hmm.

Son père resta un instant silencieux.

— Très bien, finit-il par dire. Ce n'est pas bête. Mais si tu n'as pas vendu ce cheval d'ici là, tu devras passer moins de temps au club et te consacrer à tes études. Tu dois obtenir de meilleures notes que ça pour entrer à Georgetown.

Mais Tommi était convaincue que ses notes actuelles, même si elles n'étaient pas mirobolantes, suffiraient à ce qu'on l'accepte. En plus, l'un des bâtiments de l'université ainsi qu'une ou deux bourses portaient le nom de son père. C'était là qu'il avait étudié, elle n'aurait aucune difficulté à y entrer. Mais elle ne se fatigua pas à le lui faire remarquer.

— Et si j'arrive à revendre Legs avec bénéfice ?

— Eh bien, je t'aiderai à continuer ce business au moins pendant ton année de Terminale. Après, on verra.

— Marché conclu.

— Bien. Je vais appeler Jamie demain matin pour qu'on se mette d'accord sur les détails. À tout à l'heure à la maison.

— À tout à l'heure. Merci, papa.

Après avoir raccroché, Tommi resta un moment immobile, serrant son téléphone dans sa main, un peu sous le choc. Son père était un habile négociateur – elle ne pouvait pas espérer meilleure offre de sa part. Mais est-ce qu'elle serait capable de remplir ses engagements ? Qu'est-ce qui se passerait si elle échouait ? Était-elle prête à tout miser sur un cheval un peu excentrique ? Est-ce qu'elle ne surestimait pas ses capacités ?

Elle avait toujours relevé les défis avec succès jusqu'à présent. Et elle allait réussir cette fois-ci encore. De toute façon, elle n'avait pas le choix.

CHAPITRE 12

Quand Zara se réveilla, il lui fallut quelques secondes pour réaliser où elle se trouvait. Elle venait de rêver qu'elle passait un moment agréable dans sa boîte de nuit préférée, à Los Angeles, avant de se rendre compte que le DJ n'était autre que Jamie. Il s'était mis à lui crier dessus, lui reprochant de ne pas exploiter ses capacités, ou quelque chose de ce genre, mais Zara avait eu du mal à l'entendre à cause de la musique. Puis Fitz était arrivé pour lui annoncer qu'il allait se marier avec Tommi et qu'il l'invitait à la cérémonie ; il avait ensuite insisté pour savoir combien de parts de pizza elle voulait. Elle avait essayé de lui dire qu'elle n'aimait pas le pepperoni, mais elle avait été obligée de hurler parce que Jamie avait encore augmenté le volume.

L'affreuse musique s'était transformée en klaxon – celui d'un camion dans la rue –, et Zara s'était réveillée, clignant les yeux dans la lumière du soleil qui traversait les immenses baies vitrées. Ça y est ! Elle se souvenait. Elle était à New York, dans l'immense loft de ses parents, à SoHo.

— Pourtant, *j'aime* le pepperoni, marmonna-t-elle avant de reprendre tout à fait ses esprits.

Elle s'assit, s'étira, puis jeta un regard autour d'elle. Sa nouvelle chambre était un peu nue et manquait de couleurs, comparée à celle de son ancienne maison, sur les collines de Hollywood. Mais elle aimait cette sobriété, cette absence de chichis. Les murs étaient blancs, le parquet en bois sombre, et il n'y avait de moulures nulle part, ni aucun ornement. Un jour, elle ferait peut-être peindre un pan de mur en rose vif. Mais pour l'instant, ce style minimaliste lui convenait.

Elle enfila un short et sortit pieds nus sur le palier, où elle se pencha au-dessus de la rambarde en métal. À sa grande surprise, elle vit son père dans l'immense salon en contrebas, installé dans un des élégants canapés en vinyle de style rétro : il sirotait un café en lisant le *New York Times.* Bo, le garde du corps, feuilletait un magazine, mais le reste de sa clique n'était visible nulle part.

— Qu'est-ce qui se passe ? demanda Zara en descendant l'escalier. T'as fini de tourner ta pub ?

Zac leva la tête en souriant.

— Bonjour, fillette, dit-il avant de consulter sa montre. Enfin, c'est plutôt l'heure de te souhaiter un bon après-midi. Tu as fait la fête hier soir ?

Un somptueux petit déjeuner était disposé sur la console blanche et laquée en bas de l'escalier. L'adolescente se versa une pleine tasse de café, même si sa mère n'approuvait pas qu'elle en boive, prétextant que ça stoppait la croissance et donnait des boutons. Mais Gina était retenue à Vancouver une bonne partie de l'été.

— Pas vraiment, répondit Zara. J'ai juste passé une partie de la soirée au club, puis je suis rentrée ici pour regarder la télé.

Son père se redressa en s'étirant.

— Comment ça se passe, là-bas ? Tu t'y plais ?

L'adolescente hocha la tête. Traîner avec le groupe lui avait donné l'impression de se retrouver dans une de ces séries débiles pour ados. Mais elle s'était quand même amusée, elle devait bien l'avouer. Personne n'organisait des trucs de ce genre dans son ancien club.

Et puis, il y avait Fitz. Elle avait deviné juste : sous ses airs un peu snobs, il cachait un côté sauvage, qu'elle avait commencé à découvrir la veille et qu'elle était pressée d'explorer davantage. Dommage que le jeune homme ait écourté leur tête-à-tête, prétextant que quelqu'un pourrait remarquer leur absence. Zara n'avait pas bien compris en quoi ça le gênait, mais l'avait laissé partir.

— Pas mal, répliqua-t-elle en soufflant sur son café tandis qu'elle s'asseyait dans un fauteuil en cuir. Les gens sont très côte est. Mais la plupart me paraissent fréquentables.

— Et ton nouveau cheval ? Vous vous entendez bien ?

— À peu près.

Zara ne put s'empêcher de grimacer en repensant à sa prestation pitoyable. Elle avait encore du mal à croire qu'elle était tombée. Au moins, les autres ne lui avaient pas rebattu les oreilles avec cette histoire. Personne n'en avait parlé, en tout cas, pas devant elle.

— Jamie dit que j'ai besoin de leçons supplémentaires pour progresser. Mais à mon avis, Ellie et moi, on va bien finir par s'entendre. Les juments peuvent parfois mettre un peu de temps à s'habituer à leur cavalier, et...

Elle s'interrompit en constatant que son père était de nouveau plongé dans sa lecture. C'était tout lui, ça.

— J'ai une bonne nouvelle à t'annoncer, déclara-t-il soudain.

Voilà qui confirmait les soupçons de Zara : il avait engagé la conversation dans le seul but de l'orienter vers son sujet préféré : lui-même.

— Mon groupe et moi, on est invités à Amsterdam le mois prochain pour participer à une fête du rock à but caritatif.

— À Amsterdam ? Ah bon ?

Zara avait levé la tête vers son père, presque intéressée.

Zac se frotta les mains.

— Oui, dit-il. Et pendant qu'on y est, on a pensé étendre la tournée à quelques pays d'Europe. Marv et les autres sont en train de peaufiner les détails. Ça devrait durer jusqu'à fin août. Qu'est-ce que tu en dis, Zara ? Ta mère ne sera pas des nôtres, mais toi, tu pourrais nous rejoindre, pas vrai ? On partirait sans doute juste après ce concert de bienfaisance qui doit avoir lieu la semaine prochaine.

Zara ne put s'empêcher de sourire devant tant d'enthousiasme. Son père adorait partir en tournée : il ne vivait que pour ça. Il n'était vraiment heureux que sur les routes, quand il dormait dans son bus aménagé ou à l'hôtel, avalant de la mauvaise nourriture et du bon champagne, fumant comme un pompier et descendant dans des bars bizarres où ils improvisaient des chansons avec son groupe au milieu de la nuit.

Ça faisait longtemps qu'il ne lui avait pas proposé de l'accompagner. Enfin, dans un endroit qui valait le détour. Amsterdam était la ville préférée de Zara. Les mecs y étaient super canon, et on pouvait se procurer de la drogue légalement. Que demander de plus ?

Elle allait donner son accord quand son regard tomba sur ses bottes de cavalière, qu'elle avait laissées traîner au bas de l'escalier, la veille au soir. Une nouvelle saison de concours venait juste de démarrer. Et il y avait cette prestigieuse compétition, Hounds Hollow, qui se profilait. C'était là que Keeper devait montrer à ces cavaliers de la côte est de quoi était capable un cheval de saut digne de ce nom. Si elle partait avec son père, elle raterait toutes les épreuves. Sans compter qu'elle serait privée d'entraînement pendant tout ce temps.

Et alors ? Où était le problème, après tout ? Le club pouvait bien l'attendre. Jamie s'occuperait de ses chevaux et continuerait même peut-être à entraîner Ellie, ce qui faciliterait sa tâche à son retour. C'était la moindre des choses, dans cet établissement où le personnel était censé être aux petits soins pour le client. Pourquoi ne pas en profiter pour vivre sa vie loin des chevaux, de temps en temps ?

Elle n'était pas tout à fait convaincue pour autant. Si elle partait maintenant, elle louperait quelque chose d'important.

— J'en sais rien, répondit-elle enfin. Peut-être. Je vais réfléchir.

Zac parut surpris.

— Très bien, fillette. Tu me diras, conclut-il avant de se diriger vers la cuisine, sa tasse de café à la main.

Zara resta là un instant, un peu étonnée elle-même de la façon dont elle venait d'accueillir l'invitation de son père.

— Hé, Bo, finit-elle par lancer en regagnant l'escalier. Dis à Mickey que j'ai besoin qu'il me conduise au club et que je voudrais qu'il soit en bas dans une demi-heure, le temps de m'habiller.

Quand Zara arriva au centre équestre, elle aperçut un cavalier solitaire sur une des carrières. Elle se dirigea vers lui en se demandant si ça pouvait être Fitz, avant de réaliser qu'il s'agissait de Jamie.

L'entraîneur montait un robuste poney, si bien qu'il semblait beaucoup plus grand que d'habitude. L'adolescente resta un moment à le regarder entraîner l'animal, un jeune qui avait encore besoin de nombreuses séances de travail. C'était la première fois qu'elle le voyait à l'œuvre, et elle ne pouvait qu'admirer le spectacle. Ce type connaissait son métier. Concentré sur sa tâche, il ne se rendit pas compte de sa présence.

Lorsqu'il remit le poney au pas, le caressant pour le récompenser, Zara s'éclipsa. En rejoignant le bâtiment central, elle tomba sur Kate, qui brandissait une bouteille de répulsif vers un cheval à la robe bai brun. Marissa tenait la longe. Tel un éléphant essayant de se débarrasser d'une mouche, il tentait d'esquiver le spray en tournant sur lui-même.

— On dirait qu'il n'aime pas trop ça, hein ? commenta Zara.

Les deux filles cessèrent un instant leur occupation et lui adressèrent un sourire.

— Salut, Zara, lança Kate. Oui, Miles a une trouille bleue de ce truc.

Marissa acquiesça en donnant une petite tape à l'intéressé.

— Ce qui est bizarre, ajouta-t-elle, parce que d'habitude il n'a pas froid aux yeux, loin de là.

— C'est d'ailleurs le genre de chevaux que tu aimes, pas vrai, Zara ? demanda Kate en riant.

— On peut dire ça.

Elle était un peu étonnée par leur ton amical. O.K., elles avaient passé la soirée ensemble. Mais elles se connaissaient à peine.

Summer apparut soudain, son petit chien hargneux dans les bras.

— Zaraaa ! glapit-elle. Oh, mon Dieu ! Je viens de voir ton père à la télé !

— Ah ? répliqua l'adolescente.

Summer hocha plusieurs fois la tête de haut en bas et se précipita vers elle en manquant bousculer Kate.

— Il parlait du concert de bienfaisance de la semaine prochaine à Tribeca, expliqua-t-elle d'une traite. T'y seras ? Ça va être trooop bien, j'en suis sûre. Dommage qu'il n'y ait plus de places, j'aurais tellement aimé y aller !

Elle aurait aussi tellement aimé se procurer une invitation, ça crevait les yeux. Mais elle ne faisait que taper davantage sur les nerfs de Zara.

— Ça risque surtout d'être mortellement ennuyeux, rétorqua celle-ci. Je préfère me planter un cure-pied dans l'œil plutôt que d'assister à un truc pareil.

— Ah bon ? Heu… commença Summer, interloquée.

— Faut que j'y aille. Je dois passer voir mes chevaux.

Sans laisser le temps à son interlocutrice de réagir, elle s'éloigna et gagna l'allée où se trouvaient les box de Fitz. Son cheval de Hunter équitation et son vieil appendix y étaient, mais pas le gris. Il devait probablement le monter. Zara se dirigea vers le manège, hésitante : devait-elle seller un cheval et le rejoindre, ou simplement attendre qu'il ait fini pour qu'ils puissent reprendre leur tête-à-tête ?

Elle repensa, le sourire aux lèvres, à la façon dont il l'avait regardée après le baiser qu'elle lui avait donné. Il avait affiché un air à la fois surpris, excité et amusé. La suite ne l'avait pas déçue. Ce type savait y faire avec les filles.

Mais ce bon moment avait été un peu gâché par son départ soudain. Il aurait pourtant suffi qu'ils se cachent derrière la porte. Qu'est-ce que ça voulait dire ? Elle n'avait pourtant pas cherché à le décourager, bien au contraire.

Un bruit sourd la tira de ses pensées : redressant la tête, Zara vit une pelletée de fumier atterrir dans une brouette, à quelques pas devant elle. Elle jeta un œil à l'intérieur du box le plus proche et découvrit Sean, le palefrenier, en train de nettoyer la litière d'un cheval qui sommeillait, debout contre la paroi.

— Hé, salut ! cria-t-elle de manière à ce qu'il l'entende malgré son iPod.

Il leva les yeux, et un lent sourire éclaira son visage.

— Salut, Zara, répliqua-t-il en ôtant ses écouteurs. Quoi de neuf ?

— Pas grand-chose.

Elle se pencha au-dessus de la porte avant d'ajouter :

— Et toi, tu t'amuses bien ?

— Ouais, ramasser du fumier est un vrai plaisir, ironisa-t-il en glissant un regard vers son décolleté. Mais au moins le paysage vaut un peu plus le détour depuis quelques secondes.

Zara n'eut pas le temps de répliquer : quelqu'un l'appelait. Elle se tourna et vit Jamie s'avancer à grands pas vers elle, l'air sérieux.

— Oh, oh, murmura-t-elle. En parlant de fumier, je crois que je vais me retrouver en plein dedans.

Elle sortit aussitôt du box, de peur que Sean ait des ennuis à cause d'elle. D'autant que ce n'était pas la première fois que l'entraîneur les surprenait ensemble.

— Qu'est-ce qu'il y a ? demanda-t-elle.

Jamie était toujours en tenue d'équitation, sa bombe sous le bras.

— Zara, commença-t-il. Je voudrais te parler de ce qui s'est passé hier.

— Hier ?

Elle pensa immédiatement à Fitz. Est-ce que l'entraîneur avait installé des caméras dans les box ? Elle n'aurait jamais cru ça de lui.

Mais non, il se mit à la sermonner à propos du cours de la veille.

— … et certes tu viens d'arriver, mais je ne peux plus te laisser perturber les séances de cette manière, conclut-il sévèrement.

Si Zara avait franchi les portes du centre de bonne humeur un peu plus tôt – bonne humeur que même Summer n'avait pas réussi à lui faire perdre –, là, c'en était trop.

— Eh bien, *excusez-moi* d'avoir eu l'audace de tomber. J'ignorais qu'on n'avait pas le droit à l'erreur, dans ce foutu club !

— Je ne parle pas de ta chute, mais de ce qui s'est passé après. Pourquoi t'es-tu obstinée à franchir cet obstacle ? Je t'ai trouvée très imprudente et complètement irresponsable. Tu aurais pu te blesser, et Ellie aussi. Sans compter que tu as donné le mauvais exemple aux autres. Un tel comportement dans un concours me ferait du tort, ainsi qu'à tes camarades et au club entier. Je ne peux pas tolérer ça.

Zara sentit tout son corps se raidir. Qui était ce type pour lui parler comme ça ? Il la traitait comme un poney inexpérimenté qui partait au galop quand on ne lui demandait pas. Qu'il prétende lui donner des cours de rattrapage pendant qu'il y était !

Elle n'avait qu'une envie : lui dire ce qu'elle pensait de ses satanées règles et déguerpir. Mais il n'en valait pas la peine. Et son club de snobinards non plus. Elle devait peut-être se contenter de lui annoncer qu'elle abandonnait l'équitation – du moins à Pelham Lane –, qu'elle partait faire la fête en Europe tout l'été, et qu'elle trouverait un autre club à son retour.

Pourtant, quelque chose l'en empêchait. Elle serra les poings et marmonna en évitant son regard :

— O.K., j'ai compris.

Ses yeux bleus la dévisagèrent un moment, puis il conclut :

— Parfait. Je suis heureux qu'on soit parvenus à s'entendre.

Elle haussa les épaules et garda les yeux obstinément fixés sur un cheval, non loin de là, jusqu'au départ de l'entraîneur. Un instant après, Sean se glissa hors du box pour la rejoindre.

— Waouh ! s'exclama-t-il. Il ne t'a pas loupée !

Zara ne comprenait toujours pas pourquoi elle n'avait pas envoyé promener son entraîneur. Il l'aurait pourtant bien mérité.

— Je ne te le fais pas dire.

Il la poussa du coude.

— Laisse tomber, bébé, c'est qu'un crétin. Mais je connais un moyen de te détendre, si tu veux…

— C'est bien, mon vieux, murmura Kate à Fable.

Elle venait de serrer la sangle de sa selle et s'apprêtait à lui mettre le filet quand elle vit Tommi arriver vers elle.

— Hé, salut ! lança son amie. Tu emmènes Fable en promenade ?

Kate acquiesça.

— Après la séance d'hier, je crois qu'on a besoin de s'habituer tranquillement l'un à l'autre.

— Arrête. Ça ne s'est pas si mal passé.

C'était Tommi tout craché, de chercher à la rassurer. Mais cette fois, elle affichait une expression bizarre.

— Qu'est-ce qu'il y a ? s'inquiéta Kate.

Et si son amie trouvait sa prestation encore plus pathétique qu'elle se l'était imaginé ? Non, ce n'était pas possible.

— Qu'est-ce qui se passe ? s'étonna Tommi.

— Tu fais une drôle de tête. J'ai quelque chose sur la figure ou quoi ? continua-t-elle en s'essuyant le visage.

Tommi éclata de rire.

— Mais non, je te l'aurais dit si c'était le cas.

Ses yeux papillonnèrent un instant, comme si elle hésitait à se confier.

— Eh ben, parle ! T'es en train de te demander comment m'annoncer que je ne suis pas faite pour l'équitation, c'est ça ? Tu penses que je devrais plutôt me mettre au tennis ?

— Pas du tout.

Tommi se mordilla la lèvre, jeta un regard autour d'elle et esquissa un sourire.

— En fait, c'est à propos de Legs…

Kate l'écouta lui expliquer l'accord conclu avec son père. Plus son amie parlait, plus elle s'animait, faisant de grands gestes avec ses mains à mesure qu'elle entrait dans les détails.

— … et, comme tu peux l'imaginer, je panique à l'idée que je pourrais me planter. J'espère juste que je n'ai pas eu les yeux plus gros que le ventre, si tu vois ce que je veux dire…

— Tu vas y arriver. C'est tout à fait à ta portée, et Legs est un cheval extraordinaire.

Kate avait beau sourire, elle sentait, au fond d'elle-même, des sentiments contradictoires la submerger. D'un côté, elle se réjouissait de voir Tommi si enthousiaste. Rien ne paraissait la toucher d'habitude. Pour une fois qu'elle laissait éclater sa joie ! D'un autre côté, Kate ne pouvait pas s'empêcher de ressentir une certaine rancœur. Est-ce que Tommi réalisait seulement la chance qu'elle avait ? Son père avait assez d'argent pour lui payer un cheval qui coûtait le prix de sa maison ! Bien sûr, elle avait travaillé dur pour arriver à ce niveau – Kate le savait mieux que personne. Mais pourquoi était-elle si nerveuse ? Elle ne risquait pas grand-chose. Si elle réussissait son pari, elle continuerait dans cette voie et pourrait même espérer faire des affaires intéressantes. Si elle « échouait », elle se retrouverait dans une fac prestigieuse. Il n'y avait vraiment pas de quoi stresser…

À peine cette idée s'était-elle immiscée dans son esprit que Kate la regretta amèrement. Comment pouvait-elle penser des choses pareilles ? Tommi était parfaitement consciente de la chance qu'elle avait. Kate aurait dû s'en rendre compte tout de suite, puisqu'elle était *censée* faire partie de ses meilleures amies.

— Je t'aiderai, si tu veux, lui assura-t-elle. Tu sais que je serai toujours là pour toi.

— Je sais, oui, et je t'en suis très reconnaissante, répondit Tommi avec un sourire. Merci beaucoup. Je crois que je vais en avoir bien besoin !

— Salut, mon beau, murmura Tommi en retrouvant Legs dans son box.

Le cheval, le nez dans son foin, s'avança vers elle, les oreilles pointées en avant.

Elle le caressa avec un petit frisson nerveux. Avait-elle pris la bonne décision ? Est-ce qu'il n'aurait pas mieux valu s'abstenir ? Le jeu en valait-il vraiment la chandelle ?

Elle essaya de chasser ces questions. Ce qui était fait était fait. Elle avait conclu un marché, et maintenant, elle devait aller jusqu'au bout et réussir.

— Allez, viens, on va fêter ça, ajouta-t-elle. Je t'emmène brouter un festin digne de toi.

Quelques minutes plus tard, la cavalière et sa monture atteignirent un pré verdoyant situé entre le bâtiment principal et les carrières d'entraînement. Le cheval se mit aussitôt en quête des meilleurs trèfles.

Tommi aperçut Kate au loin : elle montait Fable. Avait-elle eu raison de ne pas lui dire qu'elle avait vu Fitz avec Zara ? Elle avait failli lâcher le morceau tout à l'heure, mais au dernier moment, elle s'était retenue. Son amie paraissait tellement obnubilée par les chevaux qu'elle avait sans doute oublié à quoi les mecs pouvaient servir. Elle ne devait même pas avoir remarqué que Fitz lui tournait autour. D'ailleurs, celui-ci avait peut-être été rebuté par son indifférence. D'après ce à quoi Tommi avait assisté l'autre soir, il avait décidé de se rabattre sur des proies plus faciles.

Le mode vibreur de son téléphone ne lui laissa pas le temps d'approfondir la question. Elle rassembla ses rênes dans une main pour attraper son mobile dans sa poche. Le numéro qui s'affichait lui était inconnu, mais elle prit quand même le risque de répondre. Après tout, c'était peut-être un cavalier européen, prêt à débourser une petite fortune pour acquérir le futur gagnant du Grand Prix.

Elle souriait encore à cette pensée quand elle décrocha.

— Tommi ? dit une voix. Salut, c'est Grant. Ton père m'a donné ton numéro.

Évidemment. C'était du Rick Aaronson tout craché, ça. Personne n'avait encore osé lui reprocher de mettre les pieds dans le plat…

— Salut, Grant ! Qu'est-ce qui t'amène ?

— J'ai passé un bon moment chez tes parents. Mais on n'a pas eu l'occasion de se parler vraiment. Ça te dirait qu'on se voie demain soir ? Tu pourrais m'aider à redécouvrir New York…

Tommi hésita. Avec son nouveau projet, elle n'avait plus trop la tête à se divertir. Et puis, elle ne voulait donner de faux espoirs à personne. Ni à Grant ni à son père. Elle avait été contente de retrouver son vieil ami, mais il fallait bien le dire, il n'y avait pas eu d'étincelle entre eux, ce soir-là ou un autre.

— Euh… commença-t-elle.

— C'est pas grave si tu peux pas, ajouta Grant, qui semblait sentir son hésitation. Je demandais juste au cas où.

— Non, non, c'est d'accord, se hâta de répondre Tommi, un peu honteuse. J'essayais juste de me rappeler si j'avais quelque chose de prévu demain soir, et je suis sûre maintenant que je n'ai rien.

— Super !

Il avait l'air tellement content qu'elle ne regretta pas d'avoir accepté. Grant n'était peut-être pas l'homme de ses rêves, mais elle l'aimait bien. Pourquoi ne pas reprendre contact avec lui ? Et puis, son père l'appréciait tellement. Elle ne gâcherait rien en cherchant à lui faire plaisir.

Après s'être mis d'accord sur un lieu de rendez-vous, ils raccrochèrent. Puis Tommi resta un bon moment avec Legs, à rêvasser à son avenir.

Elle finit par se décider à rentrer. En longeant le bâtiment de quarantaine, où Jamie installait ses nouvelles acquisitions et les chevaux malades, une odeur familière lui parvint.

Son rythme cardiaque s'accéléra. Ce n'était pas possible. Personne ne serait assez stupide pour faire ça, *ici*, dans une des écuries !

Elle glissa un regard à l'intérieur.

— Vous vous foutez du monde, ou quoi ? laissa-t-elle échapper.

Deux paires d'yeux la regardaient d'un air coupable : celles de Sean, le palefrenier, et de Zara. Un joint à moitié entamé circulait entre eux.

— Salut, Tommi, lança l'adolescente. Tu veux tirer une latte ?

CHAPITRE 13

Kate, les yeux fixés sur la vitrine d'une boutique chic de SoHo, se demandait qui pouvait bien vouloir acheter des sandales argentées aux talons de quinze centimètres.

— Qu'est-ce qui s'est passé ensuite ? demanda-t-elle à Tommi.

— Je me suis mise à hurler. Sean a cherché à déguerpir, mais Miguel, qui les avait vus lui aussi, a appelé Jamie. J'ai dû ramener Legs dans son box, et je ne sais pas ce qui est arrivé après.

— J'ai entendu dire que Sean s'était fait virer.

Tommi lui jeta un coup d'œil surpris.

— Les nouvelles vont vite, même pendant ta journée de repos, on dirait !

— Oui.

Kate évita le papier publicitaire qu'un type lui agitait devant la figure. Le quartier ouest de Broadway pullulait de badauds, de touristes et de vendeurs à la sauvette qui proposaient toutes sortes de choses, du bijou fait main aux DVD piratés. On était à mille lieues de la tranquillité de Pelham Lane.

Kate ne savait jamais comment occuper son jour de repos. Les premières fois, elle était quand même venue au club, si bien que Jamie avait fini par lui en interdire l'accès pendant ses congés. Cet après-midi-là, pourtant, les juniors devaient s'entraîner ; il l'avait autorisée à les rejoindre à titre exceptionnel.

Le dernier endroit où elle voulait passer du temps, c'était chez elle. Son frère avait séché son premier cours de rattrapage, et l'ambiance était orageuse entre lui et leur père. Résultat, leur mère s'enfermait encore davantage dans ses rituels. Quand Tommi lui avait proposé de passer la matinée en ville pour faire les boutiques, Kate avait aussitôt accepté, heureuse de pouvoir fuir le climat familial, et s'était précipitée à la gare sans même prendre le temps d'avaler un petit déjeuner.

— On ne risque pas de revoir Zara cet après-midi, commenta-t-elle tandis qu'elles marchaient sur le trottoir.

— C'est pas une grosse perte.

— Arrête. Elle n'est pas si mauvaise.

Kate ne pouvait s'empêcher d'éprouver de la compassion pour Zara : elle était restée si peu de temps ! Évidemment, elle n'avait pas fait beaucoup d'efforts pour s'intégrer. Mais elle savait qu'il ne fallait pas juger les gens trop vite. Zara semblait presque toujours sur la défensive, presque hargneuse, mais en même temps si seule.

— Tu rigoles, ou quoi ? s'indigna Tommi. Elle peut bien allumer un joint chez elle, sur le parking du club, ou au milieu de Times Square, si ça l'amuse. Je m'en fiche. Mais fumer dans l'écurie, risquer la vie de tous ces chevaux, et détruire le gagne-pain de Jamie ? Tu parles d'une égoïste !

— T'as pas tort, admit Kate en frissonnant.

Elle qui avait une imagination débordante n'eut aucun mal à se représenter la scène suggérée par son amie : des chevaux qui hennissaient de terreur, les yeux roulant dans leurs orbites, tandis que l'incendie faisait rage autour d'eux…

— De toute façon, Jamie avait déjà donné une seconde chance à Zara, continua Tommi pendant qu'elles attendaient de pouvoir traverser la rue. Elle savait très bien qu'allumer un joint dans l'écurie était stupide, ce qui ne l'a pas arrêtée pour autant. Ça m'étonnerait qu'on la revoie.

Kate acquiesça, convaincue que son amie avait raison. Jamie était le meilleur entraîneur. Il n'avait pas peur de virer qui que ce soit. D'ailleurs, il l'avait déjà fait, et pour des raisons moins graves. Mais elle était quand même désolée pour Zara. Qu'est-ce qu'on pouvait éprouver quand une telle chose vous arrivait ? Elle espérait ne jamais connaître la réponse.

Les deux adolescentes continuèrent leur lèche-vitrines pendant un moment, même si Kate n'était pas passionnée par cette activité. À quoi bon ? Elle ne pouvait déjà rien s'acheter au centre commercial avec Natalie, alors ici ! De toute façon, elle s'en fichait pas mal. La mode, ce n'était pas son truc. La seule chose qui aurait pu l'intéresser, à la rigueur, c'était des tenues d'équitation.

Tommi consulta sa montre.

— On ferait bien d'aller déjeuner. Où veux-tu aller ?

— Ça m'est égal. Décide, toi.

Quand elle vit que Tommi l'emmenait dans un petit café chic et bondé sur Mercer Street, elle regretta aussitôt ses paroles.

— Ça n'a pas l'air donné, ici, fit-elle remarquer en jetant un œil au menu qu'une serveuse incroyablement glamour venait de lui tendre.

— T'inquiète pas, répliqua Tommi. Je t'invite, comme convenu.

Kate se mordit la lèvre, n'osant pas protester. Ce n'était pas la première fois que son amie lui offrait un repas. Sans doute parce qu'elle pouvait se faire plaisir, ou faire plaisir, sans que ça porte à conséquence. Dans son monde, payer son déjeuner une fortune n'avait rien d'anormal. C'était aussi ordinaire que de débourser une somme à six chiffres pour acquérir un cheval ou à quatre chiffres pour payer sa pension. Ou que d'acheter des brides à trois cent cinquante dollars ou des pantalons d'équitation de luxe. Tommi ne pouvait donc pas comprendre que, pour Kate, un repas à plus de dix dollars fêtait obligatoirement quelque chose, comme un anniversaire ou un diplôme.

— Euh… O.K., finit-elle par dire. Merci beaucoup. Mais j'ai bien déjeuné ce matin. Je vais me contenter d'une petite salade, je pense.

Pendant qu'elles attendaient le retour de la serveuse, Kate se demanda ce que ça faisait d'avoir autant d'argent. Si elle était riche, elle pourrait manger dans n'importe quel restaurant, commander autant de plats qu'elle voulait et s'acheter des vêtements dans les boutiques les plus chères.

Elle mit un moment à réaliser que Tommi lui parlait.

— Quoi ? demanda-t-elle.

— Je disais que Fitz te tournait pas mal autour ces derniers temps. Et que ça n'avait pas l'air de te déranger, pas vrai ?

Kate, les joues aussitôt brûlantes, évita le regard de son interlocutrice.

— Il est sympa, c'est vrai. Mais on est juste amis. Si t'insinues que…

— Je n'insinue rien du tout. Je te pose la question.

— Très bien, je vais donc te répondre. Fitz n'est pas mon genre.

— Bien !

Tommi se cala dans sa chaise, l'air bizarrement soulagé.

— Parce que tu es trop bien pour lui, reprit-elle. Je suis contente que sa drague ridicule ne t'ait pas fait perdre la tête, comme à toutes les autres. J'espère que tu continueras à tenir bon.

Kate attrapa son verre d'eau et but une longue gorgée pour éviter de lui répondre. Tommi voulait simplement la mettre en garde, ce qui paraissait plutôt logique, vu que son amie avait beaucoup plus d'expérience qu'elle avec les garçons – ce n'était pas difficile, car elle-même n'en avait pratiquement… aucune. Mais quand même. Elle n'appréciait pas que Tommi se permette de lui dire qui était assez bien pour elle.

Ou alors, elle pensait que c'était *Kate* qui n'était pas assez bien pour lui. Cette pensée s'immisça dans son esprit comme un serpent visqueux. Fitz venait d'une famille riche. Tommi ne semblait pas s'intéresser à ce genre de détail, mais… qui sait ?

Non, ça ne collait pas. Kate essaya de se débarrasser de cette idée. Mais sa sensation de boule au ventre était toujours là quand la serveuse réapparut pour prendre leur commande. Elle n'eut donc aucun mal à s'en tenir à son premier choix – une petite salade et un verre d'eau.

— Les chevaux de Zara sont toujours là ! annonça Dani en s'arrêtant au bout de l'allée, sa monture derrière elle. Enfin, Ellie, en tout cas. Je ne vois pas son cheval d'obstacle, mais il y a du foin et une litière propre dans son box : il est peut-être au paddock.

Kate prit un air sceptique. Elle finit de serrer la sangle de Fable tout en essayant d'éviter ses dents – l'animal perdait patience.

— Ça s'est passé hier, seulement, fit-elle remarquer. Je suis sûre que Jamie lui a donné le temps nécessaire pour leur trouver une autre pension.

Summer, Whiskey dans ses bras, regardait Javier ajuster la selle d'un cheval, à deux pas d'elle.

— Ouais, dit-elle. Je me demande où elle va aller.

— On l'apprendra bien un jour ou l'autre, intervint Tommi, occupée à mettre les guêtres à son cheval. Sans doute en la croisant à un concours.

Fitz surgit soudain, hors d'haleine, en short et en tongs.

— Je suis en retard ? demanda-t-il. Ma montre s'est arrêtée, j'ai dormi super tard et, pour finir, je me suis retrouvé dans un embouteillage monstre sur le pont.

— Du calme, le rassura Dani. Tout va bien, on a encore largement le temps avant le cours. Je crois que Marissa n'est même pas encore arrivée.

— Ouf ! souffla le garçon en se laissant glisser le long du mur.

Puis, comme Kate le regardait, il haussa un sourcil en lançant :

— Salut, bébé !

L'adolescente lui adressa un petit sourire en retour avant de se détourner, un peu gênée. Tommi se tenait juste à côté d'elle : elle épiait sans doute le moindre signe susceptible de révéler que Kate était en train de tomber dans les filets de l'horrible Fitz.

Celui-ci ne sembla pas remarquer son embarras. Les yeux fixés sur le cheval de Tommi, il demanda :

— Alors, comme ça, c'est officiel ? Tu t'es vraiment lancée dans le commerce de chevaux, espèce de magouilleuse !

— En quelque sorte, oui. Mon père a donné l'argent à Jamie ce matin. Legs m'appartient, maintenant, pour le meilleur et pour le pire.

— Félicitations ! lui lança le garçon.

Puis, comme Tommi se levait, il lui prit le poignet pour consulter sa montre.

— Je ferais bien d'aller me préparer. Jamie a menacé de m'obliger à monter sans étriers tout l'été si j'étais encore en retard !

Quelques minutes plus tard, Kate, Tommi et Summer conduisaient leurs chevaux vers le terrain principal. Ils n'étaient pas spécialement en avance, maintenant, à cause de Summer, qui avait refusé de partir tant que Javier ne lui avait pas trouvé un bandage *exactement* de la même couleur que sa chemise. Jamie, déjà perché sur la barrière, observait trois cavaliers qui commençaient à détendre – parmi lesquels Dani et Marissa.

— Qui c'est ? demanda Summer en fixant la troisième personne.

Les yeux de Kate s'écarquillèrent quand elle reconnut le cheval.

— Je crois que c'est… commença-t-elle.

— Zara ! acheva Tommi. Qu'est-ce que ça veut dire ?

Pendant que ses camarades prenaient place sur la carrière, Zara garda le regard fixé sur l'encolure de Keeper. Elle sentit celui des autres la transpercer comme des éclats d'obus, malgré leur silence. S'ils se taisaient, c'était sans doute à cause de Jamie. Aucun de ces moutons n'aurait osé lui poser de questions.

Mais Zara n'avait aucun mal à deviner leurs pensées.

Elle vit soudain Fitz courir vers elle, son cheval derrière lui.

— Zara ? s'exclama-t-il. Euh... ça va ?

— Salut, marmonna-t-elle en passant devant la porte.

— Waouh... commença le garçon, qui, visiblement, ne savait pas quoi dire pour une fois. Je... euh...

— Es-tu ici pour monter ou pour faire la conversation ? l'interrompit Jamie.

Fitz fixa un instant Zara avant de répondre :

— Pour monter, bien sûr.

Il tira son étrier gauche vers lui et bascula sur sa selle.

Zara avait espéré ressentir moins d'embarras une fois le cours commencé. Ce n'était pas le cas. Elle avait l'impression d'avoir un néon lumineux sur la tête qui disait : « Regardez-moi. » Ou pire : « Voici la tare du groupe. » Au moins, cette fois, elle ne montait pas Ellie, mais Keeper, qui se tenait parfaitement bien, comme d'habitude. Mais lorsque Dani lui lança un troisième coup d'œil en passant près d'elle, elle commença à regretter que Jamie ne l'ait pas virée, finalement.

D'ailleurs, pourquoi ne l'avait-il pas fait ? Elle n'était pas sûre d'avoir bien compris. Il avait prétendu que ses parents n'étaient pour rien dans sa décision. Très bien. Pourtant ils avaient *toujours* quelque chose à voir dans l'indulgence des autres à son égard.

Avec Jamie, elle avait un doute, néanmoins. Il l'avait bassinée pendant une éternité en s'extasiant sur ses capacités de cavalière et sur les dons que la nature lui avait donnés. Et il ne parlait pas de ceux que la plupart des gens remarquaient chez elle.

Alors, qu'est-ce que tout ça signifiait ? Cette pensée l'occupa pendant de longues minutes, si bien qu'elle faillit manquer le départ au petit galop. Heureusement, Keeper, plus attentif qu'elle, suivit le cheval de Marissa sur la piste.

— Tout doux, Tommi ! lança Jamie.

Zara tourna la tête et constata que l'adolescente se trouvait en difficulté sur sa monture, le cheval bai un peu fougueux avec lequel elle l'avait vue concourir. Il se défendait contre le mors, visiblement peu enclin à lui obéir.

Pour une fois, la séance d'équitation de Miss Parfaite ne se déroulait pas comme prévu ! Zara ne put s'empêcher d'esquisser un petit sourire. Ça lui apprendrait à l'avoir dénoncée !

En même temps, elle ne pouvait pas vraiment lui en vouloir. Quelle idée d'avoir laissé Sean fumer dans l'écurie ! Elle aurait pu l'en empêcher. Risquer de se faire virer était une chose. Elle s'en fichait. Mais mettre en danger ces pauvres chevaux… Ça, c'était pas cool.

Soudain, Jamie leur demanda de passer au pas. Keeper obéit tout de suite à sa cavalière, qui relâcha ses rênes en regardant d'un œil mauvais le petit chien de Summer, de l'autre côté de la barrière. Il traînait dans les parages, la truffe au sol, sans doute avec l'espoir de tomber sur quelque chose à mâchouiller – une bride hors de prix, par exemple.

Mais Zara avait d'autres chats à fouetter. Elle se demandait si elle n'allait pas devenir folle à force de ressasser cette histoire. O.K., elle avait fait une bêtise. Une énorme, même. Mais le club n'avait *pas* brûlé, tous les chevaux étaient sains et saufs. Alors pourquoi revenir là-dessus ? Ce n'était pas la première fois qu'on la menaçait de la renvoyer à la prochaine incartade.

La seule différence, c'est que Jamie ne plaisantait pas, lui, contrairement aux autres entraîneurs, à ses professeurs et même à ses parents, qui mettaient rarement leurs menaces à exécution. Elle ferait bien de se tenir à carreau, maintenant, ou elle se retrouverait dehors : cette fois, la célébrité de son père et de sa mère n'y pourrait rien.

De toute façon, même si ça arrivait, elle s'en fichait presque. Elle n'était même pas sûre de se plaire ici. Pourquoi avait-elle écouté sans broncher la petite leçon de Jamie ? Elle n'aurait peut-être pas dû refuser d'accompagner son père en Europe, finalement. À quoi bon s'obliger à supporter tout ça ? Ce club n'en valait pas la peine.

— O.K., tout le monde, dit l'entraîneur. Maintenant, trot assis sur la piste. Je veux voir vos fesses coller à la selle.

Le travail sur le plat continua, et Zara, trop préoccupée par ses problèmes, prêta à peine attention à Tommi, qui continuait à rencontrer des difficultés avec son cheval.

Jamie décida de conclure la séance par un travail de gymnastique à l'obstacle. Il installa une série de quatre petits verticaux, puis demanda à chacun des cavaliers de les franchir. Keeper réussit l'exercice du premier coup, mais d'autres chevaux eurent plus de mal, y compris celui de Tommi.

— On va réessayer, annonça Jamie. Tommi, commence, cette fois. Assure-toi que les foulées de Legs soient régulières et laisse-le trouver tout seul sa battue d'appel avant le second saut.

Tommi affichait un air déterminé quand elle guida son cheval vers le premier obstacle. Il partit d'une allure désordonnée, mais elle le rééquilibra en engageant l'arrière-main d'une pression des jambes. À la réception, il tenta d'accélérer, mais Tommi ne se laissa pas faire : elle l'obligea à se calmer par un demi-arrêt avant de le laisser s'élancer à nouveau.

— Bien, ne put s'empêcher de murmurer Zara en voyant le cheval franchir le second obstacle sans encombre.

Alors que Legs allait aborder le troisième vertical, une série d'aboiements retentit de l'autre côté de la barrière. Zara aperçut une petite créature à fourrure filer au milieu de la carrière, poursuivie par une autre, à peine plus grosse. C'était le chien de Summer qui pourchassait un écureuil.

— Aaah ! cria Marissa tandis que sa monture, plutôt placide d'habitude, reculait brusquement.

Ses congénères l'imitèrent presque tous, à part Keeper, qui agita à peine l'oreille.

Quant au cheval de Tommi, il fit un écart sur la gauche et s'emballa une nouvelle fois, trop paniqué pour régler sa foulée. Il fonça droit vers l'obstacle suivant et, à la dernière seconde, essaya de le franchir en se cabrant et en exécutant un saut démesuré, si bien qu'il envoya Tommi percuter le quatrième obstacle.

Chapitre 14

— Tommi ! Ça va ? cria quelqu'un.

La cavalière était encore trop choquée pour réaliser qui c'était, même si elle avait l'intuition qu'il s'agissait de Kate.

Jamie arriva aussitôt.

— Ne bouge pas, commanda-t-il en éloignant d'un coup de pied une des barres tombées à terre. Est-ce que tu sens tous tes membres ?

— Oui, ça va. Je ne me suis pas cogné la tête.

Elle se mit à remuer avec précaution chaque partie de son corps pour vérifier que tout fonctionnait correctement. L'une de ses épaules avait heurté le chandelier et sa hanche une barre, mais elle était sûre qu'elle n'avait rien de cassé.

— Est-ce que Legs va bien ? voulut-elle savoir.

Elle leva les yeux et vit Fitz essayer de récupérer son cheval pendant que Dani tenait le sien par les rênes. Legs caracolait nerveusement, les naseaux dilatés et les yeux blancs, mais finit par laisser le garçon l'attraper.

— Doucement, conseilla Jamie.

Il aida Tommi à se relever.

— Tu veux t'asseoir quelque part en attendant la fin de la séance ? lui proposa-t-il. Je peux faire sauter Legs à ta place, si tu veux.

— Non, merci. Je vais m'en charger moi-même.

Elle s'efforça de se ressaisir. Ça faisait longtemps qu'elle n'avait pas été éjectée de sa selle aussi violemment. L'adrénaline produisait encore son effet, mais elle savait que la douleur prendrait bientôt le relais.

Fitz s'approchait, tenant Legs en main.

— Je crois qu'il va bien, déclara-t-il. Je viens de le faire trotter.

— Merci, dit Jamie en s'emparant des rênes.

Tandis que le garçon rejoignait son cheval, l'entraîneur se tourna vers Tommi.

— Tu es sûre de ne pas vouloir que je le monte pour toi ? demanda-t-il une nouvelle fois.

L'espace d'une seconde, la jeune fille fut tentée d'accepter. Après tout, il était là pour l'aider. En particulier dans les moments difficiles.

Mais non. Legs était censé être au cœur de *son* projet à elle. Si elle laissait Jamie la remplacer chaque fois que les choses se corsaient, quel était l'intérêt ?

— Tout va bien, affirma-t-elle d'un air assuré. Je veux m'en charger.

Elle attrapa les rênes sous le regard insistant de Jamie, qui finit par acquiescer et regagner le centre de la carrière.

— On continue ! annonça-t-il. Kate, c'est à toi.

Tommi conduisit son cheval jusqu'au montoir, vérifia la sangle de la selle, puis se hissa dessus. Le cheval sautilla un peu avant de se calmer. L'adolescente lui demanda le trot, retenant son souffle sur les premières foulées. Il était encore un peu tendu, mais à part ça, tout semblait normal. Quel soulagement ! Que se serait-il passé si l'incident l'avait rendu boiteux ?

Heureusement, ce n'était pas le cas. La meilleure façon d'oublier cette mésaventure – pour elle et pour sa monture –, consistait à continuer comme si de rien n'était.

Une fois que tout le monde eut exécuté l'exercice, Jamie passa à un travail sur le plat. Ce n'était pas prévu, et Tommi eut le sentiment qu'elle n'était pas étrangère à ce changement de programme. Pourquoi lui faciliter la tâche ? Il devait pourtant la connaître suffisamment pour savoir que ce n'était pas la peine. Elle trouvait ça presque insultant pour elle. Il la traitait comme un de ces adultes qui avaient tellement peur de leurs chevaux qu'on devait leur tenir la main chaque fois qu'ils s'ébrouaient.

En faisant trotter Legs le long de la barrière, elle jeta un regard vers l'obstacle qu'elle dépassait – un oxer de bonne taille. Pendant une seconde, elle fut tentée de sortir du rang et de lancer sa monture au galop pour le sauter, exactement comme Zara l'autre fois. Quelle tête aurait tirée Jamie !

Mais non. Elle n'était pas Zara. Elle chassa cette idée folle et se concentra sur son exercice.

— Je n'arrive toujours pas à croire qu'elle soit encore là, murmura Kate à Tommi.

Un œil fixé sur Zara, qui disparaissait au bout de l'allée, les deux jeunes filles dessellaient leurs chevaux après la reprise. Tommi remarqua que Zara s'était déjà changée, et qu'elle portait maintenant une robe à bretelles et des sandales ornées de perles. Ce n'était pas la tenue la plus appropriée pour le club, et ce n'était pas non plus comme ça qu'elle rentrerait dans les bonnes grâces de Jamie, s'il l'apercevait.

Mais Tommi était encore trop chamboulée par sa chute pour se soucier du sort de la jeune fille.

— Comment je m'y suis prise pour tomber ? soupira-t-elle. Je serai un vrai bleu ambulant, demain.

— On devrait interdire l'accès de tous les clubs à ce sale chien, ajouta Kate, les sourcils froncés.

— Peut-être. Mais il faut savoir s'attendre à ce genre de problème. On ne sait jamais ce qui peut se produire pendant un concours, et Legs sera sans doute effrayé par quelque chose un jour ou l'autre. J'aurais dû pouvoir anticiper sa réaction.

Kate lui jeta un regard compatissant tandis qu'elle rangeait la selle de Fable.

— Ne te juge pas si sévèrement. Ça arrive à tout le monde de tomber. Même à Jamie.

— Je sais, répliqua Tommi en lâchant un nouveau soupir. Mais ça ressemble à un mauvais présage, tu trouves pas ?

C'était la première fois que je monte Legs depuis qu'il est officiellement à moi.

Kate n'eut pas le temps de répliquer : Zara venait droit vers elles.

— Salut, dit-elle un peu brusquement, le visage fermé.

Est-ce qu'elle venait faire une scène à Tommi pour l'avoir dénoncée ?

— Salut, répondit cette dernière, sur ses gardes.

Zara se balançait d'un pied sur l'autre.

— Alors, ça va ? C'était une belle chute.

Tommi s'attendait à tout, sauf à cette question. Elle s'efforça de cacher sa surprise et répondit :

— Je crois que je survivrai, merci.

Zara opina du chef, puis lança un regard à Kate, qui les observait. Celle-ci baissa aussitôt la tête pour ranger les tapis de selle. Zara resta un moment immobile : un silence pesant s'installa.

— Bon, O.K., conclut-elle finalement. À plus tard.

Dès qu'elle eut tourné le dos, Kate lâcha :

— Bizarre.

— Oui, renchérit Tommi. On dirait qu'elle commence à devenir presque fréquentable.

Kate ne put s'empêcher de sourire.

— Ne sois pas vache. Jamie a bien dû lui trouver une qualité, sinon elle ne serait pas là.

— Sans doute. Mais laquelle ? demanda Tommi en ôtant ses guêtres à Legs. Tout ce que je vois, moi, c'est une gamine pourrie gâtée par ses parents célèbres qui ne pense qu'à s'amuser et se fout pas mal de blesser les autres. C'est quand même la deuxième fois qu'elle dépasse les bornes !

— Ah oui ? C'était quand, la première ?

Oups ! Tommi avait par mégarde fait allusion à son « tête-à-tête » avec Fitz. Mais Kate n'était pas censée être au courant.

— Euh… Je parlais du jour où elle a sauté l'obstacle après être tombée, se reprit-elle aussitôt. Elle aurait pu blesser son cheval.

Mais Kate ne la regardait plus. Elle fixait quelque chose dans l'allée.

— Hé, on dirait que c'est ton ami, annonça-t-elle. Ce mec mignon qui est venu te voir concourir le week-end dernier.

— Quel ami ? s'étonna Tommi en se retournant. Grant ! Qu'est-ce que tu fais ici ?

Le jeune homme les rejoignit, un grand sourire aux lèvres. Hugo, toujours le premier à accueillir les visiteurs, gambadait joyeusement autour de lui.

— Surprise ! s'exclama le garçon tandis qu'il se baissait pour caresser le chien. Comme j'étais dans le coin, j'ai décidé de m'arrêter ici, histoire de voir où tu passes tout ton temps libre.

— Dans le coin ? répéta Tommi.

— Oui. Un copain a insisté pour que je vienne voir sa nouvelle voiture, une Lexus. J'ai pris le train ce matin pour Larchmont. Comme on passe la soirée ensemble, j'ai pensé que ça ne te dérangerait pas de me ramener en voiture. J'ai donc demandé à mon ami de me déposer ici.

Tommi ressentit un choc. Elle avait failli oublier leur rendez-vous. Après sa chute, elle avait espéré pouvoir calmer ses ecchymoses par un bon bain chaud, puis se mettre directement au lit.

Elle hésita un instant. Et si elle proposait à Grant de reporter leur soirée ? Non, il serait trop déçu. Et puis, maintenant qu'il se trouvait là...

— Pas de problème, finit-elle par décréter. Je dois juste finir deux ou trois trucs avant de partir.

— Super. J'attendrai autant que tu veux, assura-t-il.

Se tournant vers Kate, il lança :

— Hé, salut. Kate, c'est ça ? Moi, c'est Grant. On s'est croisés au concours, tu te rappelles ?

— Bien sûr, répliqua-t-elle avec un sourire timide.

Summer apparut au bout de l'allée et se dirigea vers eux de sa démarche chaloupée.

— Kate ! appela-t-elle. Il faut que tu nettoies mon... Oh ! salut, s'interrompit-elle en remarquant le jeune homme.

— Salut.

— Summer, je te présente mon ami Grant, dit Tommi. Grant, Summer. Elle est du club, elle aussi.

— Ravie de faire ta connaissance, minauda celle-ci. Alors, vous êtes amis, tous les deux ? Je ne t'ai jamais vu ici.

— C'est parce qu'il n'est jamais venu avant aujourd'hui, expliqua Tommi pendant qu'elle attachait une longe au licol de Legs. J'allais lui faire visiter les lieux. Tu viens, Grant ?

— Après toi, répliqua-t-il galamment avant d'adresser un sourire à Kate et Summer. À plus tard, mesdemoiselles.

— Salut ! lança celle-ci tandis que le duo, accompagné de Legs, disparaissait au tournant de l'allée.

Tommi rejoignit d'un pas pressé le salon familial, fraîchement douchée et vêtue de sa tunique préférée et d'un jean moulant. Grant bavardait avec sa belle-mère, appuyé contre un canapé en cuir vieilli. Il ressemblait vraiment à un mannequin dans cette position, et l'adolescente commença à se demander si elle ne l'avait pas écarté un peu vite de sa liste de prétendants. Elle avait perdu l'habitude de regarder les garçons. Ça faisait à peine deux mois qu'elle avait quitté son petit ami…

Et pourtant, non, ce n'était pas possible de penser à lui autrement que comme à un ami : elle l'avait vu à cinq ans dans un slip à l'effigie de Spiderman et, à dix ans, vomir par-dessus le plat-bord du bateau de son oncle. Il y avait plus romantique comme début ! Summer pouvait bien baver devant lui, si elle voulait. Tommi, elle, se contenterait de liens amicaux.

— On y va ? demanda-t-elle.

Grant se tourna vers elle.

— Waouh ! T'es magnifique ! lâcha-t-il.

Oh, oh. Tommi fit mine de prendre le compliment avec désinvolture. Mais il allait falloir s'assurer que Grant ne se faisait pas d'idées.

— Amusez-vous bien ! lança sa belle-mère tandis qu'ils se dirigeaient vers la porte d'entrée.

— Merci, madame Aaronson, répliqua Grant. Je suis sûr qu'on va passer une bonne soirée !

— Et maintenant, quelle est la suite du programme ? demanda Tommi.

Elle et Grant venaient de sortir du restaurant, dans la nuit chaude et humide de Manhattan.

— On pourrait aller voir un film ? proposa-t-elle.

Elle ne regrettait vraiment pas cette sortie, finalement. Ça lui aurait servi à quoi de rester à s'ennuyer chez elle, juste à cause d'une stupide chute ?

Au lieu de ça, elle s'amusait beaucoup. Ils s'étaient attardés à table pour se raconter à quoi et comment ils avaient occupé ces deux dernières années. Tommi avait oublié à quel point son ami s'exprimait bien, quel esprit vif il avait et combien il était drôle. Et aussi, qu'il faisait partie des rares personnes qui la comprenaient – peu de gens saisissaient son besoin de toujours se surpasser et son sens de l'humour, d'habitude. Il était le frère qu'elle aurait aimé avoir, en quelque sorte.

Le jeune homme jeta un coup d'œil à sa montre.

— J'ai dit à mes amis qu'on les rejoindrait à la boîte qui vient d'ouvrir sur la Onzième Avenue. James et la bande des Hampton. T'es partante ?

— Ça fait des siècles que je ne les ai pas vus, ceux-là ! Est-ce que Face de Canard sera là ?

— Si on a de la chance, répliqua-t-il avec un sourire en s'avançant sur le trottoir pour héler un taxi.

Quelques minutes plus tard, ils pénétraient dans la boîte. Il était encore tôt, à peine dix heures, mais l'endroit était déjà bondé. Les gens s'agglutinaient au bar, et du hip-hop résonnait à plein volume sur la piste de danse surpeuplée.

— Eh ben ! s'exclama Grant. Ça va être dur de retrouver les autres dans cette foule ! Tu les vois ?

— Non, pas pour le moment, répliqua Tommi, hissée sur la pointe des pieds. Je…

Elle s'interrompit, abasourdie de découvrir des silhouettes familières. Deux individus se trémoussaient dans un coin, collés l'un contre l'autre, au rythme de la musique.

— Quoi ? demanda Grant. Tu les as vus ?

— Pas eux, d'autres personnes que je connais. La dernière fois que je suis tombée sur eux, ils étaient dans la même position, mais il n'y avait pas de musique…

— Comment ? s'étonna Grant, hésitant à comprendre.

— Peu importe, laisse tomber. Ce sont juste des amis du club. Je vais aller leur dire bonjour.

Elle se fraya un chemin jusqu'au couple à travers la foule.

— Tommi ! s'exclama Fitz, qui cessa aussitôt de balader ses mains sous le haut moulant de Zara. Salut !

— Salut. J'avais pas rêvé, c'est bien vous deux, déclara Tommi avant de lancer à sa cavalière : Salut, Zara. Fitz te fait visiter New York ?

— On peut dire ça, oui, répondit celle-ci avec un petit sourire en coin, tout en lissant son haut.

Son œil s'alluma quand elle vit Grant.

— Comment s'appelle ton ami ?

— Grant, répliqua Tommi. Fitz, tu te souviens sans doute de lui. Il était à Dalton avant de partir étudier en Europe il y a deux ans.

— Bien sûr ! Content de te revoir, affirma-t-il tandis que Grant lui tendait la main.

— En Europe ? lança Zara, la tête inclinée vers lui. Où ça exactement ?

— En Allemagne et en Suisse, principalement. La famille de ma grand-mère vient de Genève, et…

Tommi n'eut pas le loisir d'écouter la suite : Fitz, après lui avoir donné un petit coup de coude dans le bras, l'entraîna un peu à l'écart.

— Merci de m'avoir tiré de ses griffes, murmura-t-il en jetant un coup d'œil à Zara. Cette fille est un vrai pot de colle !

Tommi le dévisagea d'un air sceptique.

— Depuis quand Fitz Hall a-t-il besoin qu'on le tire des griffes d'une fille ? D'habitude, c'est plutôt le contraire…

— Ha ! ha ! laissa-t-il échapper avec un sourire forcé. Je suis sérieux, tu sais. Zara et moi, on n'est pas venus ensemble, si c'est ce que tu crois. Je devais rejoindre des copains, mais je crois qu'elle m'a entendu leur parler au téléphone, au club, parce que quand je suis arrivé, elle a fondu sur moi comme un missile !

Il rit d'un air embarrassé et lança de nouveau un regard vers Zara pour s'assurer qu'elle n'écoutait pas leur conversation.

— Hmm.

Tommi hésitait à le croire. En temps normal, ça lui aurait été complètement égal. Mais elle avait toujours en tête la façon dont il avait regardé Kate, l'autre fois.

De toute façon, il n'intéressait pas son amie. C'est en tout cas ce qu'elle avait dit. Alors pourquoi se soucier de tout ça ?

Soudain, une exclamation retentit. Un groupe se précipitait vers eux en agitant les mains. Tommi, tout sourire, oublia aussitôt Fitz et cria :

— Face de Canard !

Elle se mêla à ses amis, s'abandonnant à la joie des retrouvailles. Quelques minutes plus tard, quand elle regarda autour d'elle, Fitz et Zara avaient disparu.

Une nouvelle chanson commença, et une des filles lança :

— Je l'adore, celle-là ! On va danser, venez !

Tommi se laissa entraîner sur la piste en riant, suivie des garçons. La musique la transporta aussitôt, et elle ne pensa plus à rien – ni à sa chute, ni à son nouveau business, ni à Zara, ni à Fitz.

Chapitre 15

Zara dormit tellement tard, ce matin-là, qu'elle se réveilla dans un état comateux. Les six ou sept mojitos qu'elle s'était envoyés la veille n'y étaient sans doute pas pour rien.

— Beurk, murmura-t-elle en rencontrant son reflet dans le miroir.

Heureusement que Fitz ne pouvait pas la voir en ce moment !

Mais tout compte fait, ça lui était égal si le garçon la découvrait avec son œil à moitié fermé et ses frisottis qui allaient jusqu'au Connecticut. Même au meilleur de sa forme, elle n'arrivait pas à ses fins avec lui.

Peu importait. Même si elle n'hésitait jamais à se jeter sur un garçon qui lui plaisait, elle n'allait pas non plus le supplier. Il y avait trop de mecs qui l'attendaient pour qu'elle perde son temps avec celui-là.

Une fois prête, elle descendit l'escalier pieds nus, le ventre gargouillant. Plusieurs personnes occupaient le salon : le machiniste itinérant de son père, deux types de sa maison de disques, un garde du corps et trois autres personnes. Classique, quoi.

— Où est mon père ? demanda Zara à Phil, l'assistant attaché de presse, qui tripotait les télécommandes de la télé.

— Oh ! t'es là ! Zac est parti à une séance photo à Chelsea.

Elle aurait dû s'en douter. Le seul jour où elle n'avait rien à faire, il n'avait même pas pris la peine de la réveiller et de lui proposer de l'accompagner.

L'adolescente se rendit dans la cuisine - on aurait dit le laboratoire de Frankenstein, avec ses appareils en acier inoxydable et son sol bétonné. Elle ouvrit l'immense réfrigérateur et resta un moment à contempler son contenu.

Elle était toujours plantée devant quand Vic se traîna dans la cuisine. Ce type était toujours fourré dans les parages, même si Zara n'était pas sûre de savoir ce qu'il faisait, à part fumer de l'herbe vingt-quatre heures sur vingt-quatre.

— Zara, dit-il en tapotant sa cigarette au-dessus de l'évier, puis en rejetant ses longs cheveux blonds en arrière. T'es là.

— Quel esprit d'observation ! Ton joint doit être super chargé ce matin.

Un grand sourire éclaira son visage rougeaud.

— Bien vu, ma vieille.

Ce type était incroyable ! Un vrai stéréotype ambulant.

— Y'a rien à manger ici, ma parole, se plaignit-elle. Je ne vais pas attendre que mon père sorte de sa stupide phase de macrobiotique pour me nourrir ! Les germes et le riz complet, c'est pas pour moi !

— Bo a caché un paquet de céréales derrière le miso, l'informa Vic. Je t'ai rien dit, O.K. ?

— Bingo ! s'exclama-t-elle en découvrant le paquet dans un placard. Merci, Vic.

Le jeune homme, appuyé contre le bar, la regarda remplir un bol.

— Tu vas à ton club, aujourd'hui ? voulut-il savoir.

Il tira sur sa cigarette.

— Pas de risque. Il n'y a pas d'entraînement aujourd'hui, ni de concours, vu que le prochain est la semaine prochaine.

— Cool. Mais tu ne devrais pas en profiter pour monter tes chevaux ?

— J'ai mieux à faire, marmonna-t-elle, et elle plongea le nez dans ses céréales.

Vic haussa les épaules, éteignit son mégot et sortit de son pas traînant. Son commentaire avait pourtant commencé à faire son chemin dans la tête de l'adolescente. Et si ses camarades s'étaient rendus au club, même si aucun cours n'était prévu ?

Il y avait des chances. Kate devait même s'affairer comme une abeille, vu qu'elle travaillait là, en plus. Et Tommi prenait l'équitation, sa passion, au sérieux. Elle n'aurait pas remporté autant d'épreuves si ce n'était pas le cas, même sans ses chevaux hors de prix, quoi qu'en disent les mauvaises langues. À l'heure qu'il était, elle devait s'entraîner sur l'une de ses montures ou sur celles de Jamie.

Quant à des gens comme Summer et Fitz, elle n'en savait rien. Étaient-ils aussi consciencieux que les deux autres, ou montaient-ils pour passer le temps, jusqu'à ce qu'ils trouvent une occupation qui les amuserait davantage ?

Elle avalait ses céréales sans cesser de ruminer. Et elle, dans quelle catégorie se plaçait-elle ? Elle savait ce que la plupart des gens pensaient. Devait-elle leur donner raison ?

La mine soudain soucieuse, elle se demanda si elle ne devait faire un tour au club, juste pour voir, ou peut-être simplement pour se balader avec Keeeper. C'était toujours mieux que de passer sa journée à traîner chez elle.

Son téléphone vibra dans sa poche. Elle le sortit et vit un numéro inconnu s'afficher.

— Zara ? C'est moi, Kalindi, entendit-elle quand elle décrocha.

Il lui fallut quelques secondes pour se rappeler qui c'était. Oh, O.K. C'était cette fille qu'elle avait rencontrée à une soirée peu de temps auparavant. Une étudiante. Un peu spéciale, mais cool : ses parents étaient riches, et elle connaissait tous les endroits branchés de New York.

— Quoi de neuf ? demanda Zara.

— Je meurs d'envie d'aller m'acheter de nouvelles chaussures. Ça te dit, une virée shopping ?

Zara sourit, curieusement soulagée.

— Super ! Où est-ce qu'on se rejoint ?

— Encore un peu de patience, mon vieux, murmura Kate.

Le cheval piétinait pendant que Burt, le maréchal-ferrant, préparait un fer sur son enclume. C'était un homme trapu, au rire tonitruant, dont les bras étaient deux fois plus gros que les cuisses de Kate, mais qui s'occupait des chevaux avec beaucoup de douceur. Il venait de raconter à l'adolescente une histoire amusante à propos d'un cheval qui venait d'être acheté dans un autre club : on avait découvert qu'il avait un défaut d'appui, et le maréchal-ferrant avait dû arranger un de ses fers pour qu'il puisse marcher correctement. Travailler d'écurie en écurie lui permettait de colporter pas mal de potins.

— La cliente a donc menacé l'entraîneur de ne pas la payer si elle ne revendait pas le cheval dans la semaine, expliqua Burt en soulevant le pied avant droit de l'animal pour vérifier que le fer était à la bonne taille. Elle était furieuse, évidemment, mais ça se comprend. Elle risquait de perdre trois ou quatre mois de salaire.

— Waouh.

Kate ne se faisait toujours pas à l'idée qu'on pouvait gagner autant d'argent dans le monde équestre. Le cheval qu'elle tenait en main, par exemple, devait coûter assez, dans sa prime jeunesse – il commençait à prendre de l'âge – pour lui payer l'université pendant au moins quatre ans.

Burt s'occupait maintenant des postérieurs de l'animal – tout en se lançant dans une autre anecdote – quand Kate vit Fitz se diriger vers eux. Il avait une main derrière le dos et un grand sourire sur le visage.

— Salut, lui lança-t-elle. Tu viens t'entraîner un peu avant Hounds Hollow ?

Le concours de la semaine suivante ne quittait pas ses pensées. C'était d'ailleurs la raison de la présence de Burt qui, d'habitude, venait le lundi et non le week-end. Pour sa part, ce serait la première fois qu'elle monterait Fable sur un parcours de Hunter équitation à un niveau si élevé. Pas question de se lancer tête baissée dans une telle compétition !

— Pas seulement, répliqua Fitz en enjambant la boîte où Burt rangeait ses fers. Aussi pour te donner ça.

Il déploya son bras, jusqu'ici caché derrière son dos, et lui tendit des pissenlits.

— Je les ai cueillis pour toi.

Kate accepta son cadeau en se demandant s'il plaisantait ou s'il la draguait. Un peu les deux, sans doute.

— Euh… merci, finit-elle par dire.

Le cheval tourna la tête pour renifler les fleurs avec intérêt.

— Hé ! ne mange pas le bouquet de Kate, espèce de goinfre ! s'indigna le garçon.

Javier apparut au bout de l'allée, menant par les rênes l'une des montures de Fitz, harnachée pour un parcours de saut.

— On dirait que Chipster t'attend, déclara la jeune fille.

— Waouh ! C'est du rapide. Si je ne connaissais pas un peu Javier, je penserais qu'il veut m'empêcher de te parler ! D'ailleurs, ça ne m'étonnerait pas ! Quel mec pourrait se montrer indifférent à la sublime Kate ?

Heureusement, celle-ci n'eut pas à chercher de réplique : Fitz courait déjà vers son cheval, lançant un « À plus tard ! » à Burt.

Le maréchal-ferrant, qui venait de finir de poser son fer, se releva et lâcha :

— Oh, oh.

— Oh, oh, quoi ? voulut savoir Kate, les yeux fixés sur le cheval.

— Tu ferais bien de faire attention à ce type, Kate. Il a une sacrée réputation, tu sais. D'après ce que j'ai entendu, il a mis presque toutes les filles des clubs de la région à son tableau de chasse.

L'adolescente haussa les épaules d'un air gêné.

— Fitz et moi, on est juste amis, marmonna-t-elle.

— Ah bon ? Eh bien, tant mieux !

L'homme la dévisagea un instant.

— Parce que tu es trop bien pour tremper dans ce genre d'histoire.

Il retourna à son travail – et à son anecdote – sans plus faire allusion au garçon. Pourtant, Kate songeait toujours à ses propos quand elle rangea ses affaires, à la fin de la journée. Après avoir conduit le dernier cheval dans son box, elle croisa Tommi, qui sortait de la sellerie avec une selle sur les bras.

— Salut, lança son amie avec un sourire. T'as l'air bien songeuse. À quoi tu penses ?

Kate hésita un instant. Elle avait toujours en tête leur conversation de l'autre jour, pendant le déjeuner. Pourquoi est-ce que tout le monde s'intéressait à ses histoires de cœur, tout à coup ? Elle n'avait pas besoin de conseils !

Et puis, de toute façon, ce qu'elle avait affirmé à Tommi, puis à Burt, était la pure vérité. Fitz ne l'intéressait pas autrement que comme un ami. Enfin, elle le croyait.

L'espace d'un instant, elle ne résista pas à la tentation de s'imaginer avec lui. Ils se donneraient rendez-vous après les cours. Se rendraient aux concours ensemble. Marcheraient main dans la main dans les allées du club. Et se cacheraient même peut-être dans les box pour échanger des baisers…

Elle chassa aussitôt ces pensées. C'était n'importe quoi. Burt avait raison : personne n'ignorait que Fitz se comportait avec les filles de la même manière qu'un cheval devant des sucreries. Il était tout aussi gourmand et empressé. Comment pouvait-elle espérer une seconde qu'il allait la traiter différemment des autres ?

— À rien, répondit-elle en s'efforçant de sourire. Enfin… à Hounds Hollow. D'ailleurs, je ferais bien d'y aller. Je dois aider Elliott à nettoyer le van.

— Tommi, je suis là !

— Excusez-moi, murmura l'interpellée.

Un groupe de jeunes gens d'une vingtaine d'années, tout à leur discussion avec l'hôtesse de l'Upper East Side Café, lui barrait le passage.

Grant, assis à une petite table, lui faisait des signes de la main. Elle slaloma avec difficulté entre les clients, les tables et les serveurs affairés pour le rejoindre.

— C'est archiplein, ici ! s'exclama-t-elle en se laissant tomber sur sa chaise.

— Eh oui ! Je pensais au contraire qu'on éviterait la foule, à cette heure-ci.

Il jeta un œil à l'énorme horloge fixée au mur. Elle indiquait deux heures et des poussières.

— J'imagine que tous ces gens ont fait la fête jusqu'à l'aube, comme nous, ajouta-t-il.

— D'ailleurs, j'en paie encore les conséquences, déclara Tommi avec une grimace.

— T'as la gueule de bois ? s'amusa Grant.

— Une petite, répliqua-t-elle en lui rendant son sourire. Mais je ne le regrette pas. On s'est bien amusés hier, pas vrai ? Et c'était sympa de revoir les autres. Face de Canard est toujours aussi dingue ! Et j'arrive toujours pas à croire que Parker et Court soient ensemble !

— Ça me fait bizarre à moi aussi. Je ne savais même pas que Parker aimait les filles ! s'esclaffa-t-il. On s'est vraiment éclatés. J'avais pas passé de soirée avec des gens aussi chouettes depuis une éternité. Toi, en particulier, je te trouve extraordinaire.

Une serveuse arriva juste à ce moment pour leur tendre les menus, ce qui soulagea Tommi. Elle savait bien ce que le regard du garçon signifiait.

Et dire qu'elle avait failli oublier leur rendez-vous de la veille ! Après une semaine aussi chargée au club, elle avait relâché la pression et n'avait songé qu'à s'amuser. D'ailleurs, l'entraînement ne lui avait pas laissé assez d'énergie pour penser à Grant et à la nature de leur relation.

Elle allait devoir mettre les choses au clair. Mais pas maintenant.

— À quelle heure tu t'es levée ce matin ? lança malicieusement Grant une fois la serveuse partie. T'avais une drôle de voix quand je t'ai appelée à dix heures et demie. Je t'ai réveillée ?

— Pas du tout. J'étais au club. Si j'avais l'air distraite, c'est que j'étais en train de monter.

— Juste quand tu m'as répondu ? s'étonna-t-il. Tu veux dire… que tu m'as parlé de là-haut ?

Elle éclata de rire en voyant sa mine interloquée.

— Tu sais, on capte à cette hauteur, se moqua-t-elle. Mais oui, je montais Legs, mon nouveau futur champion.

— Qu'est-ce que tu entends par là ?

Tommi se rendit compte qu'elle n'avait jamais encore abordé ce sujet avec lui, malgré leur tête-à-tête de la veille. Elle n'avait pas non plus évoqué sa chute, d'ailleurs. Passant sous silence cet incident, elle raconta néanmoins le reste au garçon : Legs, le marché conclu avec son père, ses plans de carrière.

Il l'écouta jusqu'au bout sans rien dire.

— Waouh, lâcha-t-il. J'avoue que ne te croyais pas sérieuse, l'autre jour, quand t'as parlé de te lancer dans le commerce des chevaux.

— Ah bon ? Pourtant, je l'étais. Et je ne l'ai pas caché.

— Je sais, mais… ça ne m'a pas l'air d'une voie facile. Tu as tellement d'autres choix.

Elle déplia sa serviette en évitant son regard.

— J'ai l'impression d'entendre mon père.

— Désolé, dit-il avec un rire gêné. C'est juste que je ne comprends pas très bien. Pourquoi ne pas continuer à monter en amateur ? Tu peux très bien poursuivre les concours sans passer professionnelle, non ?

— C'est sûr.

— Tu pourrais éviter le sale boulot, les réveils aux aurores et le stress pour te contenter de garder la partie amusante, tu ne crois pas ?

La serveuse revint à ce moment-là.

— Merci de votre patience. Qu'est-ce que vous prendrez ?

Tommi parcourut le menu et commanda un plat au hasard, préoccupée par ce que Grant venait de lui dire.

Même si son père, sa sœur et sa mère lui avaient servi ce discours un millier de fois, l'entendre dans la bouche de son ami commençait à la faire douter. Est-ce que c'était si bizarre de vouloir se lancer dans ce genre de carrière ? Ses amis – ceux qui ne pratiquaient pas l'équitation – pensaient-ils tous en secret qu'elle était folle ?

Ses idées s'embrouillaient, à présent. Peut-être Grant avait-il raison. Peut-être devait-elle se caler sur le comportement des autres, réserver le monde équestre à ses loisirs et renoncer pour toujours aux jeux Olympiques. Elle irait à la fac, décrocherait un boulot classique, se marierait – peut-être avec quelqu'un comme Grant. O.K., elle était loin de se languir d'amour pour lui. Mais, pour de multiples raisons, c'était un bon ami et un chouette type. D'ailleurs, pour son père à elle, l'expérience de la passion avait mal fini. Il s'était marié avec sa mère après seulement deux semaines ultra-romantiques, et voilà où ça les avait menés.

— Alors, comment s'est passé l'entraînement sur ce fameux cheval ? reprit Grant.

— Bien. Il a du potentiel.

Tommi repensa à leur séance. Au moins six autres cavaliers se trouvaient sur le terrain, à ce moment-là, ce qui n'avait rien d'étonnant un samedi estival avant un concours important. Pourtant, elle aurait aimé un peu plus de calme. Legs avait fait de son mieux, mais c'était difficile pour lui de rester concentré avec toute cette agitation autour de lui.

Tout en jouant avec sa fourchette, elle se demanda si elle ne pourrait pas appeler Jamie à la rescousse. Ce serait bien s'il montait Legs une ou deux fois avant Hounds Hollow. La dernière chose qu'elle voulait, c'était anéantir les chances de sa monture à cause d'un mauvais entraînement, surtout depuis que son père lui avait imposé un délai aussi court.

Mais elle se ravisa aussitôt. Elle ne pouvait pas faire ça, aussi tentant que ça puisse être. Ce projet lui appartenait, et elle était donc censée exercer elle-même sa monture. Si elle abandonnait pour une simple chute, elle n'avait plus qu'à enlever tout de suite sa tenue d'équitation et à aller choisir ses cours à la fac.

Cette pensée l'effrayait mille fois plus que de franchir un oxer d'un mètre cinquante. Est-ce qu'elle pourrait passer le reste de son existence à faire du shopping, à assister à des galas de bienfaisance et à s'ennuyer dans un bureau ? Sûrement pas. Son monde à elle, c'était celui du cheval. Aider sa monture à donner le meilleur d'elle-même, voilà ce qu'elle voulait !

Elle ne pouvait pas imaginer employer sa vie à autre chose.

CHAPITRE 16

Kate avait toujours de grosses journées au club. Mais ce lundi-là fut sans doute la plus longue. Cavaliers et personnel devaient partir tôt le lendemain matin pour se rendre à Hounds Hollow, et il y avait mille choses à faire avant.

— Tu as pensé à prendre des longes supplémentaires ? demanda-t-elle à Javier, qui passait près d'elle les bras chargés de filets à foin.

— *Si*, elles sont dans la malle, répliqua-t-il sans ralentir le pas.

Kate effaça cette tâche de son ardoise mentale et se dirigea vers la sellerie pour s'assurer qu'ils n'avaient rien oublié. Les clients étaient censés préparer eux-mêmes leur matériel avant les concours, mais Jamie n'insistait pas s'ils ne le faisaient pas. Kate était en train de vérifier une nouvelle fois la liste qui se trouvait dans sa poche lorsque son téléphone sonna.

— Allô ? dit-elle sans prendre le temps de regarder le nom qui s'affichait.

— Kate ? C'est toi ?

— Nat ? s'étonna l'adolescente. Oh ! salut. Quoi de neuf ?

— J'allais te demander la même chose. Tu n'as plus donné de nouvelles depuis qu'on s'est vues au centre commercial, l'autre jour.

— Désolée.

Elle coinça l'appareil entre sa joue et son épaule pour attraper un filet oublié et l'enrouler en forme de huit.

— J'étais très occupée.

— Ça, c'est pas nouveau, commenta Nat en riant. Écoute, j'ai un excellent moyen de te détendre : une fête au club vendredi. T'es partante ?

Kate nageait en pleine confusion. Comment pouvait-il y avoir une soirée ici alors que tout le monde serait à Hounds Hollow ? Puis, elle comprit : son amie parlait évidemment de son club à *elle* ! Happy Acres.

— Oh. Ça serait sympa, mais…

— Ça va être génial, tu veux dire ! l'interrompit Nat, tout excitée. Les Tanner seront absents. Ils laissent les clés à Marc. Tu sais ce que ça veut dire ! Alors, qu'est-ce que t'en penses ? On pourrait picoler un peu avant de galoper à cru sur les poneys, comme au bon vieux temps.

Du coin de l'œil, Kate aperçut Miguel qui transportait péniblement une énorme malle.

— J'aurais bien aimé, répliqua-t-elle d'une voix précipitée, mais je serai à Hounds Hollow toute la semaine jusqu'à samedi.

— Et alors ? Tu peux bien te libérer une soirée, non ? rétorqua son amie d'un ton tranchant. Où est le problème ? Ce fichu club ne peut pas se passer de toi quelques heures ?

— Écoute, non, ce n'est pas possible. Jamie concourt pour le Grand Prix vendredi soir, et j'aimerais vraiment le voir.

Natalie avait l'air très remontée, maintenant.

— O.K. Très bien. J'avais oublié que t'avais des choses bien plus importantes à faire que de traîner avec des ploucs dans notre genre.

Miguel, très affairé, continuait ses allées et venues. Kate se mordit la lèvre, hésitante. Il lui suffirait de quelques arguments pour arriver à calmer Natalie. Mais ça lui prendrait un peu de temps, et elle n'avait pas une minute à perdre.

— Désolée, répéta-t-elle. Je dois vraiment y aller. Je t'appellerai dès que je serai de retour, d'accord ? On pourrait peut-être organiser quelque chose ensemble.

— Inutile de te donner cette peine.

Elle raccrocha aussi sec, et Kate fit la grimace. Pourtant, elle avait d'autres chats à fouetter. Elle essaierait de se réconcilier avec son amie sitôt le concours terminé.

Elle passa les heures suivantes à travailler comme une folle pour que tout soit prêt. Le soir venu, Jamie la trouva en train de ranger des bandes de polo. Il lui ordonna de rentrer chez elle et de se reposer.

Kate sortit sur le parking en bâillant. Il ne restait que quelques voitures, pour la plupart celles des palefreniers qui logeaient sur place.

Elle cligna des paupières. Dans l'obscurité, une silhouette se dessinait, adossée à son véhicule. Les mises en garde de son père contre les mauvaises rencontres lui revinrent soudain à l'esprit. Puis l'inconnu se redressa, et son visage sortit de l'ombre.

— Fitz ! lâcha-t-elle. Qu'est-ce que tu fais là, à cette heure ?

— Je t'attendais.

Il s'avança vers elle en souriant.

— Je sais que tu t'es démenée toute la journée pour nous, et je voulais te montrer qu'il y a au moins un type qui t'en est reconnaissant. Laisse-moi t'emmener dîner.

— Je… euh…

Kate consulta sa montre. Il était presque dix heures. Elle devait vraiment rentrer se coucher.

— Allez, viens, tenta de l'amadouer le garçon. Il faut quand même que tu te nourrisses, non ? Et puis, le café n'est pas loin.

Le ventre de Kate gargouillait ; elle réalisa qu'elle n'avait rien avalé depuis le petit déjeuner. Pas eu le temps. Et puis, il n'y aurait peut-être rien à manger chez elle. Vu la manière dont le comportement de sa mère avait évolué ces jours-ci, elle avait sans doute décidé de jeter à la poubelle tout ce qui n'était pas divisible par quatre.

— O.K., consentit enfin l'adolescente.

Tommi fourra une énième culotte d'équitation dans sa valise. Elle allait concourir dans trois catégories – le Hunter style, le Hunter équitation et le saut d'obstacles –, ce qui signifiait qu'elle devait prendre trois fois plus d'affaires, sans compter des vêtements de tous les jours pour une semaine ou presque. En temps normal, elle se serait contentée d'arriver en fin de semaine, où la plupart des épreuves des juniors avaient lieu. Mais cette fois, elle tenait à être présente dès le mardi pour ne pas laisser Legs tout seul. Et puis, elle comptait profiter d'une séance d'échauffement prévue la veille de l'épreuve, pour permettre à son cheval de s'habituer aux lieux.

Elle était en train de se demander si elle devait emporter une robe, au cas où elle sortirait dîner quelque part, quand son père passa la tête dans l'embrasure de la porte.

— Toujours en train de préparer tes bagages ? Tu ferais bien d'aller te coucher. Il faudra te lever aux aurores demain.

— J'ai presque fini.

Tommi ajouta la robe dans sa valise avant d'en rabattre le couvercle. Son père la regarda remonter la fermeture Éclair avec difficulté.

— Alors comment va ton cheval ? Il progresse ?

Tommi ne sut d'abord pas quoi lui répondre. Elle avait toujours à l'esprit sa première séance. Quel désastre ! Pourtant, la situation s'était améliorée depuis, même si ça n'avait pas été sans heurts. Jamie avait beau lui répéter qu'elle se débrouillait très bien, Tommi n'était pas rassurée de devoir prendre en charge seule le programme d'entraînement. Mais pas question d'avouer ça à son père ! C'était le prétexte tout trouvé pour qu'il lui retire son soutien financier.

— Legs s'en sort très bien, répliqua-t-elle avec un sourire forcé. Je pense qu'il va faire des merveilles au concours.

Son père leva ses pouces vers elle.

— Super ! Bonne nuit, Tommi.

— Bonne nuit, papa.

Elle attendit qu'il disparaisse pour laisser échapper un soupir. Pour une fois, elle ne se sentait pas coupable d'avoir un peu menti, ou plutôt embelli légèrement la réalité. Elle ne faisait qu'imiter Jamie quand il affirmait à ses élèves les moins talentueux, après un échec à un concours, qu'ils feraient mieux la prochaine fois.

Le plus souvent, Zara devenait agressive quand elle était tendue : elle détestait se retrouver dans cet état.

Les seules fois où le stress lui donnait des ailes, c'était pendant un concours de saut d'obstacles.

Maintenant, en revanche, dans son appartement vide, loin de la présence des chevaux, sa tension nerveuse ne lui apportait rien de bon, d'autant qu'elle n'avait personne à qui parler. Sa mère lui manquait cruellement.

Mais Gina se trouvait en tournage à l'extérieur, et il était difficile de la joindre, même quand elle ne travaillait pas. Zara ne pouvait pas vraiment se confier à son père, qui maîtrisait l'art de feindre l'écoute, talent qui lui avait bien servi jusque-là. Zara le soupçonnait de ne même pas entendre ce qu'elle disait.

De toute façon, elle ne pouvait pas se rabattre sur lui : il avait disparu avec sa clique, sans doute pour préparer sa tournée en Europe.

La jeune fille erra un moment le long des immenses baies vitrées, regardant d'un air morose les lumières de Manhattan, en bas. Pourquoi était-elle aussi nerveuse ? Ce stupide concours n'avait lieu que le jeudi, même si Jamie et les chevaux étaient censés se rendre là-bas dès le mardi. Elle attendait avec impatience de pouvoir montrer aux autres le talent de Keeper, maintenant qu'il était tout à fait prêt. Elle aimait bien le Hunter, mais ça ne lui procurait pas autant de sensations que le saut d'obstacles. Quant à Ellie…

Elle ferma les yeux et repensa à leur dernière séance. Ça s'était plutôt bien passé – elle et la jument commençaient à se comprendre, du moins la plupart du temps. Jamie l'avait même complimentée à propos de leur allure, et avait affirmé qu'elles pourraient bientôt s'essayer aux obstacles d'un mètre quinze.

Mais tout le monde gardait un œil sur elle au club, à cause de ce qu'elle avait fait. On aurait dit qu'ils guettaient le moindre faux pas de sa part.

— C'est trop injuste, laissa-t-elle échapper en ouvrant les paupières.

Personne pour lui répondre. La solitude, voilà une autre chose qu'elle détestait. Ça la rendait particulièrement irritable.

Elle pensa un instant appeler ses amis de Los Angeles, mais se ravisa aussitôt. Aucun d'entre eux ne s'était donné la peine de prendre de ses nouvelles, ne serait-ce que par texto. Elle avait l'impression d'avoir cessé d'exister à la seconde où elle avait franchi les montagnes Rocheuses.

Ses pensées allèrent aux filles de son nouveau club. Elles semblaient vraiment proches, du genre à se téléphoner en cas de problème ou pour parler de leurs séries préférées. Un genre de scénario dont elle ne risquait pas de faire partie. Elle était toujours considérée comme une étrangère, voire, sans doute, comme une folle dingue qui avait failli mettre le feu aux écuries et tuer tous les chevaux. Pas question d'appeler quiconque, même si elle fut un instant tentée d'essayer.

— Et merde, murmura-t-elle en se détournant des fenêtres.

Il fallait qu'elle trouve une occupation ou elle allait piquer une crise.

Elle alla droit au placard où étaient rangées les bouteilles d'alcool et l'ouvrit. Ses yeux se posèrent sur le whisky favori de son père – un Glenfiddich de quarante ans d'âge. Elle esquissa un sourire. Parfait. Il serait furieux en découvrant sa disparition. Voilà qui allait l'aider à faire d'une pierre deux coups !

Elle s'empara du précieux breuvage et se mit à boire à grands traits. Ça lui brûlait un peu la gorge, mais qu'importe ! On n'avait rien sans rien, après tout.

— Qu'est-ce qui se passe ? s'enquit Fitz en contemplant l'assiette de Kate. Il est pas bon, ton sandwich ?

— Si, ça va.

L'adolescente mordit du bout des dents dans son pain recouvert de thon et de fromage. Gagnée par la nervosité, elle l'avait à peine entamé.

Qu'est-ce qu'elle fabriquait ici ? Elle n'aurait sans doute jamais accepté l'invitation du garçon si elle n'avait pas été aussi épuisée.

Celui-ci engouffra une frite et demanda :

— Alors, tu pars dès demain avec Jamie pour Hounds Hollow, c'est ça ? Je devrais peut-être vous accompagner, même si je ne passe que jeudi.

— Pourquoi est-ce que tu fais ça ? lâcha soudain Kate.

Elle était dans un tel état de confusion et de fatigue qu'elle était incapable d'analyser le comportement du garçon.

— Quoi donc ? dit-il en clignant des yeux, sous le coup de la surprise. Te parler ? Manger des frites ? Dîner avec une fille canon ?

— La dernière chose.

Son visage devait avoir viré au rouge tomate, mais peu importe.

— C'est peut-être flatteur pour moi, expliqua-t-elle, mais je n'ai pas de temps à perdre et aucune envie d'être la énième sur ta liste, si c'est ce à quoi tu t'attends.

— Arrête, Kate, répliqua-t-il, soudain sérieux. Je sais que j'ai fait pas mal de bêtises avec les filles. Mais avec toi, c'est pas pareil.

— Comment ça, pas pareil ?

Il parut un peu hésitant.

— C'est différent avec toi, c'est tout, reprit-il en repoussant son hamburger. J'imagine que c'est parce que tu n'es pas comme les autres filles.

Kate était décontenancée. Elle avait vu passer dans ses yeux une lueur indéfinissable, ce qui la mettait encore plus mal à l'aise. Elle prit son verre et but une gorgée de thé glacé, mais ses mains tremblaient tellement que le breuvage coula sur son menton.

L'incident ne passa pas inaperçu aux yeux de Fitz, qui sourit.

— On dirait que t'as de sérieux problèmes pour boire, lança-t-il de son ton malicieux. Laisse-moi t'aider.

Il tendit le bras pour lui tapoter doucement le menton avec sa serviette. Quand ses doigts effleurèrent son visage, Kate ne broncha pas. Elle aurait été la première à admettre son peu d'expérience avec les garçons. Mais jusqu'à présent, elle n'avait jamais frissonné sous aucune de leurs caresses.

— Alors, qu'est-ce que t'en penses ? voulut savoir Fitz après avoir reposé sa serviette. T'es prête à me donner une chance ?

Même sous l'éclairage peu flatteur du café, il était beau, et il avait une façon de la regarder qui paraissait sincère.

— Euh… d'accord. Pourquoi pas ?

— Super ! conclut-il en se calant de nouveau dans son siège. On peut donc considérer que c'est notre premier rendez-vous officiel en tant que couple, d'accord ?

— O.K.

Kate jeta un coup d'œil à sa montre.

— Mais je dois y aller, maintenant. Désolée : il faut que je sois de retour au club dans… environ six heures.

Fitz eut l'air déçu, mais se résigna.

— D'accord. Je ne voudrais pas que tu aies des ennuis avec le boss à cause de moi.

Après que Fitz eut réglé l'addition, ils firent la route en sens inverse jusqu'au club, où le garçon gara sa décapotable rouge près de la voiture de Kate.

— Merci pour le dîner, dit-elle d'une voix timide.

— Je t'en prie.

Il ôta sa ceinture de sécurité et se pencha vers la jeune fille, qui ferma les yeux. Elle savait ce qui l'attendait, même si elle n'était pas sûre d'y être bien préparée.

La main de Fitz se posa sur son bras, et ses lèvres se posèrent doucement sur les siennes.

— Bonne nuit, murmura-t-il. Fais de beaux rêves. On se voit jeudi…

Kate ouvrit les yeux, le cœur battant.

— Bonne nuit, chuchota-t-elle à son tour.

Elle descendit de la voiture et se hâta vers la sienne en cherchant maladroitement sa clé sur son trousseau. Fitz ne la quitta pas des yeux jusqu'à ce qu'elle mette le contact. Puis il démarra en vrombissant et la suivit dans le chemin sinueux qui menait à la route. Lorsqu'elle s'arrêta à l'embranchement, elle vit dans le rétroviseur central qu'il agitait la main pour lui dire au revoir avant de prendre la direction opposée.

Elle avait l'esprit en ébullition. Fitz trouvait qu'elle avait quelque chose de spécial. Il voulait sortir avec elle et voir ce que donnait leur relation. Était-il sincère ? Elle n'en savait rien, et ça lui était égal, pour l'instant. Elle en avait assez de passer sa vie à réfléchir, à se creuser la tête pour essayer de tout comprendre. Il était peut-être temps d'arrêter de se poser des questions et de se montrer plus téméraire, un peu comme Zara : cette fille semblait vouloir atteindre le but qu'elle s'était fixé sans se soucier des conséquences ni de l'opinion des autres.

Fitz lui plaisait, et ça paraissait réciproque. Et alors ? Qu'est-ce qu'elle risquait à devenir sa petite amie ?

CHAPITRE 17

— Mon sac, mes bottes, ma bombe, récapitula Kate.

Elle sortit de la pièce en coup de vent et descendit les marches deux à deux.

— Mon sac, mes bottes, ma bombe…

Il était très tôt en ce mardi matin, et la jeune fille se préparait à rejoindre son club. Ne rien oublier ne s'avérait pas si facile, car elle n'avait dormi que quatre heures. Et c'était d'autant plus dur de se concentrer qu'à chaque fois qu'elle ralentissait le rythme, elle pensait à Fitz. Tout ce qui s'était passé la veille était-il bien réel ? Si elle devait se fier à sa fatigue pour s'en persuader – elle était encore plus exténuée que d'habitude avant un concours – alors, sans doute. Mais elle avait encore du mal à croire qu'un type comme Fitz puisse s'intéresser à elle.

En arrivant au rez-de-chaussée, elle entendit son frère crier dans la cuisine. Oh, oh. Ce n'était pas bon signe.

Elle entra dans la pièce juste au moment où Andy frappait du poing sur le plan de travail.

— Je m'en fous ! hurlait-il. Je fais ce que je veux !

Sa mère se recroquevilla comme si elle venait de recevoir une gifle.

— Baisse un peu le ton, Andrew. Tu vas réveiller ton père. Il a besoin de se reposer. Il était de permanence, cette nuit.

— Qu'est-ce qui se passe ? demanda Kate, que ni l'un ni l'autre n'avaient remarquée.

Andy pivota d'un seul coup vers elle et la fixa d'un œil furieux, du haut de ses quatorze ans, comme si elle était responsable de ses malheurs.

— Maman est pire qu'un nazi, c'est tout, cracha-t-il.

— Andrew ! s'indigna celle-ci.

Elle se tourna vers l'évier et toucha du bout du doigt un verre posé sur l'égouttoir. Une, deux, trois, quatre fois. Puis elle recommença avec un autre, puis encore un autre.

— Sérieusement, qu'est-ce que t'as fait ? demanda Kate à son frère pour ne pas avoir à assister au rituel de sa mère.

— Je suis sorti avec des potes et j'ai oublié l'heure, marmonna-t-il. Suis rentré un peu tard. Pas de quoi en faire un drame.

Sa mère s'interrompit un instant pour lancer un regard sévère à son fils.

— *Un peu* tard ? Tu es rentré il y a à peine dix minutes !

Le cœur de Kate se serra. Andy restait dehors toute la nuit, maintenant ? Il devait s'attendre à récolter de sérieux problèmes depuis qu'il traînait avec ses nouvelles fréquentations.

— Qu'est-ce qui se passe ici ? hurla le père depuis la chambre. Il y a des gens qui essaient de dormir !

— Faut que j'y aille, annonça Kate.

Elle attrapa une banane dans la corbeille à fruits, puis ses bottes près de la porte d'entrée.

— Je serai absente toute la semaine, vous n'avez pas oublié ? À dimanche soir.

— Amuse-toi bien, ma chérie, lui souhaita sa mère sans la regarder. Tu laisses ton téléphone allumé, au cas où on voudrait te joindre, d'accord ?

— Oui, ne t'inquiète pas.

Comme les protestations de son père reprenaient de plus belle, Kate se glissa dehors, soulagée d'avoir un nouveau prétexte pour s'éloigner de sa famille.

— À quelles épreuves tu te présentes ? demanda Marissa.

Zara, appuyée à la barrière du terrain d'échauffement, observait le chaos qui y régnait.

— Au Hunter style avec Ellie, répondit-elle, et au saut d'obstacles avec Keeper. Et toi ?

— Au Hunter style et peut-être au Hunter équitation. Si je n'ai pas une crise de panique avant. Je flippe toujours grave, quand il y a des concours de ce genre, je sais pas pourquoi.

Zara jeta un coup d'œil alentour en haussant les épaules. O.K., cette compétition était plus importante que celle à laquelle elle avait participé avec Jamie. Les candidats défilaient de façon interrompue sur trois pistes, il y avait des centaines de chevaux et des tas de vendeurs ambulants. Mais ce n'était rien comparé à certains concours de la côte ouest.

— Je croyais que Jamie vous faisait participer aux concours de haut niveau. Celui-ci ne me paraît pas énorme.

— Je sais, répliqua Marissa en riant. Mais ne t'occupe pas de moi, je suis toujours comme ça. Dani dit que je devrais m'acheter un stock de Xanax.

Zara était perplexe. Si les concours effrayaient tant Marissa, pourquoi y participait-elle ? Elle se garda pourtant bien de le lui demander. Les gens n'aimaient pas qu'on leur pose des questions aussi franches, en général.

On était jeudi matin, et Miguel l'avait déposée quelques instants auparavant. Elle était aussitôt tombée sur Marissa. Cette fille parlait trop, riait trop et était un peu pot-de-colle. Mais sa compagnie valait mieux que rien. Elle préférait ça plutôt que d'avoir l'impression d'être invisible, comme la dernière fois.

Les yeux de Zara s'arrêtèrent sur une cavalière, au milieu de la foule.

— Hé, commença-t-elle, j'ai entendu dire que Tommi avait acheté le cheval qu'elle monte.

— Tu veux parler de Legs ? demanda son interlocutrice en se tournant elle aussi vers la carrière. Ah oui, c'est lui. Tommi l'a acheté avec son père. Ils ont conclu un genre d'accord financier.

— Waouh ! Elle se croit déjà à Wall Street, ou quoi ?

Zara regarda passer Tommi, qui évita de justesse un poney paniqué. Elle n'avait pas l'air d'avoir remarqué

Marissa et Zara. Elle paraissait concentrée à l'extrême sur son cheval, ce qui, d'ailleurs, ne semblait pas servir à grand-chose : Legs, très nerveux, lançait des ruades chaque fois que sa cavalière lui demandait une transition et passait à tout bout de champ au-dessus de la main.

— On dirait qu'il lui donne du fil à retordre, aujourd'hui, commenta Marissa d'un ton plein de compassion. Il ne doit pas apprécier la proximité des autres chevaux.

Zara ne partageait pas son avis. Legs ne semblait pas le seul à être tendu. Tommi l'était aussi. On voyait bien qu'elle se tenait sur ses gardes, ce qui n'était pas étonnant, d'ailleurs, après la chute de l'autre jour. Il lui faudrait un moment pour ne plus y penser.

— Salut, les filles. Vous n'auriez pas vu Max, par hasard ?

Kate, qui venait de les rejoindre, affichait un air pressé et anxieux, comme d'habitude. Depuis qu'elle la connaissait, Zara ne l'avait jamais vue tranquille plus de deux secondes.

— Non, répliqua-t-elle tandis que Marissa secouait la tête.

Kate venait d'apercevoir Tommi.

— Legs n'a pas l'air de bon poil, observa-t-elle. Qu'est-ce qui s'est passé ?

— Rien, à notre connaissance, expliqua Marissa. Ce n'est pas son jour, c'est tout.

Zara avait beau garder le silence, elle voyait bien ce qui n'allait pas. L'assiette de Tommi n'était pas assez légère, ce qui énervait son cheval. Zara n'avait aucun mal à reconnaître le problème : elle-même l'avait rencontré avec Ellie, et Jamie l'avait aidée à le résoudre.

Mais bon, ça ne la regardait pas. Tommi était une grande fille, et d'après ce que Zara avait entendu, la star du club. Elle finirait bien par trouver la solution toute seule. D'ailleurs, pourquoi aiderait-elle une fille qui l'avait dénoncée et lui avait causé tous ces ennuis avec leur entraîneur ?

Tommi fit partir sa monture au trot, puis voulut le lancer au petit galop. Mais Legs s'immobilisa en secouant la tête, lança une ruade, fit un bond de côté et faillit percuter un cheval bai.

— Attention ! cria la cavalière.

— Désolée, murmura Tommi.

Elle s'efforça de ramener sa monture le long de la barrière, puis relâcha ses rênes pour le laisser trotter. En lisant la contrariété sur son visage, Zara ne put s'empêcher de ressentir une certaine compassion pour elle.

Lorsque Tommi et Legs s'approchèrent du trio, elle cria :

— Hé, écoute ! Ellie m'a fait le même coup l'autre jour. Fais-toi légère et laisse filer un peu tes rênes. Ça arrangera peut-être les choses.

Tommi lui lança un regard noir.

— Quand j'aurai besoin que tu me donnes un cours, je te ferai signe, d'accord ?

Zara prit un air maussade.

— O.K., excuse-moi de chercher à t'aider !

Elle pivota sur ses talons d'un air rageur et partit en trombe pour retourner à sa solitude.

Tommi ne remarqua même pas son départ. La dernière chose qu'elle était en mesure d'entendre, c'étaient les conseils de la rebelle de service. Comme Legs recommençait à caracoler, elle tenta de le calmer d'un demi-arrêt.

— Tu vas te calmer, à la fin ? marmonna-t-elle tandis qu'elle tentait tant bien que mal de maîtriser son cheval, qui agitait sa tête dans tous les sens.

Il s'arrêta un instant, et Tommi réalisa enfin que Marissa et Kate la regardaient, appuyées contre la barrière. Cette dernière affichait une expression inquiète qui ne laissait aucun doute sur ce qu'elle pensait.

— Quoi ? lâcha Tommi.

Son amie se mordit la lèvre.

— Ne t'énerve pas, O.K. ? Mais je crois que Zara a raison. C'est toi qui disais qu'il fallait y aller en douceur avec Legs jusqu'à ce qu'il prenne le pli. Un peu comme avec Ellie. Mais tu mets trop de poids sur les postérieurs, et ton cheval n'en peut plus.

Tommi se renfrogna. Elle n'avait qu'une envie : l'envoyer balader, elle aussi. Mais elle y renonça et s'obligea à réfléchir. Kate n'était pas Zara. Elle savait de quoi elle parlait. Pouvait-elle avoir raison ?

La réponse ne tarda pas à lui apparaître, limpide.

— Quelle imbécile ! murmura-t-elle pour elle-même.

Elle adressa à son amie un pauvre petit sourire et lui dit :

— Merci. Je vais essayer comme ça.

Tommi caressa une dernière fois Legs avant de se glisser hors de son box.

— Désolée pour tout à l'heure, mon vieux, murmura-t-elle en cherchant dans sa poche un morceau de carotte. Heureusement que t'es pas rancunier !

Suivant le conseil de son amie, l'adolescente s'était efforcée de se détendre. Du coup, elle avait permis à son cheval de relâcher les muscles de son encolure et de son dos – et par conséquent de se calmer. Après, tout s'était arrangé, et l'échauffement s'était terminé bien mieux qu'il n'avait commencé.

Seulement, ce n'était pas le conseil de Kate, en réalité, se rappela Tommi, mais celui de Zara. Même si elle ne portait pas spécialement celle-ci dans son cœur, elle méritait des excuses. Grâce à elle, Tommi n'avait pas renoncé à concourir, comme elle l'avait un moment envisagé. Certes, elle et Legs n'avaient pas particulièrement brillé – ayant touché une barre, ils ne pouvaient pas prétendre à une bonne place au classement –, mais la jeune fille était contente des progrès de son protégé. Elle se retourna pour lui sourire, pressée de voir ce qu'ils accompliraient ensemble la prochaine fois.

Puis elle partit à la recherche de Zara, dans les box, à la sellerie, partout où elle aurait pu la trouver. En vain. Personne ne l'avait vue depuis qu'elle avait quitté la carrière de détente.

— Qu'est-ce que tu lui veux ? demanda Summer.

— Rien. Ça peut attendre.

De toute façon, ce n'était peut-être pas le moment idéal pour des excuses. On était encore en plein concours. Elle décida de patienter un peu et de lui parler une fois qu'elles auraient regagné leur hôtel.

Son téléphone vibra. Elle venait de recevoir un texto de Grant, qui lui demandait à quelle heure avait lieu sa prochaine épreuve, le lendemain.

— C'est qui ? voulut savoir Summer avec son tact habituel.

— Un ami. Il aimerait venir me voir demain.

— Un ami ? répéta Summer, les yeux brillants. Ce serait pas le brun craquant qui était là au dernier concours ?

— Je ne crois pas, non, mentit Tommi.

Elle ne tenait pas à ce que sa camarade répande partout des rumeurs ridicules sur sa vie amoureuse.

— Je dois me préparer, conclut-elle. À plus tard.

Après avoir mis une distance raisonnable entre elle et Summer, Tommi s'arrêta et relut le texto de Grant. Elle avait du mal à croire qu'il était prêt à faire quatre heures de route rien que pour la voir. Il était grand temps de calmer les choses, même si s'était sans doute déjà un peu tard.

CHAPITRE 18

Le vendredi après-midi, Zara allait beaucoup mieux. Elle était appuyée contre la porte du box d'Ellie, qui happait délicatement des morceaux de pommes dans sa main, sous le regard envieux du bulldog de Jamie.

— T'es géniale, déclara-t-elle à la jument. Je l'ai su dès que je t'ai vue.

Mais celle-ci semblait s'intéresser davantage aux friandises qu'aux compliments de sa propriétaire.

Jamie avait monté Ellie un peu plus tôt dans la semaine lors des concours réservés aux professionnels, si bien qu'elle était fin prête pour l'épreuve de Hunter de Zara : elle avait fait un malheur ! Pour une fois, l'adolescente ne se demanda même pas si elles avaient touché une barre, le parcours achevé. Elle s'en fichait pas mal. Tout ce qui comptait, c'était qu'elles aient assuré toutes les deux, quoi qu'en pense le juge.

Effectivement, elle découvrit plus tard que sa monture avait effleuré l'un des obstacles, ce qui la rétrogradait à la sixième place. En revanche, malgré une ou deux transitions un peu ratées, elles avaient fini troisième à l'épreuve de figures imposées. L'allure stylée de la jument avait payé !

— La grande Zara est de retour, murmura-t-elle.

Elle n'avait qu'une hâte, maintenant : participer au CSO avec Keeper, le lendemain !

Jamie venait d'apparaître dans l'allée.

— Bien joué, Zara, la félicita-t-il, tout sourire. Continue comme ça, et toi et Ellie, vous n'allez pas tarder à devenir les stars du Hunter.

— Merci.

L'adolescente lui rendit son sourire, mais l'entraîneur s'éloignait déjà. Même si elle trouvait ce type casse-pieds, elle ne pouvait que reconnaître son talent : elle avait davantage progressé durant ces quelques semaines que pendant les six derniers mois. Sa performance d'aujourd'hui le prouvait. Qui sait ? Ce club allait peut-être finir par lui convenir. Toute contente, elle lança un quartier de pomme à Chaucer.

Des voix retentirent soudain. Elle jeta un coup d'œil alentour : Tommi s'avançait dans l'allée, accompagnée d'un type.

— Salut, Zara. Tu te souviens de mon ami Grant ? Vous vous êtes croisés en boîte l'autre soir.

— Ravi de te revoir, lui dit le jeune homme en lui tendant la main.

— Salut.

Zara ne le quittait pas des yeux. Elle n'avait pas vraiment fait attention à lui la première fois qu'elle l'avait vu, mais maintenant, elle réalisait qu'il valait le coup d'œil. Il était beau, grand et costaud, dans un genre un peu bcbg. Exactement le style de garçon qui irait très bien avec la fille d'un magnat de Wall Street.

Tommi donna un coup de coude à son ami.

— Hé, Grant ! Tu ne voudrais pas aller me chercher un soda ?

Elle jeta un regard à Zara et lui demanda :

— T'as envie de quelque chose ?

— Oui. D'un Scotch avec des glaçons.

Le jeune homme s'esclaffa.

— Un thé glacé, ça ne peut pas faire l'affaire ?

— O.K., je m'en contenterai.

Pendant qu'il s'éloignait, Zara en profita pour contempler son postérieur.

— Pas mal dans son genre, commenta-t-elle avant de glisser un regard insistant vers Tommi. Je suis sûre que tu ne diras pas le contraire.

Tommi caressait Ellie, qui la poussait du nez dans l'espoir de recevoir d'autres friandises.

— Grant et moi, on est amis, c'est tout. Quoi qu'il en soit, je suis venue te parler d'autre chose.

— Ah bon ? répliqua Zara, aussitôt sur la défensive.

— J'ai été stupide, hier, et je voulais m'excuser.

Zara s'attendait à tout, sauf à ça.

— Oh… euh… O.K.

— Tu sais, j'étais vraiment énervée, et c'est tombé sur toi. Tout ce que tu voulais, c'était m'aider, évidemment. D'ailleurs, ton conseil était bon. Je l'ai finalement suivi, et tout s'est arrangé avec Legs.

— Ça m'étonne pas.

— Oui, acquiesça Tommi en riant. Merci, et encore désolée…

— O.K., c'est oublié.

Zara devait sans doute son amabilité à sa bonne humeur. Quoi qu'il en soit, elle pouvait presque imaginer devenir amie avec cette fille. Enfin, peut-être. Si elle n'avait rien de mieux à faire.

Oui, décidément, cette journée était à marquer d'une pierre blanche !

Grant se gara sur le parking de l'hôtel dans lequel Jamie et ses élèves séjournaient.

— Merci de m'avoir raccompagnée, dit Tommi en ôtant sa ceinture de sécurité. Et aussi pour ta compréhension.

— Pas de souci, répliqua le jeune homme avec un sourire. Je ne peux pas dire que ça m'a fait plaisir, mais bon.

Tommi l'avait attiré dans un coin, à l'écart des autres, après la dernière compétition, pour mettre les choses au clair avec lui. Il l'avait très bien pris, ce qui, bizarrement, avait augmenté le sentiment de culpabilité de la jeune fille.

— O.K., commença-t-elle, soulagée d'en avoir fini avec ce problème, t'as une longue route à faire pour rentrer chez toi, alors je ne vais pas…

— Hé ! l'interrompit quelqu'un. Mais voilà mes potes de Pelham Lane !

Zara se précipita vers eux, puis se pencha par-dessus la vitre, son visage touchant presque celui de Tommi. Son haleine empestait la bière.

— Salut, répliqua celle-ci. J'étais en train de dire au revoir à Grant.

— Pas question, mec, tu pars pas.

Zara s'inclina encore un peu plus. Elle ne portait qu'un short et un haut de maillot de bain, d'où sa poitrine menaçait de s'échapper. Charmant, comme vue...

— Désolé, je dois y aller, répliqua le garçon.

Le décolleté plongeant de Zara ne semblait pas l'avoir convaincu.

— Comment ça, tu dois y aller ? C'est la fête, mec ! rétorqua-t-elle. Il faut trinquer à mes victoires. Vous restez, O.K. ?

Apparemment, pour Zara, la soirée avait déjà commencé. Mais Tommi n'était pas d'humeur festive. Elle était trop stressée par la perspective de l'épreuve du lendemain. Même si Legs et elle avaient rattrapé leur mauvais début à l'entraînement, l'adolescente avait peur qu'ils ne soient pas prêts. Une mauvaise performance à un concours aussi renommé pouvait nuire à la réputation d'un cheval pendant longtemps.

Grant la regardait en souriant, plein d'espoir. Il avait visiblement changé d'avis.

— Qu'est-ce que t'en penses ? Je peux rester un peu si tu veux prolonger la soirée. J'ai pas besoin de me lever tôt demain.

Tommi avait envie de refuser. En même temps, elle se sentait coupable vis-à-vis de lui. Pourquoi ne pas céder ? Comme ça, il n'aurait pas totalement perdu son temps en venant ici.

— O.K. Mais je ne peux pas trop m'attarder. Je dois longer Legs demain matin.

— Super ! se réjouit Zara. Alors sortez vos petites fesses de là !

Elle lança un sourire en coin à Grant avant d'ajouter :

— On pourrait peut-être finir par un bain de minuit…

Quelques instants plus tard, Tommi était installée dans une chaise longue, une bière à peine entamée dans la main, et regardait ses camarades s'amuser. Il était presque dix heures du soir : la piscine était censée être fermée, ce qui signifiait juste qu'il n'y avait pas de maîtres nageurs pour la surveiller. Le bassin se trouvait un peu à l'écart de l'hôtel, de l'autre côté du parking et des courts de tennis, ce qui était une bonne chose, étant donné le volume de la musique et les éclats de rire qui résonnaient.

— Sympa, comme soirée, déclara Grant.

Tommi tourna la tête vers lui. Allongé à côté d'elle, torse nu, il dodelinait de la tête au rythme de la musique. Ils avaient à peine échangé un mot depuis qu'ils étaient là. La jeune fille était perdue dans ses pensées ; elle songeait à Legs et à leur performance du lendemain, mais avec un peu moins d'anxiété. Il n'y avait pas de quoi stresser, finalement. Elle et lui feraient leur possible, c'est tout. S'ils réussissaient, tant mieux, sinon, d'autres occasions se présenteraient bientôt.

— Oui, répliqua-t-elle en se rendant compte que Grant commençait à s'ennuyer. Mais tu sais, t'as pas besoin de rester avec moi. Va danser si tu veux.

— Mais non, je suis bien là.

Un cri suraigu retentit soudain. Zara sautait du plongeoir.

— Elle met une sacrée ambiance, pas vrai ? commenta Grant en la voyant faire la bombe.

— Oui.

Deux types essayèrent de l'attraper pour la couler, mais elle parvint à leur échapper et à sortir du bassin. Remarquant que les deux amis la regardaient, elle les rejoignit en se trémoussant.

— Je dois vous avouer un truc, les amis. Au début, j'ai cru que j'allais mourir d'ennui dans votre foutu club, expliqua-t-elle en criant presque, tandis qu'elle tordait ses cheveux pour les égoutter. Eh ben, je me suis plantée.

— C'est une super soirée, Zara, affirma Grant.

Il se redressa pour boire une gorgée de bière.

— Oui, intervint Tommi. D'ailleurs, comment tu t'y es prise pour faire venir autant de garçons ?

Elle avait reconnu le mignon assistant du maréchal-ferrant, sur lequel la gent féminine s'était extasiée toute la semaine, de même qu'un des jeunes palefreniers de Jamie, Max. Et elle était presque sûre d'avoir déjà croisé au club les deux types qui aspiraient des shots de Tequila directement sur le ventre de Dani. Mais il y en avait aussi quelques-uns qu'elle ne connaissait pas.

— Disons que ça fait partie de mes talents cachés, déclara Zara avec un clin d'œil. Dès que Jamie et sa clique de coincés sont partis dîner, je suis allée aborder tous les gens qui avaient l'air sympa.

Son sourire disparut quand elle ajouta :

— Le seul qui m'ait rembarrée, c'est Javier. C'est quoi, son problème, exactement ?

— Il est timide, c'est tout, et pas très à l'aise avec notre langue, expliqua Tommi. Et puis les palefreniers travaillent vraiment dur. Il avait sans doute besoin de dormir.

— Tant pis pour lui, dit Zara en avalant une nouvelle gorgée de bière.

Tout à coup, Tommi réalisa qu'il manquait quelqu'un.

— Où est Fitz ?

— Je sais pas. Je l'ai pas trouvé, alors je lui ai laissé un message.

— Dans ce cas, je suis sûre qu'il va rappliquer. Il ne rate jamais une soirée.

— Moi non plus. Par contre, on dirait que c'est la première fois que vous mettez les pieds à une fête, vous deux. Il vous faut une autre bière.

Grant secoua sa canette vide.

— T'as raison. T'en veux une, Tommi ?

— Non merci.

— Allez viens, mon grand. On va se bourrer la gueule, intervint Zara.

Elle prit la main du garçon pour l'aider à se lever, et celui-ci la suivit vers la glacière, près du plongeoir.

Tommi était soulagée de se retrouver enfin seule. Elle ne se sentirait plus obligée de faire la conversation, au moins pendant un moment, et pourrait ainsi penser tranquillement aux prochains concours auxquels Legs participerait.

Kate fit la grimace en consultant sa montre. Il était onze heures, ce qui voulait dire que son réveil aux aurores n'allait pas être drôle. Elle devait se lever à quatre heures.

Encore une fois, elle avait eu une longue journée, à tel point que la tête lui tournait. Mais elle ne pouvait jamais se résoudre à partir tant que tout n'était pas parfait. Jamie et les autres palefreniers ne devaient même pas se douter qu'elle travaillait encore, à cette heure-ci. Ils avaient tous regagné l'hôtel depuis longtemps, à part Elliot et Javier. Les vols n'étaient pas rares ici, si bien que les palefreniers se relayaient pour garder un œil sur leurs chevaux, même la nuit. D'ailleurs, un ronflement sonore résonnait depuis la sellerie en ce moment. Celui d'Elliot, assurément.

Un autre bruit attira son attention : quelqu'un approchait. Parfait. Ce devait être Javier, qui accepterait sans doute de l'aider à mettre de l'ordre dans la malle à pharmacie. Elle pourrait enfin rentrer à l'hôtel et dormir quelques heures.

— Javier ? Je suis là !

Mais ce ne fut pas le visage du palefrenier qui apparut dans l'embrasure de la porte.

— Kate ? C'est toi ?

— Fitz !

L'adolescente ne put s'empêcher de sourire, malgré son épuisement.

— Qu'est-ce que tu fais là ? reprit-elle. Je pensais que tout le monde était parti depuis une éternité.

— Effectivement. Mais quand j'ai réalisé que t'étais pas rentrée, je suis venu te chercher.

Il s'approcha d'elle et lui ôta doucement la boîte d'anti-inflammatoires qu'elle tenait dans les mains pour la lancer dans la malle.

— Allez, viens. Même toi, tu ne peux pas travailler vingt-quatre heures sur vingt-quatre sans finir par flancher.

— Oui, tu dois avoir raison.

Kate lui laissa prendre sa main et l'entraîner dehors, non sans ressentir une pointe de culpabilité en voyant que le compartiment des compléments alimentaires était sens dessus dessous. Tant pis. Elle essaierait d'arriver un peu plus tôt le lendemain pour ranger tout ça.

Une fois dans l'allée, le jeune homme lui passa son bras autour des épaules.

— T'es super tendue ! Attends, je vais arranger ça.

Elle réprima un bâillement tandis qu'il la faisait pivoter pour lui masser le dos. Elle avait beau être exténuée, les mains du garçon posées sur elle lui envoyèrent comme des décharges électriques dans tout le corps. Elle était tellement focalisée sur cette sensation qu'elle ne réalisa pas tout de suite que Fitz l'entraînait dans la grange.

— Euh… bredouilla-t-elle. Qu'est-ce que… ?

— Chut… murmura-t-il doucement à son oreille.

Sa bouche se promenait à présent le long de son cou.

— Je… euh…

Les battements de son cœur s'accélérèrent lorsque ses lèvres descendirent vers son épaule.

— On ne devrait pas…

Mais il prit son visage entre ses mains pour le tourner lentement vers lui. Ses yeux, tout proches, plongeaient dans les siens avec une intensité qui la fit frissonner. Il posa ses lèvres sur sa bouche, d'abord doucement, puis avec fermeté, ensuite avec fougue. Ses doigts se promenèrent le long de son dos puis descendirent, et avant que Kate réalise ce qui se passait, elle se retrouva allongée dans le foin, Fitz sur elle.

— T'es magnifique, Kate, murmura-t-il d'une voix un peu rauque, tandis qu'il lui effleurait le cou du bout du nez.

Kate voulut répliquer quelque chose, mais elle sentit sa main se glisser sous sa chemise et ne put que retenir sa respiration. Tout ça allait beaucoup trop vite, mais elle ne savait pas comment arrêter le processus. Et puis, elle n'était même pas sûre de vouloir qu'il s'arrête…

— Hé, ho ! s'indigna Tommi en ouvrant les yeux.

Quelqu'un venait de percuter sa chaise longue, si bien qu'elle avait failli tomber. Tandis qu'elle se redressait, elle se rendit compte qu'elle s'était endormie. Pas étonnant. Il commençait à se faire tard, et elle s'était levée à l'aube.

Elle découvrit que c'était Summer qui l'avait heurtée. Sa camarade était tellement cuite qu'elle titubait, ne sachant visiblement pas où aller. Elle finit par trébucher dans la canette à moitié pleine de Tommi.

— Oups ! laissa-t-elle échapper avant d'éclater de rire. Qu'est-ce qu'on se marre, hein ?

Sans attendre sa réponse, elle détala en zigzaguant pour se jeter au cou d'un type, les faisant basculer tous les deux dans la piscine. Tommi réprima un bâillement. Il n'y avait pas si longtemps, elle se serait amusée comme une folle à ce genre de soirée. Mais à présent, cela lui semblait bien futile.

Elle chercha Grant des yeux. Pourvu qu'il n'ait pas englouti trop de bières ! Il devait rentrer chez lui en voiture, après, et la dernière chose qu'elle voulait, c'était de devoir l'héberger dans sa chambre d'hôtel.

Elle ne tarda pas à le découvrir, au milieu de la piscine. Simplement vêtu d'un caleçon, il avait passé ses jambes autour de la taille de Zara et baladait ses mains sur son corps.

Tommi sentit se cœur se serrer en les voyant. Certes, Grant ne l'intéressait pas, et puis c'était un grand garçon. Il pouvait bien fricoter avec Zara ou avec n'importe quelle autre fille, ça lui était égal. Pourtant, quelque chose la chiffonnait, mais elle ne savait pas quoi, et cette impression était vraiment désagréable.

La sonnerie de son téléphone retentit à point nommé pour l'empêcher d'y réfléchir davantage.

C'était Kate.

— Hé, qu'est-ce qui t'amène ? demanda Tommi en tournant le dos à la piscine. T'es toujours à Hounds Hollow ?

— Tommi ?

La voix de Kate tremblait, et son amie devina tout de suite que quelque chose n'allait pas.

— Kate ? Qu'est-ce qui se passe ?

Elle colla le téléphone sur son oreille et fit quelques pas pour s'éloigner de la musique. Il y eut un long silence, si bien qu'elle pensa un instant avoir perdu la connexion. Mais finalement, elle entendit Kate renifler puis expliquer :

— C'est Fitz. On était ensemble, il a commencé à m'embrasser et puis… c'est arrivé.

— Quoi ? Qu'est-ce qui est arrivé ? Oh, mon Dieu ! Vous l'avez… fait ?

Elle retint son souffle en attendant la réponse de son amie. D'après ce qu'elle savait, Kate était vierge. Pourquoi n'avait-elle pas essayé de lui tirer les vers du nez quand elles avaient parlé de lui, l'autre fois ? Kate était tellement secrète. Tommi aurait dû se douter qu'elle ne lui disait pas tout. Elle aurait mieux fait d'écouter sa petite voix intérieure.

— Non… murmura Kate. Pas vraiment… Mais il avait l'air furieux quand je lui ai demandé d'arrêter… J'ai besoin de parler à quelqu'un.

— J'arrive, ne bouge pas.

Tommi raccrocha et pivota sur ses talons pour se diriger vers le bassin. Elle remarqua à peine où Grant en était avec Zara quand elle le héla.

— J'ai besoin de tes clés, cria-t-elle.

Il décolla enfin ses lèvres de celles de sa partenaire et tourna la tête vers Tommi en clignant des paupières, un peu embarrassé.

— Euh… quoi ?

— Je dois retourner à Hounds Hollow. Tu me prêtes ta voiture ?

Il avança vers elle dans l'eau, Zara toujours accrochée à lui, très occupée à lui mordiller le lobe de l'oreille.

— Je vais t'emmener, Tommi, proposa-t-il.

— Pas question, s'indigna-t-elle. Tu ne peux pas conduire dans ton état.

Elle réalisa soudain que ses clés devaient se trouver dans son pantalon. Quelle idiote ! Elle aurait dû se servir et partir sans rien dire. De toute façon, il ne se serait sans doute même pas aperçu de son absence.

Zara sembla remarquer qu'il se passait quelque chose, tout à coup.

— Attends ! On va à Hounds Hollow, là ? lança-t-elle. Waouh ! Tous à l'écurie !

Une poignée de personnes l'entendirent et se mirent à crier à l'unisson. Tommi ne comprenait pas trop ce qui se tramait, mais finalement, tout le monde s'entassa dans plusieurs voitures, y compris la sienne, et ils démarrèrent en direction de Hounds Hollow. Tommi était tout sauf ravie de la situation : l'assistant du maréchal-ferrant, installé à l'arrière de son véhicule, se contorsionnait pour essayer de la tripoter pendant qu'elle conduisait, et Max chantait à pleins poumons dans ses oreilles. Mais ce qui l'inquiétait vraiment, c'était Kate.

Lorsqu'ils arrivèrent, tout était sombre et silencieux. Tommi fila vers les box, laissant les autres sur le parking, qui cherchaient à savoir si quelqu'un avait pensé à emporter les bières.

— Kate ? appela-t-elle en pénétrant dans le périmètre réservé à son club. C'est moi. Où t'es ?

Elle s'arrêta devant la sellerie. Elliot et Javier étaient installés dedans, car elle les entendait ronfler à qui mieux mieux. Elle reprit ses recherches, d'abord dans la grange, puis dans la pièce où était stockée la nourriture. Mais Kate ne s'y trouvait pas. Pas plus que dans le box de Fable, ni près des toilettes. Où était-elle passée ? Tommi commençait à sentir la panique l'envahir. Elle envoya un texto à son amie. En vain. Elle n'obtint pas de réponse.

Enfin, après avoir fait le tour des lieux cinq fois, elle entendit un sanglot étouffé dans un des box.

— Kate ? appela-t-elle doucement en se rapprochant.

L'endroit était habité par Sir, un cheval assez âgé, au caractère doux et calme, qui appartenait à l'un des plus anciens clients de Jamie. Il était monté en ce moment par un débutant de dix ans, mais Tommi se rappela que Kate avait commencé avec lui quand elle était arrivée au club. Sir avait aidé Jamie à la débarrasser de ses mauvaises habitudes. Elle n'avait pas tardé à se tourner vers des chevaux plus difficiles, mais Tommi connaissait la place que Sir occupait dans son cœur.

Scrutant la pénombre, elle aperçut Kate, recroquevillée dans un coin, près du cheval qui somnolait. Elle se glissa à l'intérieur, caressant l'animal au passage.

— Kate, souffla-t-elle, puis elle s'agenouilla sur les copeaux pour passer les bras autour des épaules de son amie. Ne t'inquiète pas, ça va aller.

La jeune fille s'appuya contre elle en sanglotant.

— Il m'a dit que ce n'était pas pareil avec moi, murmura-t-elle.

Puis elle éclata en pleurs, bercée par Tommi.

Il lui fallut dix bonnes minutes pour se ressaisir. Enfin, elle se dégagea, se redressa et s'essuya le visage avec les pans de sa chemise.

— Merci d'être venue, dit-elle entre deux reniflements. Désolée si je t'ai réveillée.

— Ne t'en fais pas, j'étais debout. Il y avait une soirée à l'hôtel.

Un rire étouffé retentit justement non loin d'elles. Sans doute un couple éméché, à la recherche d'un endroit isolé…

— D'ailleurs, tout le monde a débarqué ici, ajouta-t-elle.

Mais ce détail ne semblait pas intéresser Kate.

— Je suis vraiment la dernière des idiotes, gémit-elle.

— Alors, qu'est-ce qui s'est passé ? Aux dernières nouvelles, toi et Fitz étiez juste amis.

— Oui, enfin, c'est ce que j'ai cru au début. Et puis, on est allés dîner ensemble l'autre soir, on a commencé à parler et…

Elle fut interrompue par un hennissement strident.

Tommi se redressa aussitôt. Elles n'étaient pas dans un de ces films où les chevaux hennissent pour un oui ou pour un non. Le cri était bien réel, et l'animal semblait alarmé.

— Tu crois que ça venait de nos écuries ? demanda-t-elle.

— Non.

Kate sauta sur ses pieds et se dirigea droit vers la sortie. Ses soucis s'étaient envolés d'un seul coup.

— Plutôt du terrain de saut d'obstacles.

— Super, ironisa Tommi. Si l'un des chevaux s'est échappé, ces incapables de la sécurité ne s'en rendront même pas compte. Et la dernière chose dont aura besoin cette pauvre bête, c'est d'une bande d'ivrognes pour la pourchasser !

Kate s'était déjà précipitée dans l'allée. Tommi la suivit au pas de course.

Le terrain en question était assez proche. Avant même de l'avoir atteint, Tommi vit qu'il s'y passait quelque chose. Les rayons de lune lui permettaient de distinguer des chevaux et des cavaliers entourés d'une poignée de spectateurs.

— Qu'est-ce qui se passe ici ? cria-t-elle en se rapprochant avec Kate.

— Au suivant ! s'esclaffa l'un des cavaliers – ou plutôt l'une des cavalières. Allez, Mikey, à toi !

— C'est Zara ! fit remarquer Tommi.

— Qui monte-t-elle ? chercha à savoir Kate d'un air inquiet.

Tommi n'était plus très loin de son but maintenant. Elle constata que certains spectateurs étaient appuyés contre la barrière. Un type qui avait l'âge d'être à la fac se retourna vers elle.

— Salut, bébé, lui lança-t-il en buvant une gorgée de bière.

— Qu'est-ce qu'ils fabriquent ?

— Un concours de saut d'obstacles à cru, répondit-il en grimaçant un sourire. John a déjà fait tomber une barre, mais les autres sont toujours de la partie.

Tommi n'avait aucune idée de qui pouvait être ce John, mais peu importait. Les nouvelles n'étaient pas bonnes. Tous les cavaliers semblaient ivres, aucun ne portait de bombe, ni même de chaussures, et les chevaux paraissaient nager en pleine confusion.

— Oh, mon Dieu ! C'est pas la jument de Mme Walsh, là ? demanda Kate.

Elle pointait le doigt vers un grand cheval bai à belle face qui venait d'entamer un galop nerveux.

Tommi ne put que constater qu'elle avait raison.

— Et Zara monte Ford, ajouta-t-elle.

Elle avait reconnu l'irish à la robe alezane, un jeune hunter prometteur qui venait d'arriver au club. Son propriétaire l'avait confié à Jamie pour qu'il le vende. Le visage grave, elle secoua la tête.

— Ils ont dû choisir leurs montures au hasard.

Tommi avait du mal à croire que les palefreniers n'aient rien entendu. Elle retint son souffle en voyant Mike – un cavalier d'un club voisin qui s'était distingué aux concours de saut – lancer sa jument vers l'un des obstacles. Elle le franchit sans problème, et Tommi s'autorisa à respirer. Les spectateurs – dont Summer, Dani, Marissa et Max – applaudirent bruyamment.

— Si Jamie apprend ce qui se passe ici, dit Tommi, il les virera tous, et pas seulement Zara. On devrait essayer de les raisonner.

— Plus haut, criait celle-ci en désignant l'obstacle de l'index. Je vais vous montrer, bande d'attardés, de quoi on est capable sur la côte ouest !

Dani et Summer se précipitèrent vers le vertical en pouffant. Elles s'emparèrent si maladroitement de la barre supérieure qu'elles faillirent s'assommer avec, jusqu'à ce que Dani parvienne à retirer l'une des fiches du chandelier.

Tommi se faufila sous la barrière pour se diriger vers elles.

— Arrêtez vos bêtises, dit-elle. Aidez-moi plutôt à ramener ces chevaux dans leurs box avant que quelqu'un s'aperçoive de leur absence.

— Stresse pas, ma vieille, répliqua Dani d'une voix pâteuse.

Tommi l'avait déjà vue avec un coup dans le nez, mais jamais dans cet état-là.

— Ouais, renchérit Summer entre deux gloussements. Je veux voir qui va gagner.

Elles étaient arrivées à monter la barre. Zara passa près d'elles sur l'alezan, les jambes nues et les rênes longues.

— Plus haut ! ordonna-t-elle.

— O.K., si t'insistes.

Dani déplaça sa fiche d'un cran, et Tommi se tourna vers Zara.

— Écoute-moi, Zara...

Mais c'était trop tard. La cavalière lançait déjà son cheval au trot, puis au petit galop pour pouvoir faire ensuite demi-tour vers l'obstacle.

— Attends ! glapit Summer. Je suis pas prête !

Dani avait placé la barre à un mètre quarante-cinq, mais son amie se démenait toujours pour tenter de remonter son côté. Zara revenait dans leur direction, si bien que Summer dut abandonner et s'écarter. Tommi pensa un moment se mettre devant l'obstacle pour obliger la cavalière à s'arrêter. Mais elle n'osa pas. Dans son état, qui sait si Zara la verrait ? - ou même consentirait à stopper au cas où elle l'apercevrait ?

Elle courut rejoindre Kate près de la barrière.

— Elle est dingue ! cria celle-ci.

— Complètement, renchérit Tommi sans quitter des yeux le cheval. Mais avec un peu de chance, il va piler devant l'obstacle, et Zara tombera sur Summer...

Elle grimaça un sourire malgré elle, même si la situation était loin d'être drôle.

La monture de Zara ne freina pas, bien au contraire. Elle fonça vers la barre de travers et prit son appel de très loin – beaucoup trop loin. Devinant ce qui allait se passer, Tommi voulut fermer les yeux. Mais elle les garda ouverts malgré elle et vit, impuissante, les antérieurs du cheval heurter la barre supérieure. L'animal fit la culbute et atterrit lourdement sur le dos.

CHAPITRE 19

La terre et le ciel se rejoignirent plusieurs fois sous les yeux de Zara comme dans un cauchemar, tandis qu'elle tournoyait dans les airs. Puis son dos heurta de plein fouet le sol, si bien qu'elle en eut la respiration coupée. Elle lutta de toutes ses forces pour la reprendre. Inspiration, expiration, inspiration, expiration…

Enfin, après quelques secondes qui lui parurent une éternité, ses poumons se remirent à fonctionner. À cet instant seulement, elle prit conscience des cris et de l'agitation qui régnaient autour d'elle.

Marissa s'agenouilla à côté d'elle.

— Ça va ? cria-t-elle en sanglotant. Oh, mon Dieu ! Zara ! Réponds-moi !

Avant que l'interpellée ait pu répliquer quoi que ce soit, elle vit Tommi repousser Marissa et se pencher vers elle.

— Ne bouge pas, ordonna-t-elle.

Zara croyait entendre Jamie ! Elle aurait éclaté de rire si elle n'avait pas été tout à fait certaine que ça lui ferait un mal de chien.

— Ça va, déclara-t-elle enfin.

Elle se hissa en position assise en laissant échapper un petit grognement de douleur.

— Qu'est-ce qui s'est passé ? voulut-elle savoir.

— Le cheval s'est retourné au-dessus de l'obstacle, expliqua Tommi. Heureusement, il t'a éjectée, sinon il te serait retombé dessus.

Zara suivit son regard : un petit groupe s'était réuni autour du bel alezan que Kate s'efforçait visiblement de faire marcher.

— Houlà, dit-elle. Est-ce qu'il va bien ?

— Il s'est relevé. C'est déjà ça.

Dani arriva en courant.

— Il boite, annonça-t-elle. Kate veut appeler Jamie et le vétérinaire.

Tommi acquiesça avant de sortir son téléphone.

— Attends ! cria Zara.

La chute l'avait presque tout à fait dessaoulée, et elle réfléchissait à toute vitesse à ce qui venait de se passer – et à ce qui risquait d'arriver ensuite.

— N'appelle pas Jamie.

— On n'a pas le choix, rétorqua Tommi, qui faisait déjà défiler les noms de son répertoire.

Zara bondit vers elle pour attraper son téléphone. Sa cuisse frotta le sol à l'endroit où sa peau la faisait souffrir. Aïe ! Ça n'allait pas arranger sa blessure ! Il faudrait qu'elle évite les shorts pendant quelque temps…

— Rends-moi ça ! gronda Tommi en essayant de récupérer son appareil.

Zara le cacha derrière son dos.

— Écoute-moi, commença-t-elle. Il ne faut pas que Jamie apprenne ce qui s'est passé. Je suis sur un siège éjectable, tu sais bien.

— Peut-être, mais tu aurais dû y penser avant de jouer ton petit numéro.

Le regard de Tommi était froid et dépourvu de toute sympathie.

— Tommi !

Kate s'avançait vers les deux jeunes filles avec l'alezan.

— T'as eu Jamie ?

— J'essaie, répliqua son amie en foudroyant Zara du regard. Rends-moi mon téléphone.

Mais celle-ci avait tourné la tête vers le cheval.

— J'ai pas l'impression qu'il boite, moi.

— Je viens de le faire trotter, expliqua Kate. Il a agité la tête tous les sens à la première foulée. Je crois que c'est le ligament suspenseur de l'antérieur gauche.

— Oh, non ! s'exclama Marissa. C'est mauvais signe. Ma tante a dû envoyer son meilleur hunter à la retraite à cause d'un problème de ce genre.

Zara jetait maintenant des coups d'œil désespérés autour d'elle. La moitié des fêtards s'étaient dispersés avec les chevaux. Ceux qui restaient s'étaient rassemblés autour d'elle et de l'alezan blessé. Kate, Marissa, Sumer, Dani, Max, et le copain sexy de Tommi… tous la dévisageaient, pensant vraisemblablement que c'était la dernière fois qu'ils avaient l'occasion de la juger. Jamie allait la jeter dehors si violemment qu'elle se retrouverait peut-être catapultée sur la côte ouest.

— Ne l'appelez pas, sinon... laissa-t-elle échapper.

— Sinon quoi ? s'insurgea Tommi en roulant des yeux indignés.

Elle fit une nouvelle tentative pour récupérer son téléphone, avec succès cette fois.

— Sinon... je dis à Jamie que Javier est un clandestin.

Elle avait lancé cette menace au hasard, se fiant au fort accent du palefrenier et à son air perpétuellement inquiet. Mais quand elle vit les yeux de Max s'élargir comme des soucoupes, elle comprit qu'elle avait tapé dans le mille.

— Je vous assure que c'est vrai, bluffa-t-elle. Je sais de source sûre qu'il a de faux papiers. Si vous racontez à Jamie ce que j'ai fait, j'irai tout lui balancer.

Tommi glissa un regard vers Max, puis vers Kate. Pendant un instant, tout le monde se dévisagea en silence.

Finalement, Max prit la parole.

— Je vais ramener Ford à son box et lui masser la jambe. Il s'en remettra sans doute avec un peu de repos.

— Oui, renchérit Marissa. Il a dû se cogner contre la barre. Demain matin, il sera rétabli.

Dani et Summer acquiesçaient déjà. Zara tourna la tête vers Tommi et Kate, qui échangeaient un long regard.

Finalement, Tommi haussa les épaules, et Kate déclara doucement :

— On n'a qu'à attendre demain matin pour voir comment il va.

À son arrivée à Hounds Hollow, le lendemain, Tommi souffrait d'un tel mal de crâne qu'elle doutait qu'une tasse de café puisse y remédier. Elle s'était retournée dans son lit toute la nuit en se demandant si ses camarades et elle avaient bien fait de céder au chantage de Zara. Mais avaient-ils eu le choix ? Jamie ne plaisantait pas avec les questions d'immigration – il répétait souvent que le monde équestre avait déjà une assez mauvaise réputation en la matière. S'il découvrait que Javier avait de faux papiers, il le mettrait dans le bus pour Mexico avant même qu'il ait pu dire *adios*. Le cheval était blessé, certes, mais on ne pouvait pas revenir là-dessus. Pourquoi le palefrenier devrait-il payer l'attitude de Zara ?

Pourtant, la décision qu'ils avaient prise n'était pas facile à accepter. Tommi était si profondément plongée dans ses pensées qu'elle ne remarqua même qu'elle arrivait au box du cheval blessé. Elle ne s'en aperçut que lorsqu'elle vit Jamie et le vétérinaire en sortir.

— Je reviendrai plus tard dans la matinée, déclara celui-ci avant de s'éclipser.

— Qu'est-ce qu'il y a ? demanda l'adolescente.

Jamie se passa une main sur le visage en soupirant.

— Ford est parvenu à se blesser cette nuit, Dieu sait comment. Il s'est déchiré le ligament suspenseur et peut-être fracturé le garrot. La seule explication possible, c'est qu'il soit tombé violemment dans son box.

— Waouh.

Le cœur de Tommi se serra. C'était pire que ce qu'elle pensait. Et dire que l'entraîneur et le vétérinaire croyaient que l'animal s'était blessé aussi gravement juste en tombant sur le flanc ! Mais elle devait bien admettre que les chevaux pouvaient se faire mal avec trois fois rien. Et si tout le monde affirmait qu'il n'avait pas quitté son box…

— Il était en pleine forme hier, quand je l'ai quitté, reprit Jamie. Miguel a découvert le problème ce matin en voulant le longer.

Il la dévisagea un moment avant de continuer :

— Tu aurais une idée ? J'ai appris que vous étiez revenus ici cette nuit…

Comment savait-il ça ? Rien ne lui échappait, décidément !

— Non, désolée.

Tommi détestait mentir à son entraîneur. À tel point qu'elle fut tentée de lui dire la vérité. Tant pis pour Zara. Mais juste à ce moment-là, elle aperçut Javier qui s'affairait au bout de l'allée, une selle sur chaque bras, et elle se rappela soudain qu'elle avait une bonne raison de cacher la réalité à Jamie.

Pourtant, elle avait le mensonge en horreur.

— Merci, Javier, dit Kate au palefrenier, qui achevait de resserrer la sangle de Fable.

Lorsqu'il leva la tête dans sa direction, elle n'osa pas croiser son regard : elle avait trop peur qu'il y lise de la culpabilité. Est-ce que Max ou quelqu'un d'autre l'avait mis au courant des menaces de Zara ? Elle n'en savait rien. Il paraissait aussi calme et concentré que d'habitude, et son visage restait impassible.

Elle avait beau s'efforcer de ne pas penser aux événements de la nuit précédente, elle n'y arrivait pas. Les mêmes images repassaient en boucle dans son esprit – l'incident avec Fitz dans le foin, puis le fiasco avec le cheval sur la carrière – si bien que les deux événements finirent par lui sembler plus horribles l'un que l'autre. Jusqu'ici, elle avait heureusement réussi à éviter Fitz et Jamie, mais Tommi lui avait révélé le diagnostic du vétérinaire.

— T'es prêt, mon vieux ? murmura-t-elle en prenant les rênes du cheval.

Il s'ébroua et lui donna un coup de tête si violent qu'elle faillit aller heurter le mur. Elle calma sa monture d'une caresse, puis tira les rênes d'un petit coup sec pour l'inciter à avancer. Au moins, sa nuit tumultueuse l'avait empêchée de penser à son tout premier concours de Hunter équitation avec Fable.

Pourtant, dès que l'échauffement débuta, le stress de la compétition la submergea de nouveau, balayant d'un seul coup ses autres préoccupations. Était-elle assez préparée ? Elle et son cheval avaient beaucoup progressé depuis leur premier cours désastreux. Mais cela suffirait-il ?

Elle resta sur le terrain d'échauffement aussi longtemps que possible. Elle fut même tentée un moment de passer son tour. Non, impossible ! Jamie s'était démené pour qu'elle soit fin prête : elle ne pouvait pas le laisser tomber.

— Allez, mon grand, déclara-t-elle à Fable avec un soupir. De toute façon, on n'a rien à perdre.

En se dirigeant vers la carrière réservée à l'épreuve, la jeune fille aperçut la silhouette de son entraîneur près de l'entrée. Même de dos, il paraissait absorbé par ce qui se passait sur le terrain, à en juger par ses épaules contractées. Elle s'approcha davantage et comprit aussitôt pourquoi. Fitz venait de commencer son parcours.

À la vue du jeune homme, Kate fut de nouveau envahie par les émotions de la nuit précédente – les agréables comme les plus pénibles. Elle arrêta sa monture près de la porte pour regarder le jeune homme à l'œuvre. Il semblait à la fois détendu et déterminé – et incroyablement sexy, ce qui réveilla en elle des sentiments contradictoires : malgré sa colère, elle ne pouvait s'empêcher de ressentir un certain trouble. Il abordait chaque obstacle, chaque tournant avec une concentration intense, si bien que son cheval paraissait se mouvoir sans aucun effort sur ce parcours pourtant difficile.

Quand il sortit du terrain, Fitz avait le sourire aux lèvres. Il lança une plaisanterie à Jamie, puis tourna la tête et vit Kate sur sa monture.

— Kate ! Où t'étais ? J'ai essayé de …

— Kate, c'est à toi, le coupa Jamie. La détente s'est bien passée ?

Elle se contenta d'acquiescer d'un signe de tête, incapable de prononcer un mot.

— Souviens-toi de ce qu'on a fait la semaine dernière : du rythme, de l'impulsion. Reste souple et veille à tes battues d'appel, Fable s'occupera du reste, O.K. ?

Il donna une tape amicale au cheval, recula et salua la cavalière et sa monture lorsqu'elles passèrent devant lui.

Kate avait la tête vide en entrant sur la carrière. Heureusement, elle pouvait compter sur ses automatismes : elle lança Fable au trot puis au petit galop presque sans y penser pour rejoindre le cercle de départ.

Elle savait qu'elle devait sortir de sa torpeur. Certes, Fable n'était pas un cheval ultrasensible comme Ellie ou Legs : il n'allait pas paniquer en percevant le manque de concentration de sa cavalière. Mais ce n'était pas un simple parcours de Hunter. Il était parsemé de difficultés variées, notamment d'un demi-tour serré, en plus d'obstacles très rapprochés. L'animal aurait besoin d'être guidé un minimum si elle ne voulait pas se ridiculiser.

L'espace d'un instant, elle se sentit complètement découragée. Elle devrait peut-être s'arrêter, s'excuser et quitter la carrière.

En sortant du cercle, elle leva la tête vers l'entrée. Le visage de Jamie surgit au milieu de la foule ; il lui adressa un sourire et tendit ses pouces vers elle.

Maintenant, elle ne pouvait plus abandonner. Pour son entraîneur, pour elle, et aussi pour son cheval. Elle ne laisserait pas Fitz tout gâcher.

Que ferait Tommi à sa place ? se demanda-t-elle en dirigeant Fable vers le premier obstacle. Elle savait au moins une chose : que son amie ne permettrait pas à un stupide garçon de tout flanquer par terre. Elle se ressaisirait, redresserait la tête et avancerait.

Comme ils approchaient du premier vertical, Kate, s'efforçant de canaliser l'énergie de sa monture, parvint à réduire ses foulées. Fable le franchit parfaitement, et à partir de ce moment, la jeune fille réussit à se concentrer et à ne penser à rien d'autre qu'au parcours.

À la fin de celui-ci, elle et sa monture semblaient ne plus faire qu'un seul être : ils communiquaient en silence et se mouvaient ensemble dans une belle harmonie. L'adolescente n'avait jamais rien ressenti d'aussi agréable.

Jamie l'accueillit avec un sourire jusqu'aux oreilles.

— Tu vois ? Je t'avais bien dit que tu en étais capable ! Tu as fait un parcours exceptionnel !

— Merci.

Kate lui rendit son sourire et se pencha sur l'encolure de son cheval pour le caresser.

— Et merci pour Fable, renchérit-elle. Il est incroyable !

Elle se raidit soudain en apercevant Fitz. Il avait dû confier sa monture à l'un des palefreniers, car il se tenait debout, sa bombe sous le bras.

— Bravo ! dit-il. Si on ne te donne pas de flot après ça, c'est que le juge est soit aveugle, soit complètement stupide.

Au lieu de répondre, la jeune fille passa devant lui, les yeux fixés sur l'horizon. Quant à Jamie, il s'était déjà tourné vers Summer pour lui donner un dernier conseil avant son parcours.

— Kate, attends ! cria le garçon tandis qu'il courait derrière elle. Je voudrais qu'on parle.

— Je n'ai rien à te dire.

Kate s'apprêtait à mettre pied à terre, mais elle se ravisa et guida Fable vers les box.

Fitz dut s'élancer au pas de course pour rester à sa hauteur.

— Arrête, Kate. Tu peux au moins me laisser te faire des excuses. Je suis désolé à propos de l'autre nuit. J'aurais pas dû insister comme ça, c'était vraiment pas sympa. Je voulais juste me rapprocher de toi, c'est tout, mais je me suis emporté.

Ils avaient dépassé la foule et se retrouvaient maintenant dans un endroit plus tranquille entre les carrières. Kate arrêta son cheval et le foudroya du regard, du haut de sa monture, incapable d'en entendre davantage.

— Tu me prends vraiment pour une idiote ! cria-t-elle. Je me suis fait avoir une fois par ton baratin, mais ne crois pas que je tomberai dans le panneau une deuxième fois !

— C'était pas du baratin ! Pas avec toi. Tu n'es pas comme les autres, affirma-t-il en posant une main sur sa cuisse.

Elle la repoussa si violemment que Fable, surpris, broncha et fit quelques pas sur le côté.

— Ne me touche pas ! siffla-t-elle.

— S'il te plaît, Kate, implora-t-il en se rapprochant d'un pas. Je pense vraiment que tu n'es pas comme les autres. Je ne bluffe pas, tu sais. Je n'ai jamais rencontré quelqu'un d'aussi extraordinaire que toi, et ça me tue de savoir que je t'ai blessée. Qu'est-ce que je dois dire pour te convaincre ? Qu'est-ce que je dois faire pour te le prouver ?

— Rien. T'as gâché toutes tes chances hier.

— C'est trop, gémit-il. Sérieusement, Kate. Comment je pourrais te persuader de ma sincérité ? Parle ! Même si c'est complètement fou, je n'hésiterai pas. Même s'il faut que je chante sous ta fenêtre ou que je me fasse tatouer ton nom sur le visage.

— Je ne veux rien de toi.

Elle pressa ses mollets contre les flancs de Fable pour l'inciter à avancer.

— Pourquoi est-ce que je devrais te croire ? reprit-elle.

— Parce que je dis la vérité. Je suis prêt à n'importe quoi pour toi. N'importe quel sacrifice. Sérieusement.

Elle s'arrêta à nouveau et lui lança un regard furieux.

— Tu te fiches vraiment de moi, ma parole ! Tu n'as jamais rien pris au sérieux de ta vie. Tu te laisses entraîner par la douceur de vivre sans fournir le moindre effort. À part peut-être pour monter à cheval et pour te moquer des filles. Tes deux seuls talents.

Son visage se fendit d'un sourire triste.

— Personne ne se fait d'illusions sur toi. Y compris moi. Tu ne sais même pas ce que le mot « sacrifice » veut dire. Et tu ignores complètement ce que je désire.

— Kate… commença-t-il, l'air étonné – et peut-être un peu blessé.

Aucune importance. Elle ne voulait plus le regarder. Si elle restait là une seconde de plus, elle avait peur d'éclater en sanglots. Elle demanda le petit trot à sa monture et s'enfuit vers son box.

CHAPITRE 20

Le lendemain matin, Zara finit par trouver sa gueule de bois presque agréable par rapport à ce qu'elle endurait par ailleurs. Son mal de crâne et ses nausées lui faisaient presque oublier l'attitude dédaigneuse des autres. Les palefreniers et la plupart des juniors lui avaient lancé des regards haineux toute la matinée. Même cette idiote de Summer la fuyait, ce qui l'énervait au plus haut point.

Le seul qui se comportait normalement avec elle, c'était Jamie. Enfin, normalement dans son langage à lui. Mais elle s'en contenterait, pour une fois.

— Je ferais sans doute mieux de me casser d'ici, murmura-t-elle à Keeper en s'arrêtant devant son box pour le caresser. Ça te dérangerait, toi, si on loupait le CSO ?

C'était tentant. Pourquoi ne pas déguerpir ? Elle était indésirable, ici, de toute façon.

Mais elle savait très bien qu'elle ne pouvait pas. Jamie serait furieux si elle abandonnait l'épreuve dont elle avait parlé toute la semaine. Et ça éveillerait peut-être ses soupçons. Elle avait entendu dire que le cheval qu'elle avait monté la nuit précédente était méchamment blessé. Personne ne l'avait mise au courant, vu qu'il n'y en avait pas un qui acceptait de lui parler. Mais elle avait surpris une conversation à mi-voix entre deux filles.

Elle passa le reste de la matinée à traîner autour des terrains et à regarder du coin de l'œil deux ou trois concours ennuyeux, puis elle déjeuna – toute seule. Ensuite elle retourna voir Keeper, que Javier était en train de préparer pour elle.

— Il est bientôt prêt, mademoiselle, annonça-t-il poliment de sa voix douce.

Zara acquiesça en silence sans oser le regarder. Est-ce qu'il savait ? Quelqu'un lui avait-il révélé ce qu'elle avait fait ?

— Écoute, Javier… commença-t-elle.

Puis elle s'arrêta. Qu'est-ce qu'elle était censée lui dire ? « Désolée si j'ai menacé de révéler ta clandestinité à Jamie, n'y vois rien de personnel, je ne voulais pas que tu te fasses virer » ? Elle ne pouvait pas lui sortir ça, même si ce n'était pas faux.

Avant qu'elle ait pu décider quoi que ce soit, Jamie apparut dans l'allée.

— Ah ! tu es là, déclara-t-il en se dirigeant vers elle. Suis-moi. Les autres sont déjà en train de s'échauffer.

Quelques instants plus tard, l'adolescente et sa monture foulaient le terrain d'entraînement bondé. Plusieurs de ses camarades s'apprêtaient à participer à cette épreuve : Fitz, Dani et Tommi. Mais elle s'efforça de les ignorer, focalisant son attention sur son cheval ou sur Jamie.

Lorsque Tommi et Dani quittèrent la carrière avec l'entraîneur, la jeune fille se détendit un peu. Fitz n'avait pas assisté au fiasco de la nuit précédente, même si on devait lui avoir raconté l'histoire dans ses détails les moins glorieux. Elle lui lança plusieurs coups d'œil en passant devant lui. Enfin, elle parvint à croiser son regard. Mais il ne paraissait pas vouloir la rejoindre, et elle décida de garder ses distances.

Puis, ce fut son tour de rejoindre le terrain d'obstacles. Keeper semblait en forme quand ils entrèrent : il avait l'air calme et concentré. En le voyant pointer les oreilles vers l'un des obstacles – le plus coloré –, elle sourit, soudain beaucoup plus à l'aise.

— Allez, mon grand, on va leur montrer de quoi t'es capable, murmura-t-elle tandis qu'elle ajustait ses rênes. Si on doit partir, que ce soit en beauté.

Keeper s'envola au-dessus du premier obstacle avec le style gracieux d'un hunter. Dès la réception, Zara serra les jambes pour l'inciter à accélérer. Le cheval s'exécuta immédiatement, les oreilles orientées vers l'obstacle suivant.

Passé le cinquième, Zara, le sourire aux lèvres, avait oublié tous ses soucis et savourait la joie de sa chevauchée.

Après le virage, elle calma un peu sa monture pour étudier le vertical qui venait ensuite. Quand elle le découvrit, son cœur se mit à battre à tout rompre : c'était celui qui avait provoqué sa chute la nuit précédente. On l'avait néanmoins quelque peu modifié : il était moins haut et plus massif. Mais le voir suffit à lui faire revivre l'accident – le cheval qui filait vers l'obstacle, l'instant où elle s'était rendu compte qu'ils ne pourraient pas le franchir, ses jambes nues perdant le contact avec le flanc de l'animal lorsqu'elle avait été projetée en l'air, les barres s'effondrant dans un grand fracas, le bruit sourd du cheval qui s'écrasait sur le dos, à quelques pas d'elle…

L'espace d'une seconde, elle se figea. Keeper, qui se dirigeait toujours vers sa cible, ressentit son appréhension et sembla hésiter, attendant une réaction de sa part. Comme celle-ci ne venait pas, il décida de sauter malgré tout, mais étant parti de trop près, il toucha la barre supérieure, qui percuta le sol. Un murmure compatissant retentit parmi les spectateurs.

Keeper continua néanmoins vers l'obstacle suivant. Mais Zara avait perdu toute confiance en elle. Elle tira sur les rênes afin que sa monture ralentisse. Puis, une fois au pas, elle leva la main vers le juge pour lui signaler qu'elle abandonnait.

Jamie l'attendait devant la porte.

— Qu'est-ce qui s'est passé ? l'interrogea-t-il d'un air interloqué. Ce n'était qu'une barre.

Zara se contenta de secouer la tête, consciente des douzaines de paires d'yeux posées sur elle. Elle ne comptait pas perdre contenance devant tous ces gens. Pas question. Jetant les rênes de son cheval au plus proche palefrenier, elle s'enfuit en courant.

Quand elle atteignit l'allée des box, elle tomba nez à nez avec Tommi et Kate. La première portait toujours sa tenue de compétition, bien que sa monture et sa bombe aient disparu. Quant à la seconde, elle était aussi mal attifée que d'habitude, avec son t-shirt et son jean maculés d'onguent pour sabots et de bave de cheval.

Zara voulut les contourner, mais Tommi lui bloquait le passage.

— On t'attendait, déclara-t-elle.

— J'ai pas le temps, rétorqua Zara en tentant d'avancer malgré tout.

— On a quelque chose d'important à te dire, répliqua Tommi, la mine grave. Il faut faire quelque chose à propos du cheval.

— Oui, renchérit doucement Kate. On aurait dû prévenir Jamie tout de suite. Le tendon suspenseur de Ford est vraiment mal en point. Il se pourrait qu'il ne puisse plus jamais sauter.

— Tu dois avouer la vérité à Jamie, reprit Tommi. Si tu ne le fais pas, on s'en chargera nous-mêmes.

— Non ! cria Zara. Il va me virer, c'est sûr. Et je ne veux pas partir !

Elle recula d'un pas en réalisant ce qu'elle venait de dire. Maintenant, les deux filles savaient qu'elle se plaisait dans ce stupide club… Et qu'elle voulait à tout prix rester. Est-ce qu'elles se rendaient compte à quel point c'était important pour elle ?

Tommi et Kate échangèrent un regard et gardèrent le silence pendant quelques secondes.

— Écoute, finit par dire Tommi.

Un bruit de pas retentit soudain, et toutes les trois tournèrent la tête. Jamie et Fitz venaient d'apparaître. Le garçon arborait un grand sourire, et Zara en déduisit qu'il avait réussi son épreuve – il était passé juste après elle.

L'entraîneur sembla ressentir la tension ambiante.

— Qu'est-ce qu'il y a ici ? voulut-il savoir.

Tommi n'était plus capable de réfléchir. Jamie les dévisageait toutes les trois, attendant une réponse. Mais elle hésitait à parler. Elle jeta un coup d'œil à Zara, qui affichait un air froid et tourmenté, puis à Kate. Celle-ci avait viré au blanc linceul quand Fitz était arrivé, et fixait maintenant ses bottines avec obstination.

Bon. Tommi comprit qu'elle allait devoir se lancer.

— Je suis contente que vous soyez là, Jamie. On voudrait vous parler de ce qui est arrivé à Ford.

— Ah ? s'étonna l'entraîneur, et ses sourcils se haussèrent.

Tommi lança un nouveau regard vers Zara. La colère avait disparu de son visage. Maintenant, elle semblait tendue et un peu triste.

Tommi pouvait-elle vraiment tout balancer à l'entraîneur ? Elle était connue pour ses nerfs d'acier. Mais aurait-elle le cran de dénoncer Zara en sa présence ? La faire virer alors qu'elle venait d'apprendre que le club avait de l'importance pour elle ? Elle vit les yeux de Fitz s'écarquiller : il avait deviné ce qu'elle s'apprêtait à dire. Elle entendit la respiration saccadée de Zara.

— Euh… commença-t-elle, je voulais juste… On voulait juste vous dire qu'on était désolées que Ford se soit blessé dans son box.

— Attendez ! ce n'est pas tout, intervint Zara, la voix un peu tremblante. *Je* voudrais ajouter quelque chose. Quelque chose que vous devez savoir…

Kate, en entendant les dernières paroles de Zara, sortit de sa torpeur. Depuis que Fitz était apparu devant elle, toutes ses pensées convergeaient vers lui. Et même si elle s'efforçait de ne pas le regarder, la gêne et la honte la submergeaient. Avait-elle eu tort de refuser ses excuses ? Ou devait-elle s'en vouloir d'avoir osé espérer qu'elles soient sincères ?

Mais elle oublia toutes ces préoccupations en réalisant ce qui était en train de se passer. Zara allait-elle vraiment avouer ce qu'elle avait fait ? Kate n'était pas certaine qu'elle en aurait le cran.

— Je sais qu'on n'était pas censés retourner à Hounds Hollow au milieu de la nuit, déclara l'adolescente, mais je ne pensais pas que les choses tourneraient mal. Enfin, je veux dire… je voulais juste faire la fête, vous voyez ? Ellie avait tellement bien réussi le concours, et ça me paraissait une bonne idée d'organiser une soirée…

Elle sembla se rendre compte qu'il valait mieux ne pas tourner plus longtemps autour du pot : elle prit une longue inspiration et regarda Jamie droit dans les yeux.

— Bref, j'ai...

— Non... murmura Kate.

Si l'entraîneur apprenait la vérité, Zara pouvait dire adieu à Pelham Lane. Il accordait parfois une seconde chance, mais jamais une troisième.

— Attendez ! intervint Fitz, empêchant Zara de poursuivre.

Il se tourna vers Jamie.

— Je suis désolé. Je sais que j'aurais dû vous le dire tout de suite. C'est moi qui ai... C'est à cause de moi que Ford s'est blessé.

— Quoi ? s'exclama son interlocuteur.

Kate n'en revenait pas.

— Oui, reprit le garçon. Je voulais impressionner une fille de Fair Fields et comme vous m'aviez laissé monter Ford de temps en temps, je l'ai choisi lui, parce que je le maîtrise bien. Bref, j'avais trop bu l'autre nuit pour réaliser la gravité des choses. Mais je suis vraiment désolé. Je vais faire en sorte que mes parents vous dédommagent.

Jamie avait pris une expression sévère.

— Je vois, dit-il d'un ton glacial qui fit frissonner Kate.

Elle était contente de ne pas se trouver à la place de Fitz en ce moment.

— Je le répète, je suis vraiment désolé. Mais je suis soulagé d'avoir parlé, je ne pouvais plus me taire. Ou pire, laisser quelqu'un d'autre s'accuser à ma place et se sacrifier pour moi.

Il glissa un œil vers Kate en prononçant ce dernier verbe et la vit prendre une longue inspiration.

— Viens avec moi, ordonna l'entraîneur – on sentait qu'il retenait sa colère. Nous allons continuer cette conversation en privé.

Il s'éloigna à grands pas. Avant de le suivre, le garçon plongea des yeux implorants dans ceux de Kate. La jeune fille n'avait plus aucun doute. Il avait fait ça pour elle.

Une fois le garçon et l'entraîneur partis, les autres restèrent un moment figés. Puis Zara rompit le silence.

— J'ai rien compris. Qu'est-ce qui s'est passé, au juste ?

— Aucune idée, répliqua Tommi. Quelle mouche a piqué Fitz ?

Elle regarda brièvement Zara avant d'ajouter :

— Même si tous les deux vous avez…

— On n'a rien du tout. Ça aurait peut-être eu du sens si je l'avais intéressé, mais ce n'est pas le cas, à mon avis…

Kate restait muette. Elle n'arrivait pas à y croire. Pourtant elle ne voyait pas d'autre explication : il venait d'accomplir le geste fou dont il se disait capable un peu plus tôt… Il lui prouvait ainsi qu'il était prêt à tous les sacrifices pour la récupérer. Ça lui semblait dément, mais en même temps vraiment adorable.

— Alors, qu'est-ce qu'on fait maintenant ? demanda Zara. Vous comptez quand même dire la vérité à Jamie ?

La question de Zara fut suivie par un long silence. Tommi était déconcertée. Elle essayait toujours de comprendre ce qui s'était passé. Ça lui semblait injuste que Zara s'en sorte aussi facilement et que Fitz soit puni pour quelque chose qu'il n'avait pas commis.

Kate se tourna vers Tommi.

— Jamie ne va quand même pas le virer !

— Ça m'étonnerait. Mais il va l'avoir dans le collimateur pendant un bon bout de temps.

— Écoutez, intervint Zara. J'ai pas envie de me sentir coupable chaque fois que je mettrai les pieds dans ce stupide club. Je devrais peut-être aller trouver Jamie et tout lui raconter. Et m'excuser auprès de Javier. De toute façon, je ne l'aurais jamais dénoncé, même si mon intuition s'est révélée exacte.

Tommi lisait de la détermination dans son regard.

— Va faire tes excuses à Javier si tu veux, mais ne dis rien à Jamie. Fitz n'a peut-être pas blessé ce cheval, mais il est coupable de pas mal d'autres méfaits pour lesquels il mérite une punition.

Elle lança un regard à Kate. Celle-ci, les yeux perdus dans le vague, semblait essayer de comprendre la situation – ou de se remettre des émotions que la présence de Fitz lui avait causées. Tommi verrait ça plus tard avec elle.

— Et puis, si Fitz insiste pour porter le chapeau, reprit-elle en se tournant de nouveau vers Zara, laissons-le faire.

Ses parents peuvent payer les soins du cheval, ou en acheter un autre aux propriétaires.

— O.K., dit Zara, mais je …

— Je sais que c'est parfois facile de dérailler, l'interrompit Tommi. Surtout quand le monde entier a les yeux fixés sur toi et n'attend qu'une chose : que tu te plantes. Je veux te donner une autre chance, à condition que tu regrettes vraiment ce que t'as fait. Mais ce sera la dernière. À la prochaine bêtise, je ne te louperai pas.

À ces mots, Zara roula des yeux. Elle n'était toujours pas à l'aise avec le comportement suicidaire de Fitz, d'autant qu'elle en ignorait la raison. Mais ce ton moralisateur lui plaisait encore moins.

Elle faillit lancer une remarque sarcastique, mais elle renonça en rencontrant le regard de Tommi. Peut-être qu'elle la comprenait vraiment. Au moins un peu. Tommi avait grandi dans le même monde qu'elle, ou presque. Mais Zara pouvait-elle lui accorder sa confiance ? Garderait-elle un tel secret ? Et les autres ?

De toute façon, elle n'avait pas tellement le choix.

— Tommi a raison, intervint Kate de sa petite voix – dans laquelle on percevait une certaine assurance, pour une fois. C'est la décision de Fitz. Même s'il n'a pas réfléchi à ce qu'il faisait, il doit l'assumer maintenant.

Elle lança un regard à Tommi.

— *Surtout* s'il a agi sans réfléchir.

Son amie écarquilla des yeux. Puis elle acquiesça.

Zara n'avait aucune idée de ce que tout ça voulait dire. Mais elle s'en fichait pas mal, après tout. Ce qui comptait, c'était ce que ça signifiait pour elle. Elle s'en était tirée. Jamie ne la virerait pas, en tout cas pas pour l'instant. Et peut-être qu'elle pouvait compter deux personnes supplémentaires parmi ses amies. Enfin… elle avait rencontré deux filles qu'elle aimerait bien avoir pour amies. Après tous ces événements, elle savait qu'il se passerait du temps avant qu'elles acceptent de lui faire confiance – de même que les gens autour d'elle avaient dû prouver qu'elle pouvait leur accorder la sienne. Mais ça pouvait valoir le coup.

Soudain, Tommi s'écria en regardant sa montre :

— Oh ! mon Dieu ! Je dois y aller. J'ai dit aux autres que je voulais seller moi-même Legs avant la prochaine épreuve, mais il a vraiment besoin d'être bichonné à fond, et …

— Calme-toi, lui lança Kate. Je vais t'aider.

— Moi aussi, proposa Zara.

Les deux filles la dévisagèrent d'un air surpris. Enfin, Tommi hocha la tête.

— Merci, dit-elle en lui adressant un petit sourire.

Le trio se hâta de rejoindre la sellerie. Oui, peut-être que le jeu en valait la chandelle. De toute façon, Zara n'avait rien à perdre à essayer.

« Pour l'éditeur, le principe est d'utiliser des papiers composés de fibres naturelles, renouvelables, recyclables et fabriquées à partir de bois issus de forêts qui adoptent un système d'aménagement durable. En outre, l'éditeur attend de ses fournisseurs de papier qu'ils s'inscrivent dans une démarche de certification environnementale reconnue. »

Composition JOUVE – 45770 Saran

N° 2029333W

Imprimé en Espagne par RODESA

Dépôt légal 1re publication : mars 2013

20.3558.2/01 – ISBN 978-2-01-203558-4

Édition 01 : mars 2013

Loi n° 49-956 du 16 juillet 1949

sur les publications destinées à la jeunesse.